Jan Raklov

Der Weg in die Vergangenheit
eine Erzählung aus der Zukunft

Jan Raklov

Der Weg in die Vergangenheit

eine Erzählung aus der Zukunft

Raklov, Jan:
Der Weg in die Vergangenheit
eine Erzählung aus der Zukunft

© Jan Raklov. Alle Rechte beim Autor
7/1999
Herstellung: Libri Books on Demand
ISBN: 3-89811-016-8

Meinen und allen Kindern auf der Welt

und in Terricola

Der alte Mann blickte nach oben. „Dort liegt er begraben“, sagte er und zeigte auf den Gipfel des Berges.

„Warum lief er soweit nach oben?“ wolltest du wissen.

Der alte Mann sah dich lange an.

„Er folgte der Versuchung und gelangte in eine fremde Welt, die er nicht mehr verstand. Daran ist er zugrunde gegangen.“

„Hat ihn denn keiner gewarnt?“

„Du hättest ihn warnen müssen!“ sagte der alte Mann.

„Aber das habe ich nicht gewußt!“ warfest du ein.

Der alte Mann schüttelte weise den Kopf.

„Doch“, sagte er leise und lächelte sanft, „du hast es gewußt!“

26. Juni 103 p.c. 11 ^{00}

„Oh, mein Gott!“ Snider platzte fast vor Lachen. „Man kann so viel Spaß haben mit diesen Dingern!“ Sein Blick schweifte in die Runde, ein wenig länger verharrte er bei Jane. Dann prustete er wieder los, er war nicht zu bremsen. Gordon und Patrick lächelten gequält. Jane folgte etwas betreten, gelegentlich aber auch durchaus amüsiert Sniders mit Anzüglichkeiten gespickten Ausführungen. Gordon und Patrick hatten die Hoffnung aufgegeben, auf dieser außerordentlichen Ratssitzung, die eigentliche keine war, eher ein konspiratives Treffen in einem noblen Ambiente, irgend etwas Konstruktives mit den zusammengerufenen Mitgliedern eben dieses Rates zu erarbeiten. Zu sehr hatte Snider, ein Mittvierziger, der sich mit seiner sonoren Stimme und seinen angegrauten Schläfen ansonsten immer als besonnener, logisch argumentierender Mann erwiesen hatte, die Übrigen mit seinen Schilderungen in den Bann gezogen.

Gordon und Patrick hatten außer Jane und Snider noch weitere sechs Ratsmitglieder zu dem Treffen in Jonny’s Clubhouse geladen. Ohne Ausnahme waren sie erschienen und blickten jetzt mal belustigt, mal irritiert zwischen Snider und den beiden Einladenden hin und her.

Heute, am 26. Juni 103 p.c..

p.c..

post catastrophem.

Patrick hatte seine altmodische Hornbrille von der Nase genommen und putzte die Gläser. Es machte keinen Sinn, Snider zu stoppen. Wahrscheinlich hatten auch die anderen Ratsmitglieder nichts verstanden.

Patrick war 35 Jahre alt und irischer Abstammung. Krausgelockte, rötliche Haare umrahmten sein kantiges Gesicht. Nur selten setzte Patrick seine bläßliche Haut der brennenden Sonne und fast nie seine Muskeln der ungeliebten Anstrengung sportlicher Betätigung aus, was der in Terricola sonst üblichen Verehrung des Körperlichen so ganz und gar nicht entsprach. Nur ungern ergab sich Patrick seinem Schicksal. Aber heute machte es keinen Sinn.

Auch Gordon war 35 Jahre alt. Aber im Gegensatz zu Patrick war Gordon muskelgestählt und braungebrannt und erfüllte in vielerlei Beziehung die Erwartungen, denen so viele Terricolaner auf der Suche nach dem Selbst und in Bestätigung lang gepflegter Vorurteile nachjagten. Aber unter seinen kurzgeschnittenen hellblonden Haaren blickten aufmerksame dunkelgrüne Augen, die jeden Lügen straften, der Gordon nur als die Verwirklichung seines Körpers mißverstand.

Gordons Blicke ruhten auf Jane. Lachend warf sie ihre schwarzen, schulterlangen Haare in den Nacken. In ihrem sommersprossenbedeckten Gesicht funkelten ihre blauen Augen und hingen an Sniders Lippen. Janes Körper zeugte von dem Erfolg eines von ihrem Hausroboter genau abgestimmten diät- und medikamentenunterstützen Fitneßprogramms, mit dem sie ihren von Natur aus eher kräftigen Habitus kontrollierte und in das gewünschte Erscheinungsbild zwang. Jane strotzte vor Energie. Sie war 34 Jahre alt.

Die übrigen noch anwesenden sechs Ratsmitglieder waren für den Verlauf der Sitzung unerheblich.

Schließlich hob Gordon die Hand. Snider verstummte nach einer Weile, und seine vom Lachen verzerrten Gesichtszüge glätteten sich allmählich.

„Ich denke", sagte Gordon, „wir sollten es für heute genug sein lassen!" Seine Hand war herabgesunken und die Finger trommelten auf dem Tisch. Die Zusammenkunft war endgültig geplatzt. Dabei hatten sie die Wahl der zu ladenden Ratsmitglieder genau bedacht. Daß gerade Snider die Versammlung platzen ließ, hatten sie nicht erwartet. Entweder hatte er die Tragweite der Ereignisse wirklich nicht erkannt, oder er war über die Oberflächkeiten der Dinge nicht hinausgekommen.

Letztendlich spielte es keine Rolle. Gordon erhob sich, nickte kurz und grimmig in die Runde, registrierte Patricks Sorgenfalten und Janes aus den Augenwinkeln zugeworfenen Blick und verließ das Gelände von Jonny's Clubhouse. Dann bestieg er seinen weißen Sportwagen und brauste davon.

An besseren Tagen liebte er diese Fahrten. Wenn die Beschleunigung seinen Körper fest gegen die Polster der Sitze drückte, die aus den Lautsprechern brechende Musik seine Gedanken mit sich forttrug und die vorbeifliegende Welt seine Sinne berauschte.

Aber es war nicht wie sonst.

Dabei war es vielleicht nur die Luft, die am späten Vormittag warm und feucht auf die Seele drückte und den freien Lauf der Gedanken erstickte. Vielleicht aber war es auch der ungewöhnliche Weg, den Gordon heute fuhr, oder die aberwitzige Geschwindigkeit, mit der er sein Cabriolet an die Grenzen der Fahrphysik und in die Kontrolle der Computer trieb. Vielleicht aber war es auch gar nichts.

Die schmale Straße schlängelte sich über einige dicht bewaldete Hügel des vor so vielen Jahrzehnten kunstvoll angelegten Urwaldes. Hier, an den Grenzen Terricolas, gab es diese Strecken, auf denen die Autos den Befehlen ihrer Fahrer bis in höchste Geschwindigkeiten folgten und die Fahrcomputer erst bei einer drohenden Gefahr für den Volanten oder andere Bürger den Emotionen Einhalt geboten. Gordon war lange nicht mehr hier gewesen. Vor ihm lag der Tierpark, dessen wohlgestaltete Wildheit er so liebte, mit all seinen repatriierten und geklonten und nachgezüchteten Bewohnern. Planvoll angelegte Stege zogen wild durch den Dschungel, wanden sich wie zufällig durch die Mangrovensümpfe, durchschnitten wohl bedacht den dichten Urwald, fielen in sonnendurchflutete Lichtungen und verschwanden im dunkelhängenden Blätterwald, kurz, träumten verspielt ihren Weg durch eine sorgsam erdachte Welt der Phantasie.

Gordon gab Gas. Eine wilde Entschlossenheit hatte ihn ergriffen, die Lippen zusammengepreßt und die Hände am Lenkrad verkrampft. Noch hatten die Computer nicht eingegriffen, noch war der Wagen nur den Bewegungen seiner Hände und der Geschwindigkeit seines Fußes gefolgt. Die breiten Reifen wälzten sich summend auf dem glatten Asphalt. Die Kurve vor ihm war nadeleng. Er war sicher zu schnell, und sicher hatten es die Rechner bemerkt. Er drückte das Pedal auf das Bodenblech. Der Elektromotor wimmerte gequält auf und preßte den Wagen nach vorn.

Nichts bremste.

Pfeilschnell traf er auf die Kurve, lenkte hinein und spürte den Widerstand, als der Computer die Kontrolle des Lenkrades übernahm. Die Reifen quietschten ihren Protest auf die Straße und schleuderten Gordon gegen die Sitze und in seinen Gurt, dann war die Kurve vorbeigeflogen. Immer noch krampfte Gordons Fuß auf dem Pedal, dem die Computer längst die Wirkung entzogen hatten. Dann riß er das Lenkrad nach links. Ein Rucken krachte durch den Wagen, die Räder krallten sich in den Belag. Schließlich folgten sie dem Willen des Fahrers und den Impulsen des Rechners und drehten das Fahrzeug schräg über die Straße rutschend herum. Gordon hetzte zurück. Erneut durch die Kurve, die er kreischend hinter sich ließ, über die Hügel und durch den Urwald. Zu den Grenzen Terricolas. Hinter der Grenze gab es keine Computer mehr. Hinter der Grenze folgte der Wagen allein seinem Willen, seinen Bewegungen und den Gesetzen der Natur. Es war eine tolle Idee und völlig verrückt, und er verstand nicht, daß sie ihm erst heute gekommen war. Er würde die Grenze überspringen, dem Schutz der Computer entfliehen, den Wagen wirklich selbst steuern. Kein wohlgemeintes Reißen der Rechner am Lenkrad, kein Gegendruck am Gaspedal, kein erzwungenes Abbremsen der Geschwindigkeit.

Ein heller Streifen leuchtete durch die Bäume. Der Strand. Die Straße führte direkt darauf zu, und hinter der letzten Baumreihe endete Terricola und die Macht dieser Welt. Gordon spürte, wie die Rechner noch sein Lenkrad packten, die Physik kontrollierten und den Wagen auf die Straße zwangen. Natürlich war er viel zu schnell. Was wohl passiert? dachte er. Noch nie hatte er es erlebt. Kein Roboter innerhalb Terricolas würde es zulassen, daß einem Menschen etwas zustöße. Innerhalb Terricolas. Noch 800 Meter bis zum Strand. Eine eindringliche Lautsprecherstimme ertönte: „Sie verlassen den Kontrollbereich! Bremsen Sie ab!" Gordon dachte nicht daran. Die Stimme wiederholte sich. Gordon lachte. Er hatte Peter nie gefragt, was die Rechner in einer solchen Situation machen würden. Natürlich würden sie den Wagen gerade noch rechtzeitig abbremsen, die Sicherheit der Menschen kam vor deren Freiheit. Im Augenwinkel sah er den Schatten eines Vertikaltransporters schräg über sich, und jetzt hörte er auch auf einmal das Summen der Turbinen. Der Zentrale Einsatzcomputer rechnete mit einem Unfall. Freiheit über Sicherheit?

„Was ist?" schrie er seinen Rechner gegen den Fahrtwind an, „bremsen Sie den Wagen ab?"

„Nein!" ertönte in geschwindigkeitsangepaßter Lautstärke die freundliche Stimme des Computers.

Gordon trat in die Bremse. Noch 40 Meter. Die Reifen bissen in die Bahn. Dann war die Straße zu Ende, und der Wagen schoß flach auf den Sand. Eine Düne schleuderte ihn nach links und nach oben. Gordon hörte sich schreien, während er durch die Luft flog. Das Fahrzeug drehte sich um seine lange Achse und Gordon spürte, wie er schwerelos in seinem Gurt hing. Er versuchte, sich irgendwo festzuhalten. Über ihm, nein unter ihm fegte der Strand vorbei, kam näher, eine Düne streifte seine Haare und schleuderte den Sand nach oben und den Kopf nach hinten, dann senkte sie sich und überließ den Wagen seiner langsam geschraubten Flugbahn. Während er schwebte, sah Gordon zwei parallele Spuren eines Fahrzeuges am Strand entlang nach Süden laufen. Jemand anders, wer? ist hier gefahren! Dann krachte der Wagen auf der Seite fliegend in den Sand. Mit einem Knall explodierten die Luftsäcke und umschlossen schützend Gordons Körper. Dann war es entsetzlich still. Nur ein lästiges Summen vibrierte in seinem Kopf, durchdrang seine Muskeln und gestattete ihm eine nur schwerfällige, widerwillige Kontrolle über seine Glieder.

Der Wagen hatte sich in den Sand gebohrt. Das Vorderteil war völlig eingedrückt und hatte sich optimiert verformt, und dieser Umstand und die vielen Luftsäcke und vorgequollenen Polster hatten ihm das Leben gerettet. Es war der erste, unkontrollierte und nur von dem zufälligen Ablauf der Ereignisse bestimmte wirkliche Unfall, den Gordon in seinem bisherigen Leben erfahren hatte. Weißer Staub hatte sich wie Mehl auf das Fahrzeug gelegt.

Gordon kletterte aus dem Wagen, der sportliche muskulöse Körper jämmerlich hilflos wankend. Der Vertikaltransporter kreiste in der Luft. Über dem Wald und über Terricola. Er würde nicht kommen, und die in dem Fluggerät harrenden Sanitätsroboter würden Gordon auch dann nicht zu Hilfe eilen, wenn er hier mit zerrissenen Gliedern zu verbluten drohte. Was außerhalb Terricolas geschah, wurde nicht kontrolliert und nicht beschützt. Außerhalb Terricolas war der Menschen Freiheit grenzenlos. Die Spuren im Sand liefen nach Süden.

Gordon wandte sich ab und ging schleppend zu dem Wäldchen. Es war idiotisch. Er, Gordon, Ratsmitglied, zur Elite Terricolas gehörend, rast durch das Land, stürzt seinen teuren Sportwagen heißspornig in den Sand, sprengt die Grenzen Terricolas, entflieht, vor was?

Er würde einen Antrag stellen müssen, daß der Wagen entsorgt würde. Außerhalb Terricolas durften Serviceroboter nur in begründeten Ausnahmefällen tätig werden. Schoppenheimer würde spöttisch lächeln, Patrick den Kopf schütteln, und Snider brüllen vor Lachen. Peter würde mit dünnen Mundwinkeln die Schultern zucken und ihn nicht verstehen. Warum er ihn nicht einfach gefragt hätte? Auch Jane würde sich lachend abwenden.

Sein Nacken schmerzte. Die Düne hatte den Kopf weit nach hinten gerissen.

Der Vertikaltransporter schwebte auf die Stelle zu, an der Gordon die Grenze auf dem Weg zurück mutmaßlich überschreiten würde und fiel in den Sand. Drei Sanitätsroboter sprangen heraus. Warum diese Eile? Gordon tastete seinen Körper ab. Er spürte keine Schmerzen. Die Sanitätsroboter hatten den Unfall verfolgt, hatten die Geschwindigkeit und die Verzögerung des Wagens beim Aufprall gemessen, das Reißen an seinem Kopf registriert und die Bewegungen, mit denen er jetzt auf die Grenze zuging, analysiert. Waren es innere Blutungen? Gordon wurde es heiß. Noch 100 Meter. Er begann zu rennen, kämpfte sich durch den weichen Sand, in den er knöcheltief einsank und der trocken an seinen strauchelnden Beinen entlang nach unten rieselte. Nur der Nacken schmerzte. Mit einem tiefen Seufzer fiel er über die Grenze und in die Arme der Maschinen. Dann schloß er die Augen.

„Keine Sorge, Sir!" der erste Sanitätsroboter hob die Hände, „Sie sind nicht ernstlich verletzt! Wir werden Ihnen eine stabilisierende Halskrawatte und ein Medikament geben, das die Nackenmuskulatur regeneriert. Sie haben Glück gehabt!" Er lächelte gewinnend, es sollte beruhigen. Gordon atmete tief durch. Der zweite Roboter legte ihm vorsichtig eine gepolsterte Nackenschale um den Hals und steckte sie fest, während der dritte eine Applikationspistole auf den nackten Oberschenkel drückte und das Medikament durch die Haut schoß. Gordon spürte es kaum, nur den leichten Druck des kühlen Metalls auf seiner verschwitzten Haut.

Der Wagen war hin. Ein weißer Haufen verbeultes Metall. Gordon lachte auf. Wäre er etwas tiefer geflogen, etwas langsamer! gewesen, sein Kopf wäre in den Sand getaucht, seine Halswirbel wären zerborsten und die Sehnen und Bänder zwischen ihnen zerrissen.

Sie hatten den Toten 2 km außerhalb der Grenzen Terricolas im Sumpf neben einem der alten Wege gefunden, die seit 103 Jahren niemand mehr benutzt und die keiner mehr gepflegt hatte und deren einst glatte geteerte Oberfläche von dem Regen, der Hitze und der Zeit aufgerissen und voller Narben war. Die Straße hatte nach Westen in das Innenland geführt, vorbei an verlassenen Villen und Farmen einst reicher Menschen, die hier gelebt hatten und die hier gestorben waren, damals,

als der Fallout Der Katastrophe sich über die Trümmer und das gelegt hatte, was der Wucht der Explosionen entgangen war. Die Strahlen aus dem radioaktiven Staub hatten das Leben aus den Zellen gefegt und die Erde erstickt.

Sie hatten kein Mitgefühl. Die Sanitätsroboter lächelten höflich und ohne jedes Verständnis. Aber ein dem Tod Entronnener verdient nicht nur Höflichkeit, er verlangt Respekt für das Glück im Unglück und Bewunderung für seine geschundene Seele, nicht nur die medizinische Versorgung seiner körperlichen Blessuren. Er würde mit Peter reden. Man müßte das Programm ändern. Etwas vorgetäuschte Emotionen, ein wilder Blick, ein Schlag auf die Schulter, ein einfühlsamer Satz oder eine deftige Bemerkung. Sie sind zu höflich, dachte Gordon.

Der Tote war erschlagen worden. Mehr als zwanzig Hiebe hatten die Knochen seines Körpers zerbrochen, die Muskeln zu Brei gequetscht und die Haut zerrissen. Bestialische menschliche Gewalt. Das hatten die bisherigen Ermittlungen ergeben. Für die Beteiligung eines Roboters hatte sich kein Hinweis finden lassen. Nie hätte eine Maschine so unkontrolliert gehandelt: Ein einziger bedachter Schlag hätte das Werk vollbracht. Und alle hätten auch den Chip im Schlamm gefunden. Im übrigen lag die Kontrolle der Roboter fest in der Hand der entsprechenden Gremien. Keine der Maschinen, die in Terricola existierten, konnte das Land ohne die ausdrückliche Zustimmung dieser Gremien verlassen. Das 'Produktions- und Bitkontrollgesetz' war in seiner Aussage eindeutig und ohne Kompromisse: Kein Roboter, kein Computer, ja nicht einmal eine rechnergesteuerte Kaffemaschine durfte ohne die Kontrolle durch den Menschen ihren Dienst tun. Kein Mensch durfte und konnte ohne die Kontrolle der Gremien die Konstruktion von Computern oder Robotern verändern oder vorantreiben. Peter Nozellin stand dem Zentralem Konstruktionskomitee vor, dem unter anderem die Entwicklung und Pflege der Roboter- und Computertechnik unterstand. Das Produktions- und Bitkontrollgesetz war ein zentraler Punkt der hochtechnisierten demokratischen Ordnung Terricolas.

„Ich brauche ein Unicar!" platzte Gordon in die Gesichter der Sanitätsroboter. Sie nickten freundlich und voller Verständnis, als hätten sie bereits darauf gewartet. Im gleichen Moment hatten sie die Nachricht an den Zentralen Einsatzcomputer gesendet, und das am nächsten stehende, freie Unicar brauste mit der größtmöglichen Geschwindigkeit heran.

„Brauchen Sie uns noch, Sir?" fragte der erste Roboter zuvorkommend, höflich und distanziert. Gordon schüttelte den Kopf. Er setzte sich auf einen umgestürzten Baumstamm und hob abwehrend die Hände. Die Roboter nickten und bestiegen den Vertikaltransporter. Die Turbine begann zu summen, dann hob die Maschine sanft vom Boden ab, wurde zunehmend schneller und fegte schließlich davon.

Gordon war allein. Sein Hals schmerzte nicht mehr, das Medikament und die Nackenschale taten ihre Wirkung. Einige Vögel zwitscherten in den Sträuchern, und der Duft des Blütennektars und die Sonne des Frühlingsmorgens drangen in sein Bewußtsein. Das Summen im Kopf war wieder da, aber es war leiser geworden und belästigte ihn kaum noch.

Dann drückten sich die breiten Reifen des Unicars geräuschvoll durch den Sand. Gordon hob den Kopf. Der automatisch gesteuerte Wagen bremste in respektvoller Entfernung und öffnete die rechte Seitentür. Gordon stand auf. Ein letzter Blick auf den weißen Blechhaufen am Strand mit den schlaff herabhängenden weißen Luftsäcken. Dann setzte er sich in das Unicar und gab dem Fahrautomaten seine Adresse.

Bei dem Toten hatte es sich um Carpenter gehandelt, einer von Peters Ingenieuren. Er schien sich gewehrt oder es zumindest versucht zu haben, denn seine rechte Hand hatte sich um einen armdicken Ast gekrallt. Zwei Autospuren, die von Terricola stammten und nach dorthin zurückführten, hatten sich als die eines Unicars erwiesen, aber da es keine Dokumentation der von dem Fahrzeug beförderten Personen gab, hatte die Bestimmung der Identität des Wagens keine weiteren Erkenntnisse geliefert. Die Freiheit der Bürger und deren unkontrollierter Bewegungsspielraum war höchstes Gut und behinderte jetzt die Aufklärung des Verbrechens. Die Demokratie Terricolas forderte ihren Tribut.

15 Minuten später fuhr das Unicar mit Gordon durch eine weitläufige gepflegte Parklandschaft, die eine der besten Wohngegenden Terricolas umschloß. Die einzelnen Gebäude lagen so weit auseinander, daß sie voneinander weder einsehbar waren, noch der Lärm der Bewohner zu einem der anderen Häuser dringen konnte. Es herrschte die Illusion der Einzigartigkeit.

Ein großes Tor aus in der Sonne verblichenen grob behauenen Holzbalken markierte den Eingang zu Gordons Anwesen. Ein weißer Kiesweg wand sich knirschend durch einen dichten Palmenwald zu einem großen weißgetünchten Haus. Dunkle Holzbalken brachen aus dem strahlenden Weiß der Wände. Gordon hatte das Haus im Stil einer mexikanischen Hazienda errichten lassen. Es stand auf einer kleinen Erhebung inmitten einer hügelig gestalteten Landschaft. Eine breit ausladende Treppe aus weißem Stein mündete in einer schweren Eingangstür aus dunklem Eichenholz. Hinter dem Haus zerteilten Palmen und Büsche die Rasenfläche. Ein großer Swimmingpool mit künstlichem Strand und Buchten wand sich zwischen den Bäumen, und die Sonnenstrahlen der grell aus dem blauen Himmel strahlenden Sonne trafen die gekräuselte Wasserfläche und zerschnitten als glitzernde Reflexe die Luft und huschten durch die Blätter der Palmen. Auf die Gestaltung seines Parkes hatte Gordon großen Wert gelegt und die Geduld der ausführenden Architektur- und Gestaltungsroboter stark strapaziert und entsprechend teuer bezahlt.

Sie öffnete die Tür. Sie war etwa Mitte zwanzig. Das weiße T-Shirt war viel zu kurz geschnitten und ließ einen breiten Streifen ihrer braunen Haut über den weißen ebenfalls sehr knappen gefransten Shorts frei. Ihre nackten Füße steckten hochgehackt in weißlackigen Schuhen. Kayokos japanische Gesichtszüge waren weich geschnitten. Ihre schwarzen Haare fielen weit über ihre Schultern herab und umrahmten ihr ebenmäßiges Gesicht, aus dem die schwarzen Augen funkelten. Ihre Bewegungen waren weich und fließend.

„Ein Jack Daniel's wäre mir recht!" antwortete Gordon auf ihr Lächeln. Kayoko schürzte ihre vollen Lippen.

„Oben läuft ein Bad ein!" erklärte sie, während sie sein Gesicht in ihre Hände nahm.

„Kannst du das abnehmen?" wollte sie wissen und betastete die Halskrawatte. Gordon lachte kurz auf.

„Ich denke schon." sagte er, den Kopf mit vorsichtigen Bewegungen nach oben streckend. Er folgte ihr in das Haus. Sie reichte ihm die Whiskeyäquivalenz, die der Hausroboter inzwischen in ein Glas aus kunstvoll geschliffenem Bleikristall gegossen hatte. Gordon nahm einen kräftigen Schluck. Es war nicht wie sonst.

Kayoko war ihm ins Bad gefolgt. Sie hatte ihm vorsichtig die Halskrawatte abgenommen und zart über die Haut der Nackenmuskeln gestrichen und mit den Lippen umfahren. Zu dem Unfall am Strand hatte sie nichts gesagt und nichts gefragt. Wie knapp er dem Tod entronnen war, schien sie nicht zu interessieren.

Über eine Kaskade von braunen Sandsteinen ergoß sich klares Wasser dampfend in eine ovale Wanne aus weißem Marmor. Kleine Palmen und herabhängendes Dickblattgewächs bedeckten die ebenfalls aus Natursteinen gestalteten Wände des Zimmers. Im spiegelnden Licht der Punktstrahler erinnerte das Bad eher an eine lichte Höhle oder Grotte.

Gordon ließ seinen nackten Körper langsam in die Wanne gleiten. Kayoko hatte ihre Ellenbogen auf die Lehne eines weißen Stuhles gestützt und den rechten Fuß mit dem Lackschuh auf die Sitzfläche gestellt. Sie betrachtete, wie Gordons Körper in der Wanne versank. Das warme Wasser umspülte seine Muskeln und glättete die Furchen seiner zerwühlten Seele.

Trotzdem fühlte Gordon die Angst. Es war nicht wie sonst.

Dabei ging es ihm gut. Er lebte in einer friedvollen Gesellschaft, die das Wunder vollbracht hatte, an dem Überfluß ihrer technischen Möglichkeiten nicht untergegangen zu sein. 'Regulationen' und Gesetze steuerten die Macht, verhinderten das Schreckliche und erlaubten das gerade noch Mögliche. Endorphine, Mediatoren und Enzyminhibitoren bildeten eine ganze Palette diverser Psychopharmaka und Medikamente, erleichterten das Leben, die Liebe und, wenn es sein mußte, auch das Sterben. Der 'Rat' wachte über die Regeln dieser Welt. Als privilegiertes Mitglied dieses Rates lebte Gordon ein Leben voller Freude, voller Kraft und voller Zuversicht.

Natürlich hatte Carpenter irgend etwas getan oder etwas gesucht, was außerhalb der Regeln, außerhalb der Legalität Terricolas gewesen sein mußte. Da war der Chip, zerbrochen im Kampf. Kratzer von Carpenters Stiefeln hatte man auf seiner polierten Oberfläche nachgewiesen. Möglicherweise war Carpenter wegen dieses Chips erschlagen worden.

Gordon lehnte sich zurück und schloß die Augen. Das Wasser lief warm plätschernd über seinen Kopf und rann an seinem Hals herab. Es duftete nach Sommer und Pinienharz. Kayoko lächelte ihn an. Obwohl Gordon nie darüber nachgedacht hatte, genoß er das Gefühl seiner Stärke, verschlang er sein Leben voller Leidenschaft.

Dabei konnte keiner genau sagen, ob der Chip wirklich die Ursache des Kampfes gewesen war. Immerhin hatte man Carpenters Fingerabdrücke auf der Chipoberfläche gefunden. Das bewies zumindest, daß Carpenter ihn irgendwann einmal in der Hand gehabt haben mußte. Vielleicht war Carpenter aber auch wegen etwas gänzlich anderem getötet worden und der Chip nur zufällig bei dem Kampf aus seiner weiten Hosentasche und in den Schlamm gefallen. Und sein Mörder hatte ihn dort nicht mehr wiedergefunden oder möglicherweise auch gar nicht danach gesucht.

Mit einem kurzen, leisen Befehl hatte Kayoko die Musik eingeschaltet. Aus einer Vielzahl versteckter Lautsprecher durchflutete sie den Raum. Kayoko bog ihren Oberkörper noch weiter zurück. Ihr Sweatshirt zeichnete die Linien ihrer Brust in den weißen Stoff. Leise stampfte die Musik ihren Takt. Gordon schloß die Augen und tauchte unter.

Es war auch völlig unklar, ob Carpenter seinen Mörder überhaupt gekannt hatte. Die Spuren des schrecklichen Kampfes und die Brutalität der Gewalt ließen nur vermuten, daß der Mörder Carpenter zumindest zu diesem Zeitpunkt gehaßt haben mußte.

Gordon hob den Kopf aus der Wanne, blies das Wasser aus seiner Nase und strich mit den Händen durch seine nassen Haare. Kayoko hatte sich von dem Stuhl gelöst und war zu einem der Wandschränke gegangen. Wie gedankenverloren hatte sie ihn geöffnet und eine weiße durchsichtige Bluse herausgeholt. Jetzt hielt sie das Kleidungsstück vor ihren Oberkörper und drehte sich lachend und mit einem Knicks zu Gordon um. Dabei warf sie ihre schwarzen Haare in den Nacken. Auch Gordon lachte kurz auf.

Carpenter hatte schon seit längerer Zeit die Besorgnis einiger Terricolaner erregt. Seine häufigen Aufenthalte außerhalb der Grenze hatten dabei nur eine geringe Rolle gespielt, wenngleich sich auch der eine oder andere gefragt hatte, warum Carpenter die Sicherheit Terricolas so oft verlassen hatte und was er gesucht haben könnte. Vielmehr aber war Carpenters Freunden die Wesensveränderung aufgefallen. Der lebensfrohe ehrgeizige Computerexperte war still geworden, in sich gekehrt, hatte oft inmitten einer Gesellschaft vornübergebeugt auf einem Treppenabsatz gesessen, den Blick starr auf den Boden gerichtet, in der Hand ein Cognacglas, an dem er von Zeit zu Zeit gedankenverloren genippt hatte. Mit irgend etwas war Carpenter nicht zurecht gekommen, und niemand hatte es gewußt, und kaum einer hatte sich dafür interessiert.

Kayoko hatte Gordon einen kurzen auffordernden Blick zugeworfen und dann die Bluse zur Seite gelegt. Lachend wand sie sich jetzt aus ihrem Sweatshirt und warf es lässig auf einen Stuhl. Ihre schwarzen Haare fielen über ihre nackten Brüste herab. Sie schien Gordons Blicke nicht zu bemerken. Mit langsamen Bewegungen nahm sie die Bluse in die Hände und hob sie vor ihren Oberkörper. Langsam wiegte sie sich im Takt der Musik. Schließlich öffnete sie die perlmuttschimmernden Knöpfe.

Eigentlich war es nur Peter zu verdanken, daß man nicht schon längst gegen Carpenter ermittelt hatte. Damals, als der Speicherchip mit streng geschützter Robotersoftware zufällig beim ihm zu Hause gefunden worden war. Carpenter hatte zu Peters Kontruktionsteam gehört, einer seiner besten Männer, der mit der Weiterentwicklung von Chips beschäftigt war und im Rahmen der zulässigen Gesetze und unter Peters Kontrolle Verbesserungen und neue Konstruktionen entworfen hatte. Carpenter hatte sich damals herausreden können, er habe zu Hause an dem Programm weiter arbeiten wollen. Eine Begründung, die schal schmeckte, da Carpenter mit der Entwicklung dieser speziellen Programme gar nicht betraut gewesen war.

Kayoko schien die Anwesenheit Gordons völlig vergessen zu haben. Inzwischen hatte sie alle Knöpfe geöffnet. Langsam schlüpfte sie mit dem linken und dann mit dem rechten Arm in die Bluse. Dann schüttelte sie die Haare heraus und ging zu dem großen in der Wand eingelassenen Spiegel. Aufmerksam verfolgte Gordon jede ihrer Bewegungen und jeden Teil ihres Körpers. Versonnen und mit nach vorn geneigtem Kopf schloß Kayoko die Knöpfe der Bluse. Die von den schwarzen Haaren bedeckten Brüste verschwanden erneut hinter Stoff.

Die Katastrophe.
Eine düstere Ahnung strich kalt über Gordons nasse Haut. Vor 103 Jahren war es passiert. Gordon spürte, wie es gewesen sein mußte, wie die Angst in den Köpfen der damals entscheidenden Frauen und Männer hochgekrochen war, als sie zu verstehen begannen nach der ersten schrecklichen Explosion, was nun passieren würde, mußte, was sie angerichtet hatten, unwiderruflich und mit der Präzision und dem nicht mehr zu stoppenden Automatismus des jahrzehntelangen Trainings und der Indoktrination. Als das Ende der Welt allen vor Augen stand, zu einem Zeitpunkt, als die Welt noch existierte. Als das Unglaubliche geschah, was keiner gewollt, aber alle so gut vorbereitet hatten. Wie es einfach unaufhaltsam passierte und über die Köpfe aller hinwegrollte, nur, weil es nun einmal begonnen hatte, und wie aus der globalen abstrakten und anfangs noch fernen Vernichtung irgendwann für jeden einzelnen die Bedrohung wuchs und das eigene Verrecken das globale Sein und

später auch das Schicksal der nächsten Freunde und Verwandte nebensächlich erscheinen ließ.

Mit ausgebreiteten Armen drehte sich Kayoko um und strahlte Gordon an. Die Bluse umwehte ihren Körper. Sie war viel zu weit und viel zu lang und hing fast bis zum Ende der gefransten Shorts herab. Durch den durchsichtigen Stoff hauchten die weichen Konturen ihres bildschönen Körpers. Die Shorts unter der Bluse wirkte albern. Kayoko blickte herab und bemerkte es lachend. Auch Gordon lächelte und hielt seinen Kopf nach hinten unter den Wasserfall.

Auch damals hatten Parlamente regiert, Menschen gedacht, viele Demokratien und nur wenige Diktaturen das Miteinander geregelt. Natürlich es waren unvollkommene Demokratien, einige nur dem Namen nach, die meisten voller Nischen für Korruption und Verbrechen, gemacht von wenigen für die vielen anderen. Für die, die selbst in einer Demokratie regiert und kontrolliert werden mußten. So bestand die wesentliche Bestimmung der meisten Gesetze darin, das bestehende System zu erhalten, notfalls auf Kosten der Freiheit der Bürger, auf Kosten der demokratischen Substanz. Da die Mächtigen ihre eigene persönliche Zukunft mit der Erhaltung des jeweiligen Systems verknüpft hatten, fürchteten diese Gesellschaften daher nichts so sehr, wie ihre eigene Veränderung und die Mächtigen den Untergang ihrer eigenen persönlichen Macht. Gesellschaften dieser Art mußten in der Katastrophe enden, weil sie nicht wirklich frei aufeinander zugehen konnten, weil eine jede gefangen war in der eigenen Angst, der Angst ihrer Führer, unfähig zum Wandel, eher zum Sterben bereit. Nur die Gewalt hatte je eine wirkliche Änderung dieser Strukturen bewirkt, und genau genommen war auch Terricola nichts anderes als das Ergebnis eben gerade dieser Gewalt ...

Kayoko zog ihre Bluse ein Stück nach oben und griff darunter. Vornübergebeugt öffnete sie die Knöpfe der Shorts. Sie schien sehr eng zu sitzen, denn Kayoko konnte sie nur unter schlangenartig windenden Bewegungen ihres Unterkörpers langsam nach unten ziehen. Vielleicht lag es auch daran, daß sie zusammen mit den Shorts auch den Slip vom Körper streifte. Sie lachte, weil es so schwer ging.

Terricola war anders. Terricola hatte aus den Fehlern gelernt. Terricola war entstanden aus den Trümmern der alten Welt. Terricola war das Erbe der Vergangenheit.
Die Roboter.
Sie repräsentierten die Allmacht Terricolas. Und zusammen mit den sie steuernden Computern und Chips waren sie gleichzeitig ihre größte Gefahr. Aber ohne die Roboter wäre Terricola nicht entstanden. Vor Der Katastrophe hatten die USA in Florida in einem Bunker tief unter der Erde Militärroboter zusammen mit Hochtechnologieprodukten gelagert. Als die ersten nuklearen Explosionen den Einsatz militärischer Roboter sinnlos werden ließen, da es kein Land mehr gab, für das ein

Krieg hätte gewonnen werden können, verblieben die Maschinen in ihren unterirdischen Verliesen. Einige der Überlebenden aber kannten diese Lagerstätten und das, was dort verbliebenen war. Es gelang ihnen, in die Anlagen einzudringen und sie zu nutzen. Sie bauten die Militärroboter in 'Serviceroboter' um, die in der verstrahlten Umgebung begannen, den Planeten von den Folgen des Entsetzlichen zu befreien. Die über das Land und über die Welt verstreuten Überlebenden wurden gesucht und nach Florida gebracht. Der Bunker selbst wurde erweitert, die vorhandenen technischen Möglichkeiten genutzt und weiter entwickelt. Automatische Fertigungsstraßen entstanden, auf denen produziert werden konnte. Neue Roboter wurden gefertigt, die Rohstoffe herbeischafften. Die Technik wurde zur Grundlage einer neuen Welt. Es war eine Ironie des Schicksals, daß es ausgerechnet militärische Anlagen waren, die so die Reste der Menschheit retteten ...

Mit einem gezielten Tritt flogen die Shorts und der Slip in eine Ecke des Zimmers. Kayoko lächelte zufrieden, wandte sich von Gordon ab und drehte sich zum Spiegel. Leise summte sie zu der schmeichelnden Musik. Schließlich bückte sie sich unvermittelt nach unten und löste mit einer schnellen Bewegung den Verschluß ihrer Schuhe und schlüpfte heraus. Dann drehte sie sich um und sah Gordon mit ernsten, dunklen Augen an.

Die Menschen in den Bunkern waren gezeichnet vom tausendfachen Tod, den sie gesehen und gespürt hatten und der sie selbst, warum? verschont hatte. Mit jedem Leben, das verbrannt, zerrissen oder einfach nur zerstrahlt worden war, war die Angst und später die Verbitterung und noch später das Gefühl tiefer Verantwortung in dem Bewußtsein der Überlebenden gewachsen. Sie dachten, was alle Überlebenden denken: Nie wieder! Nie wieder sollte sich das wiederholen können, was sie selbst erlebt und einige von ihnen selbst erdacht hatten. Nie wieder sollte eine ähnliche Katastrophe auf die Menschheit niederbrennen.

Abgeschnitten von dem Licht der Welt und von Stahlbeton umschlossen, entwarfen die Menschen kühne Pläne, die um so kühner und edler wurden, je länger sie darbten. Wie sie die Welt formen wollten, wenn das Schicksal ihnen noch einmal eine Chance dazu gäbe. Wie sie leben würden, wenn die wärmenden Strahlen der Sonne noch einmal ihre Haut berühren und sie den Duft frischer Frühlingsluft und den Geruch aufgebrochener Erde noch einmal riechen dürften.

Zehn Jahre dauerte das Warten.

Dann war der wesentliche Teil des von den Explosionen in die Atmosphäre geschleuderten radioaktiven Staubes so weit in tiefere Schichten herabgesunken, daß der Regen ihn erfassen und herabspülen konnte. Der Fallout versickerte im Boden, wurde in die Flüsse gespült und versank im Meer. Die Sonne leuchtete wieder über dem Planeten. Langsam erholte sich das Grün der Pflanzen, einige bodennahe Tiere wie Mäuse und Ratten erwachten zu neuem Leben. Immer weiter sank die Radioaktivität. Doch bis hinein in die Gegenwart imponierten die Reste des

Smogs als rotes Wetterleuchten in den Abend- und Morgenstunden und mahnten die Menschen.

Langsam und Schritt für Schritt ihren Körper dem Takt der Musik hingebend näherte sich Kayoko der Marmorwanne. Gordon wartete ohne Regung. Bedächtig hob Kayoko ihr rechtes Bein und tauchte mit gestreckten Zehen in das warme Wasser. Gordon rückte ein wenig zur Seite.

Eines Tages war die Strahlenbelastung so weit gefallen, daß es beginnen konnte. Voller Angst und voller Freude und mit brennender Sehnsucht im Herzen hatte ein Terricolaner eine der Bunkerklappen geöffnet. Der erste Sonnenstrahl traf wieder menschliche Haut. Voller Glück und voller Angst vor der Zukunft waren sie in das Licht und in die neue Freiheit getreten.

Aus San Diego waren die Zellkammern, in der die Zellproben Tausender von Tieren gelagert waren, unversehrt geborgen und durch Klonen der DNS Retortentiere gezüchtet worden, die jetzt von den Servicerobotern in ihre Bestimmungsorte gebracht wurden.

Das Leben wurde auf den Planeten zurückgekehrt.

Die Roboter.

Trotz aller Pannen und technischer Katastrophen hätten die Menschen das Licht der Welt ohne diese Maschinen nicht mehr erblickt. Es war diesem Umstand zu verdanken, daß die Akzeptanz dieser Wesen so groß war in Terricola.

Es wurde eine neue geographische Grenze geschaffen. Innerhalb Terricolas herrschte die Macht des Staates, die schier grenzenlose Serviceleistung der Roboter in allen Bereichen, im Rettungswesen, in der medizinischen Versorgung, in der Ausübung der Polizeigewalt, ja der gesamten Exekutive. Angesichts dieser geballten Menge an Sicherheit, die die Menschen innerhalb der Grenzen Terricolas umgab, hatte Gordon nie verstanden, warum die Gründungsväter das Land außerhalb dieser Grenzen 'terra libera', das 'Freie Land', genannt hatten. Ein banaler Unfall im Freien Land konnte den Tod bedeuten. Aber trotz aller Gefahren ging auch eine seltsame Faszination von 'terra libera' aus, die Gordon nicht erklären konnte.

Das Wasser traf auf Kayokos Bluse und klebte sie auf die Haut. Je nasser der Stoff wurde, um so mehr klebte er und um so deutlicher schien die Haut durch die engen Maschen. Dann ließ Kayoko sich vollends nach unten gleiten und tauchte mit ihrem Kopf unter das Wasser. Ihre schwarzen Haare schwammen an der Oberfläche und verdeckten ihr Gesicht. Auch der Stoff löste sich wieder von ihrem Körper.

Die Kontrolle der Macht.

Nur ein kleiner Staat, eine perfekte demokratische Struktur, eine begrenzte Zahl von Bürgern konnte auf Dauer bestehen. Die Mächtigen im Staat bedurften der stärksten Kontrolle, der persönliche Nutzen mußte durch die Pflichten ausgewogen und offen für alle sichtbar sein. Aber vor allem: Das Anwachsen der Bürgerschaft mußte verhindert und reguliert werden.

Der Begriff der 'kinderautorisierten Beziehungen' wurde geprägt und ein Kontrollgesetz geschaffen, das die Zahl der Kinder begrenzte und dessen wirksamstes Instrument die Zeugungsregulation des Mannes war: Die Fruchtbarkeit aller Männer Terricolas wurde direkt nach der Geburt durch einen medizinischen Eingriff zerstört und erst im Rahmen einer kinderautorisierten Beziehung nach einer längeren Prozedur wiederhergestellt. Die Zahl der Bürger durfte die vorhandene Zahl von 50.000 Menschen nicht überschreiten.

Die unermeßliche Freizeit und Freiheit der Bürger, der schier unbegrenzte Luxus und die perfekte medizinische und technische Betreuung hatten zu einem rein bedürfnisorientierten Lebensstil geführt. Erst in den letzten Tagen hatte Gordon darüber nachgedacht, ob die Tatsache, daß die überwiegende Mehrzahl der Terricolaner ohne feste partnerschaftliche Bindung lebte, Folge oder Ursache dieses Umstandes war, ob die Terricolaner, gewollt? die Fähigkeit zur 'kinderautorisierten Beziehung' allmählich verlören, und wer davon möglicherweise profitierte.

Kayoko tauchte auf und warf ihre Haare zurück. Die Spritzer des wegfliegenden Wassers trafen Gordon im Gesicht. Sie lachte ihn an und nahm seinen Kopf in ihre Hände. Ihre Lippen näherten sich seinem Mund.

Das zentrale Element terricolanischer Ordnung war der 'Rat'. Wie alle 121 Mitglieder dieses Rates war auch Gordon absolut unabhängig. Es gab keine Parteien, keine politischen Organisationen. Es gab nur den Einzelnen, der sich der Wahl durch die Gemeinschaft stellen mußte und dabei - wie jeder andere Kandidat auch - nur auf allgemeine und jedem zugängliche Mittel zurückgreifen konnte. Jeder einzelne Bürger kontrollierte die Einhaltung dieser Regeln. Es gab keine Möglichkeit der persönlichen Bereicherung durch die Macht. Im Gegenteil: Die Teilnahme im Rat bedeutete Arbeit, die viele Terricolaner als vermeidbares Übel betrachteten.

Terricola war offen für jede Diskussion, jede Entscheidung, jeden Wandel. Aber vor allem: Terricola war allein auf der Welt. Nur die Bürger Terricolas veränderten, was verändernswert erschien.

Gordon wich zurück. Kayoko schlug ihre Augen auf und lächelte. Langsam öffnete sie die Knöpfe ihrer Bluse. Wieder schien sie nicht auf Gordon zu achten. Der Stoff klebte ziemlich fest auf der Haut und es war schwer, die Bluse abzustreifen. Tief in seine Augen blickend gab sie Gordon das eine Ende des Kragens in die Hand und zog den rechten Arm aus dem Ärmel. Halb nackt schmiegte sie sich an seine Brust. Haut an Haut.

Vor über achtzig Jahren war die Weiterentwicklung der Roboter, deren nanotechnologisch hergestellten Bauteile und vor allem die sie steuernden Chips, ja die gesamte technische Entwicklung gestoppt und strengen Regeln unterworfen worden: Die Grenze zur selbständigen Replikationsfähigkeit der Maschinen war fast erreicht. In einer Welt sich selbst reproduzierender und weiterentwickelnder Roboter aber wäre der Mensch überflüssig, ja als potentieller Konkurrent sogar eine Gefahr für die Maschinen geworden. Die Möglichkeit, eines Tages von den Robotern vernichtet zu werden, war auf einmal zur imminenten Bedrohung geworden. Daher durften alle technischen Weiterentwicklungen nur noch in einem genau vorgeschriebenen Rahmen vonstatten gehen, ja die gesamte Produktion aller hergestellten Waren wurde genau kontrolliert. Das 'Produktions- und Bitkontrollgesetz' wurde geschaffen und immer mehr zum zentralen Punkt der demokratischen Auseinandersetzung. Versagte dieses Gesetz, dann hatte sich der Mensch selbst in die Bedeutungslosigkeit einer evolutionären Sackgasse katapultiert. Allgegenwärtig lag seitdem die Unwägbarkeit neuer technischer Entwicklungen wie ein Damoklesschwert über den Köpfen der Terricolaner. Eine Fehleinschätzung eines vielleicht zunächst harmlos anmutenden technischen Gegenstandes konnte das unwiderrufliche Ende Terricolas bedeuten.

Gordon faßte Kayoko an den Schultern und schob ihren Körper von sich weg. Ihre Finger lagen auf seiner Brust und rieben auf seiner Haut. Gordon richtete sich auf. Das Wasser perlte gurgelnd herab.

Die Untersuchung des zerbrochenen Chips, inzwischen wurde er 'Carpenterchip' und die gesamte Affäre 'Carpenteraffäre' genannt, hatte nicht einmal einen Tag in Anspruch genommen. Danach stand fest, daß er zur Steuerung hochmoderner, weit entwickelter Roboter geeignet und vermutlich zu diesem Zweck konstruiert worden war. Aber noch etwas viel Entscheideneres hatten die Untersuchungen zu Tage gefördert: Dieser Chip war an keiner der bekannten Produktionsstätten Terricolas gebaut worden. Irgendwo, außerhalb Terricolas? gab es also eine Möglichkeit, hochintegrierte Chips zu herzustellen.
Die heilige Ordnung Terricolas war an diesem einen Tag zerbrochen. Der Carpenterchip hatte sie mit einem Schlag gesprengt.

Sorgenvoll blickte Gordon in Kayokos Gesicht.
Zerfetzte Gedanken in einer zerreißenden Welt.

Snider hatte zunächst spekuliert, daß es sich um einen alten Chip aus präterricolanischer Zeit gehandelt haben könnte, ein Überbleibsel eines bisher unbekannten Computerklons. Aber Ishida, der als Polizeipräsident die Untersuchungen leitete, hatte diesen Einwand verächtlich hinweggefegt. Zu viele Konstruktions- und Produktionsmerkmale wiesen auf moderne Verfahren hin, die erst in den letzten Jahren entwickelt worden waren, und zwar *in* Terricola.

Mit einem Ruck hob Gordon seinen Körper aus der Wanne und griff nach einem Handtuch, das auf einem steinernen Tresen lag. Auf seinen kurzen Befehl hin erstarb die Musik. Kayokos schwarze Haare fielen naß über ihre nackte Brust, und das Wasser aus ihren Haaren lief als kleine Rinnsale über ihre Haut. Gordon drehte sich um und sah in ihre voller Unschuld glänzenden aber doch unergründlichen Augen.

Es war nicht wie sonst.

Der Chip. Terricola. Kayoko.

In der weißen Marmorwanne sprudelte das warme Wasser über ihren braunen ebenmäßigen Körper. Mit fragendem Blick sah sie an ihm hoch, ihr linker Arm steckte noch in der Bluse. Dann lächelte sie und zog das Kleidungsstück wieder über ihre Haut. Sie hatte es aufgegeben, ihn erregen zu wollen. Fehlerfrei hatte sie erkannt, daß eine Stimulation nicht mehr sinnvoll war. Kayokos Wahrnehmungen waren von unglaublicher Präzision und ihre Schlußfolgerungen unmenschlich stringent. Kayoko war ein Roboter.

27. Juni 103 p.c. 8 ^{00}

Seit einer Woche waren sie da. Fünf Tage bevor Carpenters Leiche im Sumpf entdeckt worden war, hatte Schoppenheimer, der Ratspräsident, sie dem staunenden Plenum lächelnd präsentiert. Wozu? hatte sich Gordon gefragt. Was will der prüde Schoppenheimer mit diesen Dingern? Warum diese heimliche Entwicklung? Warum hatte ihm Peter Nozellin, einer seiner besten Freunde, der die Konstruktion dieser Roboter schließlich geleitet hatte, nie davon erzählt? Sie entsprächen den Richtlinien des Produktions- und Bitkontrollgesetzes hatte Schoppenheimer knapp erklärt, und Peter hatte genickt. Niemand zweifelte daran. Schoppenheimer galt als frenetischer Verfechter des Produktions- und Bitkontrollgesetzes. Aber das war es nicht. Wozu brauchten sie, brauchte Schoppenheimer, diese Maschinen?

Die frühe Morgensonne schien noch kalt durch die Holzbalken der Pergola seiner Balkonterrasse. Der Hausroboter hatte das Frühstück mit herrlich duftendem Kaffee und frischen Croissants bereitet. Gordon war allein. Obwohl Kayokos Programm die triviale Konversation durchaus beherrschte und außer einen guten Morgen zu wünschen auch als Diskussionspartner, z.B. des aktuellen Tagesgeschehens, durchaus Qualitäten hatte, legte Gordon keinen Wert auf ihre Anwesenheit. Er hatte nie die Terricolaner verstanden, die ihre Hausroboter als emotionale Bereicherung ihres Lebens verstanden und regelmäßige Gespräche mit diesen Maschinen führten.

Gordon hatte die Nacht zu seinem eigenen Erstaunen gut geschlafen. Der Zentrale Krankenhauscomputer hatte mit seinem Hausroboter Kontakt aufgenommen und Gordon ein leichtes, auch die Muskeln entspannendes Schlafmittel empfohlen. Trotz seiner eher ablehnenden Haltung allen Medikamenten gegenüber hatte Gordon es genommen und fühlte sich trotz seiner aufgewühlten Gedanken absolut ausgeruht. Die Schmerzen im Nacken waren vollständig verflogen. Gordon öffnete den Verschluß der Nackenschale und nahm sie ab. Vorsichtig streckte er den Kopf. Erleichtert stellte er fest, daß er die Schale nicht mehr brauchen und keine diesbezüglichen Erklärungen würde abgeben müssen.

Er sah auf die Uhr. Er mußte sich fertig machen. Schoppenheimer hatte angesichts der brennenden Probleme fast jeden Morgen um 9 Uhr eine Ratssitzung angesetzt, und es war nur noch eine halbe Stunde Zeit. Die neuesten Ermittlungsergebnisse in der Carpenteraffäre wurden zunächst hier im Rat und erst später, manchmal sogar erst sehr viel später, allgemein bekanntgegeben. Letztendlich wurde alles bekannt. Aber je besser der Rat seine Arbeit machte und die Demokratie funktionierte, je mehr die Bürger sich ihren Bedürfnissen hingeben konnten, ohne sich über komplizierte politische Themen Gedanken zu machen, um so mehr erlahmte das Interesse der Terricolaner an der Politik, und bis zum nächsten Skandal kümmerte es niemanden, ob der Informationsfluß der Dinge über den Rat gefiltert, verzögert, oder im Zweifel überhaupt nicht vonstatten ging. Aber solange Menschen im Rat saßen, konnte man sicher sein, daß alles Wichtige doch irgendwann seinen Weg nach draußen fand, sich ein einzelnes Ratsmitglied auf der Suche nach Profil oder aus politischem Kalkül zum 'Retter' aufschwingen und das geringere Bedürfnis der Bürger nach Informationen und das größere nach Skandalen stillen und der eigenen Karriere einen Dienst erweisen würde.

Es war ein gutes, stabiles System.

Was plante Schoppenheimer? Gab es überhaupt einen Plan? Oder ging es wirklich um nichts anderes als die unbedenkliche, harmlose Steigerung der Lust in einer Gesellschaft, die außer genau diesem und dem hemmungslosen Ausleben der verschiedensten Freizeitvergnügungen keine weiteren Ziele mehr kannte?

Voller Grimm dachte Gordon an die von ihm und Patrick geplante Vorbereitung eines Antrages in Jonny's Clubhouse am Vortag. Die Einführung der Sexroboter sollte nach ihren Vorstellungen von intensiven Diskussionen im Rat abhängig gemacht werden. Snider hatte diese Vorbereitungen zunichte gemacht. Und durch den Unfall am Strand hatte Gordon sich nicht einmal mehr mit Patrick richtig absprechen können. So besonnen Snider sonst auch dachte und handelte, in dieser Sache schienen seine Wahrnehmungen über die Empfindungen seines Körpers nicht hinauszugehen.

Die Spuren am Strand. Kalt lief es an Gordons Nacken herab. Die Spuren am Strand liefen nach Süden. Seine Wahrnehmungen waren ungenau und seine Schlußfolgerungen langsam und unbeholfen und hielten keinen Vergleich mit den Sensoren und Logikmodulen moderner Roboter stand. Aber trotz seiner Unzulänglichkeiten im Vergleich mit diesen Maschinen ahnte Gordon, daß diesen Spuren eine Bedeutung zukam, deren Tragweite er noch lange nicht begriffen hatte.

Auf dem Weg zu seinem Auto bemerkte Gordon, daß er keines mehr hatte. Abrupt hielt er inne. Er müßte ein Unicar rufen. Er blickte auf seine Uhr. Es war nicht mehr rechtzeitig zu schaffen. Voller Wut und rot vor Zorn brüllte er seinen Hausroboter an, dem er vergessen hatte mitzuteilen, ihn an seine Termine zu erinnern, und der erschrocken zurückwich, nickte, sich bis zum Boden verneigte und rückwärts laufend fast in Kayoko prallte, die ihren Abstandssensoren folgend lachend und mit wehenden Haaren zur Seite wich. Kayoko verstand weder Gordon noch den Hausroboter noch das Problem. Die Maschinen müssen aufeinander abgestimmt werden, dachte Gordon bitter. Kayokos Programme kannten nur Sex.

Die Reifen des Unicars rollten über den Kies. Gordon warf einen erneuten Blick auf die Uhr, als er die Stufen vor seiner Eingangstür herabeilte. Er ließ die Haustür unverschlossen. Terricola war ein friedliches Land. Und jedes Haus wurde von mindestens einem Hausroboter sowie einer Reihe von Kommunikationsanlagen bestens überwacht. Gordon warf einen flüchtigen Blick zurück. Kayoko hatte sich aus einem Fenster im ersten Stock gelehnt. Sie hatte einen weiten dunkelroten Pullover übergeworfen. Ihre dichten Haare steckten noch im Kragen und quollen hervor. Sie winkte Gordon zu und lächelte. Gordon schüttelte den Kopf und sprang in das Unicar.

Er dachte an Peter und an die Freude, die ihm die Konstruktion der Sexroboter zweifelsohne bereitet haben mußte. Und an die Hilfe von Mary O'Hara, einer etwas üppigen, wasserstoffblonden, hoch auftoupierten Psychologin in den Anfang Vierzigern , die die Psychogramme der Maschinen entworfen und deren Leistungen zusammen mit Peter überwacht hatte. Vier weibliche und vier männliche Modelle mit jeweils unterschiedlicher Physiognomie hatten sie erschaffen. Und wie immer diese Arbeit ausgesehen haben mochte, sicher war sie sehr amüsant gewesen. Leider hatte Peter nie davon erzählt.

Das Ergebnis war ihnen jedenfalls gelungen. Ein menschlicher Sexualpartner hatte nicht den Hauch einer Chance gegen Mary O'Haras Kreationen. Selbst seine intensivsten bisher erlebten Liebesnächte erschienen ihm im Vergleich zu Kayoko harmlos und langweilig, ja geradezu banal. Seit einer Woche benutzte er den Roboter.

Gordon stutzte.

Er hatte Kayoko *benutzt*.

Das war die eigentliche neue Dimension. Trotz der perfekten Simulation menschlichen Verhaltens, die Gordon immer wieder das Metall und das Plastik hatte vergessen lassen, aus dem der Roboter letztendlich bestand, hatte Kayoko keine eigenen Ansprüche, bestand im Gegenteil die Erfüllung ihrer Wünsche allein in Gordons Zufriedenheit, war der Sex immer einseitiger zur egoistischen Nutzung der maschinenseitigen Fähigkeiten verkommen. Jede Form von Einfühlsamkeit, ja selbst der Rücksichtnahme war überflüssig geworden. Im schlimmsten Fall würde der Roboter halt repariert werden müssen. Der Wunsch nach mehr war zum zentralen Punkt der Dinge geworden.

Das war ein Problem.

Das war nicht gewollt.

Oder war es gewollt? Sollte Schoppenheimer, der sicher mit am wenigsten von den Maschinen profitierte, sich nichts dabei gedacht haben?

Natürlich hatte es immer die verrücktesten Gerätschaften aus dem unermeßlichen Angebot diverser Sexshops gegeben. Aber die perfekte Imitation sowohl des körperlichen als auch des menschlich-emotionalen Verhaltensmusters bedeutete in dieser Kombination eine erschreckende, neue Qualität.

Offensichtlich hatte Patrick dieses Problem schon vor einer Woche erkannt und in der Existenz dieser Maschinen etwas Bedeutsames gesehen, etwas, das Gordon erst jetzt und Snider offensichtlich überhaupt noch nicht begriffen hatte. Patrick hatte in seiner mißtrauischen Art gespürt, daß die Roboter eine ausführliche Diskussion im Rat erforderten. Patrick, der Fuchs. Patrick, der Intellektuelle, dessen geschliffene Dialektik und wohlbedachte Argumente gelegentlich sogar Schoppenheimer in Verlegenheit brachten. Er hatte es geschafft, die generelle Freigabe der Maschinen zu verhindern. Für eine zeitlich begrenzte Phase konnten die Roboter jetzt von allen interessierten Ratsmitgliedern getestet werden. Schoppenheimer hatte, wenn auch widerwillig, zugestimmt. Es wurden alle Mitglieder des Rates beliefert, auch Schoppenheimer hatte nicht zurückgestanden. Und es war Stillschweigen bis zum Abschluß dieser Testphase vereinbart worden.

Und trotzdem war es gestern früh passiert. Niemand wußte, wer letztendlich dafür verantwortlich war und ob nicht Schoppenheimer selbst die Nachricht über die Existenz der Sexroboter an die Öffentlichkeit lanciert hatte. Aber seitdem waren sie das beherrschende Thema in den Bars und an den Stränden, und erstaunt hatte Gordon festgestellt, daß selbst das Verbrechen an Carpenter oder die Existenz des Chips nichts daran hatten ändern können. Die Steigerung der persönlichen Lust schien über der abstrakten Gefahr der Bedrohung der globalen Existenz zu stehen.

Das Unicar fuhr direkt vor das Portal, vor dem Manfred, befrackt und dienstbeflissen, wartete. Manfred, der Protokollroboter, öffnete die Tür des Unicars. Normalerweise und an anderer Stelle öffnete sich die Wagentür automatisch, aber wenn ein Ratsmitglied vor dem Portal des Parlamentsgebäudes vorfuhr, war es eine Sache von Manfred. Das Programm des Unicars hatte sich längst mit dem Protokollroboter abgestimmt, und der Wagen war an dem von ihm bestimmten Platz ausgerollt. Und so beugte sich Manfred mit fliegenden Rockschößen und gesenktem Kopf herab, ergriff mit der rechten Hand den Türgriff und drehte das Schloß, das mit einem satten Klacken aufsprang, während der linke Arm hinter dem Rücken abgewinkelt verharrte. Die Verbeugung war eine perfekte Mischung programmierter Eleganz und eines durch Zufallsgesetze modulierten Bewegungsmusters. Als Gordon herausstieg, senkte Manfred devot lächelnd den Kopf.

Es gab diese Prozedur, seit es den Rat gab, und kaum einer machte sich noch Gedanken über den Sinn und Unsinn solch simulierten Verhaltens. „Auch mein Hausroboter muß sich benehmen können", hatte Schoppenheimer einmal bemerkt. Und wenn man nicht mehr darüber nachdachte, geriet auch Manfred schnell zu einem natürlichen Bestandteil terricolanischer Tradition.

Das Parlamentsgebäude strahlte hell unter der gleißenden Sonne. Es war zweifellos das schönste Gebäude Terricolas. Zum einen war enorm viel Zeit und Aufwand für die Planung und die Bauausführung verwendet, zum anderen aber auch peinlich darauf geachtet worden, daß kein weiteres Bauwerk ähnlicher Pracht erstellt wurde. Aus Granit und Eichenholz erhob sich die Kuppel des Zentralen Sitzungssaales und war umgeben von Nebengebäuden und prachtvoll verzierten Türmen und Torbögen. Die reichlich vorhandenen halbrunden Sprossenfenster waren mit dunklem Holz eingefaßt. Große Palmen umstanden in einer sorgfältig gepflegten Parkanlage den prachtvollen Bau.

In den Innenräumen war der Naturstein weitgehend belassen und nur verschiedentlich mit Hölzern verkleidet worden. Auch ein großer Teil der Wände des Zentralen Sitzungssaales, in dem die Ratssitzungen stattfanden, war vertäfelt. Die Lehnen der ausladenden Stühle des Saales waren holzverschnitzt und der Bezug der Sitzflächen mit dunkelgrünem Cordsamt bezogen. Der Geruch des alten Holzes verströmte eine Aura von Tradition und Macht. Vielleicht war es dieser Saal, diese unwägbare, geschichtsschwangere Stimmung, die von ihm ausging, die Gordon immer wieder motivierte, als Ratsmitglied zu kandidieren und - im Vergleich zu dem Bevölkerungsdurchschnitt - eine erhebliche größere Arbeitsbelastung zu akzeptieren.

Aber heute hatte Gordon keinen Sinn für zarte Nostalgie. Wie befürchtet, hatte die Ratssitzung bereits begonnen. Schoppenheimer saß auf seinem erhöhten Pult vor dem Plenum und leitete wie immer die Sitzung. Langsam drückte Gordon die schwere, reich verzierte Eichentür des Saales auf. Sie knarrte entsetzlich, wahrscheinlich gerade deswegen. Obwohl er Schoppenheimers Gesichtszüge gegen das Licht der Fenster nicht genau sehen konnte, wußte er, daß dieser bei seinem Anblick und dem Knarren der Tür die Mundwinkel zu einem spöttischen Lächeln verzog.

Snider hatte das Wort und er war wieder ganz Snider. Als Jurist war er ein anerkannter Fachmann auf dem Gebiet des Verwaltungsrechts. Aber auch auf anderen Gebieten konnte er mit seiner sonoren Stimme, seinem gepflegten Äußeren und seiner gewählten Ausdrucksweise immer wieder den Eindruck besonderer Kompetenz erwecken. Wenn er glaubte, etwas Wichtiges zu sagen, erhob er sich von seinem Stuhl, was dazu führte, daß Snider beim Reden meistens stand.

„Wenn wir also ernsthaft unterstellen", Snider schien am Ende seiner Ausführungen, die Tonlage seiner Stimme war bereits nach oben gewendet, „daß es eine - sagen wir einmal - außerterricolanische - Möglichkeit zur Herstellung von hochvernetzten Computerchips gibt, müssen wir logischerweise auch unterstellen, daß die Möglichkeit zur Produktion der dazugehörigen Roboter ebenfalls existiert. Wenn wir ferner unterstellen, daß dieser Chip nicht erst seit gestern vorhanden ist, dann müssen wir vernünftigerweise davon ausgehen, daß diese Roboter bereits verfügbar sind und nur darauf warten, über uns herzufallen. Das ist doch absurd!" Sniders Stimme überschlug sich fast. Zufrieden plumpste er auf seinen Stuhl. Snider konnte nicht glauben, was so unglaublich war. Schoppenheimer lachte kurz auf.

„Ich verstehe Sie, Snider, daß Sie nicht akzeptieren wollen, was uns allen unbegreiflich erscheint. Wie oft haben wir in der Vergangenheit über das Produktions- und Bitkontrollgesetz diskutiert. So oft, daß viele von uns es nicht mehr hören konnten und die Diskussionen beiseite geschoben haben. Aber genau der schlimmste Fall dessen, worüber wir geredet haben, ist eingetreten, Snider, und wir können dem Schicksal nur danken, daß wir offensichtlich noch eine kurze Galgenfrist erhalten haben!"

„Woher wissen wir das?" Patrick glaubte nicht an die Fügungen des Schicksals, insbesondere nicht an die glücklichen. „Wer sagt uns denn, daß der Angriff der Roboter als Straßenschlacht erfolgt? Vielleicht hat die Invasion ja längst begonnen? Vielleicht sind Sie, Herr Ratspräsident, bitte entschuldigen Sie", Schoppenheimer verneigte sich kurz, er kannte Patricks direkte persönliche Art der Argumentation, „gar nicht mehr der Herr Ratspräsident, sondern eine Puppe, ein Roboter? Vielleicht sind die meisten, oder wenigstens einige von uns, nur noch ihre Imitate! Peter hat uns ja, mit freundlicher Mithilfe der von uns allen geschätzten Mitbürgerin Mary O'Hara", ein Lachen ging durch die Reihen, „vorgemacht, wie man perfekte Imitate herstellt!" Das Lachen in den Reihen der Ratsmitglieder erstarb. Unsichere Blicke wanderten umher.

„Auch diese Möglichkeit müssen wir in Betracht ziehen." Schoppenheimer nickte bedächtig.

„Was machen wir jetzt?" fragte Patrick.

„Beten?" Gordon hatte ganz leise gesprochen, mehr zu sich selbst und kaum einer hatte es gehört, verstanden hatte er selbst nicht. Zu lange hatten die Menschen ohne Gott gut leben können. Jane hatte es gehört, und ein seltsamer Blick traf Gordon. In ihrem sommersprossenbedeckten braunen Gesicht leuchteten ihre hellblauen Augen.

Schoppenheimer winkte nach Ishida, dem Polizeipräsidenten. Ishida stand auf und ging zu dem Rednerpult.

„Fangen Sie an, Ishida", forderte Schoppenheimer ihn auf. „Ich glaube, daß eine Menge Leute hier nicht wissen, was um sie herum vorgeht." Ishida nickte grimmig.

„Wir haben inzwischen noch eine physikalische Analyse des Chipmaterials durchführen lassen. Danach steht eindeutig fest, daß der Chip im Microsublimationsverfahren hergestellt wurde." Ishida machte eine kleine Pause und sah in die Runde. Die wenigsten kannten sich mit der Chipherstellung aus, und Ishida wußte das, und es freute ihn, in die vielen verständig blickenden und nichts verstehenden Mienen zu schauen. „Für alle, die dieses Verfahren nicht kennen sollten..." Ishida hielt für einen neuen, kurzen Moment der Freude inne, dann fuhr er fort, „darf ich den Vorgang noch einmal erklären. Bei dem Microsublimationsverfahren werden die bei der Chipherstellung verwendeten Substanzen in ionisierter Form auf das Trägermaterial geschossen und dort direkt auf kleinstem Raum abgeschieden. Da der Ionenstrahl extrem genau gesteuert werden kann, können so filigrane Muster verschiedener hochreiner Substanzen in fast atomarer Schichtstärke aufeinander und nebeneinander aufgebracht und so allerfeinste dreidimensionale Schaltkreise hergestellt werden. Es handelt sich um das am höchsten entwickelte, nanotechnologische Fertigungsverfahren, das uns bekannt ist. Soweit wir wissen, können nur auf diese Weise die modernen, hochvernetzten Chips gefertigt werden, die in allen gebräuchlichen Robotern verwendet werden." Ishida machte eine kleine Pause, um seine

Ausführungen wirken zu lassen. Auch er hatte erst vor kurzem von dem Microsublimationsverfahren gehört und lange gebraucht, um es zu verstehen. „Bemerkenswert an dieser Methode ist, daß die dazu notwendige Technologie erst in den letzten 20 Jahren entwickelt worden ist, und zwar hier in Terricola. Es ist absolut undenkbar, daß dieser Chip vor Der Katastrophe hergestellt worden ist. Im übrigen kann ich nur wiederholen, was ich bei meinem letzten Bericht bereits gesagt habe: Alle in den letzten 80 Jahren in Terricola hergestellten Chips sind genau katalogisiert und jeder einzelne registriert. Seit Einführung des Produktions- und Bitkontrollgesetzes ist kein einziger verlorengegangen. Der bei Carpenter gefundene Chip ist hochspezialisiert, hochmodern und in keiner der autorisierten Produktionsstätten Terricolas gebaut worden! Das ist eine sichere Erkenntnis!" Ishida klappte seine Unterlagen zusammen und blickte triumphierend in die Runde.

„Was ist mit dem Mord an Carpenter?" wollte Patrick nach einer Weile wissen. „Gibt es da neue Gesichtspunkte?"

Ishida schüttelte den Kopf.

„Das Problem ist, daß wir sämtliche uns bekannten Details vollständig aufgearbeitet haben. Leider gibt es keine gesetzliche Grundlage, in sämtlichen Haushalten Terricolas nach den Resten der Faserspuren zu suchen, die wir an Carpenters Körper gefunden haben und die von seinem Mörder stammen dürften. Unsere demokratische Grundordnung läßt das nicht zu." Ein Seitenblick wanderte zu Schoppenheimer. „Sollten daher nicht neue Dinge per Zufall bekannt werden, werden wir bei der Aufklärung des Verbrechens vermutlich große Probleme haben."

„Wenn ich das richtig sehe, dann führt der Weg zu Carpenters Mörder auch zu dem Chip. Wenn es uns also in dieser existentiell wichtigen Frage hilft, Carpenters Mörder zu finden, dann müssen wir eben die gesetzliche Grundlage ändern! Wir können uns doch nicht selbst mit unseren eigenen Gesetzen ans Messer liefern!" Der Einwand kam von schräg hinten. Schoppenheimer schüttelte den Kopf.

Snider erhob sich.

„So einfach ist das nicht", sagte er. „Man kann der Exekutive nicht den Zugang in jedes Privatzimmer Terricolas verschaffen, nur, und bitte entschuldigen Sie das Wort 'nur' wegen eines Mordes. Noch ist ja gar nicht bewiesen, daß der Mörder Carpenters irgend etwas mit dem Chip zu tun hat. Im Freien Land gibt es genaugenommen gar kein Gesetz, keine Regeln. Carpenter kannte das Risiko. Außerhalb Terricolas herrscht genaugenommen das Chaos..."

„Wir wissen, was im Freien Land ist bzw. nicht ist, Snider!" unterbrach Gordon den Redefluß des Ratsmitgliedes. „Aber trotz aller juristischen Spitzfindigkeiten bleibt ein Mord ein Mord, auch im Freien Land. Die Frage ist doch nur, ob wir es uns leisten können, als Demokratie so schwach zu sein, daß wir uns von einem potentiellen Angreifer überrollen lassen wollen!"

Mit vorgeschobener Unterlippe fiel Snider auf seinen Stuhl.

„Moment, Gordon!" Patrick hob die Hände und schüttelte unwillig den Kopf. „Wir sind zuerst und zu allererst eine Demokratie! Wenn wir die demokratischen Grundregeln wegen eines Mordes niederreißen, dann haben wir genau das vollzogen, was irgend jemand mit Hilfe der Carpenterchips möglicherweise erst noch vorhat."

„Wobei wir ja überhaupt nicht wissen, ob dieser große, böse Unbekannte tatsächlich so ein schlechter Mensch ist. Vielleicht ist es ja jemand, der etwas Gutes, Produktives mit Terricola vorhat!" Es war Meyer, der diese Vermutung aufstellte. Die meisten Ratsmitglieder mochten Meyer nicht. Meyer war knapp 50 Jahre alt. Auf seiner Halbglatze spiegelte sich die Kopfhaut. Seinen untersetzten Körper mit dem dicklichen Bauch zwängte er in viel zu enge, meist weiße Hemden. Meyer gestikulierte viel, schwitzte entsetzlich und rieb sich ständig den Schweiß von der Stirn. Wenn er erregt diskutierte, flogen die Speicheltropfen wie feiner Spray aus seinem Mund. Meyer war für radikale Ansichten bekannt. Das Produktions- und Bitkontrollgesetz ging ihm zu weit. Schon immer hatte er für eine Lockerung der strengen Vorschriften plädiert und die bedächtigen Argumente besonnener Terricolaner als Einschnitt in seine persönliche Freiheit verächtlich zur Seite gewischt.

Schoppenheimers Lippen wurden schmal.

„Ihr Verständnis für unsere demokratischen Grundwerte scheint mir ein wenig unvollständig, Meyer", sagte er langsam. „Dieser Unbekannte verstößt gegen das von uns als am wichtigsten erachtete Gesetz, ermordet einen Menschen und wird von Ihnen als 'gut und produktiv' dargestellt! Sie sollten doch eigentlich inzwischen bemerkt haben, daß Veränderungen Terricolas hier vonstatten gehen, hier im Rat, per Diskussion und Beschluß und nicht durch die Anarchie der Straße oder von mir aus des Freien Landes!"

„Wir wissen doch gar nicht, was der große Unbekannte eigentlich will! Niemand darf vorverurteilt werden!" Meyer hob wild den Arm in die Luft.

Schoppenheimer ignorierte ihn.

„Ich stimme Patrick zu, daß wir den Teufel nicht mit dem Beelzebub austreiben sollten. Wenn wir die Demokratie zerstören, um sie zu retten, dann macht das keinen Sinn. Es bleibt uns nur zu hoffen, daß es Ishida und seinen Leuten im Rahmen der geltenden Gesetze gelingt, den Mörder und den oder die Verantwortlichen für die Chipherstellung zu ermitteln." Er sah prüfend über die Köpfe der vor sich hin murmelnden Ratsmitglieder. Dann blickte er in seine auf dem Pult ausgebreiteten Papiere.

„Ich habe noch einen weiteren Tagungspunkt", sagte er dann und blickte auf, „den ich allerdings von untergeordneter Bedeutung ansehe." Er machte eine kleine Pause. „Ich würde vorschlagen, die", Schoppenheimer lächelte süffisant, „wichtige Diskussion über Mary O'Haras Geschöpfe auf einen anderen Termin zu verlegen." Er sah in die Runde. Einige Ratsmitglieder lachten hell auf.

„Ich sehe keinen Widerspruch", stellte Schoppenheimer dann fest.

„Einen Moment noch!" Schoppenheimer hob die Arme, als sich die Ratsmitglieder von ihren Sitzen erheben wollten.

„Ich habe noch eine Bitte", sagte er und sah eindringlich in die Runde. „Denken Sie einmal in Ruhe über die Stabilität einer Demokratie in einer so hoch technisierten Welt wie der unseren nach. Wie viele Chancen haben wir noch? Kann unsere Technik auf Dauer mit unserer Demokratie leben? Oder umgekehrt: Können wir auf Dauer unsere Technik beherrschen? Können wir wirklich zuverlässig verhindern, daß wir eines Tages von der Technik beherrscht werden? Wann wird das Produktions- und Bitkontrollgesetz zum erstenmal unterlaufen, wann werden die ersten selbst-replikationsfähigen Roboter entstehen?

Bitte geben Sie keine spontanen Antworten, vor allem nicht jetzt gleich. Ich will keine Diskussion. Denken Sie nur darüber nach. Ich fürchte, dieses Problem wird uns noch lange beschäftigen."

Die Ratsmitglieder blickten verwirrt in Schoppenheimers Richtung. Einige schüttelten den Kopf. Dann schloß Schoppenheimer die außerordentliche Ratssitzung vom 27. Juni 103 p.c..

Eigentlich hatte Gordon noch mit Patrick, vielleicht auch noch mit Jane reden wollen. Einerseits war er enttäuscht, daß die Diskussion der Sexroboter von der Tagesordnung genommen war. Aber weder er noch Patrick hatten die Energie aufgebracht, angesichts der drückenden Carpenteraffäre dieses Problem mit Gewalt auf der Tagesordnung zu halten. Und so war es vielleicht die Angst vor dem Vorwurf des anderen, der Gordon und Patrick ohne miteinander zu reden aus dem Parlamentsgebäude streben ließ.

Im Strom der Ratsmitglieder schob sich Ishida wenige Menschenlängen vor Gordon aus dem Sitzungssaal. Die Gelegenheit schien günstig. Im Vorraum hatte er ihn schließlich erreicht. Der Vorraum war ein großer, in weißem Marmor gehaltener, lichtdurchfluteter und mit vielen Pflanzen bestückter Raum.

„Ach, Ishida", sagte Gordon ein wenig verlegen lachend in gedämpftem Tonfall. „Ich habe da ein kleines Problem." Ishida drehte sich um.

„Was gibt es denn, Gordon?"

„Ich hatte einen Unfall mit meinem Wagen", erklärte Gordon und kratzte sich hinter dem Ohr.

„Kaum möglich", Ishida runzelte die Stirn. „Es sind keine Unfälle gemeldet." Durch die Steuerung des gesamten Verkehrs durch die Zentralen Rechner und die Kontrolle der Wagen durch die Fahrcomputer gab es eigentlich keine Unfälle in Terricola.

„Im Freien Land", erklärte Gordon leise und mit niedergeschlagenen Blick. „Ich bin in terra libera am Strand entlang gefahren." Ishida blickte streng. Es war nicht verboten im Freien Land mit einem Sportwagen am Strand entlang zu fahren, nur schien es auch wenig vielversprechend zu sein. Ishida war zu höflich, um seine Gedanken zu äußern. Gordon fühlte sich in seine Schulzeit versetzt, ertappt bei einem Streich. „Es war so", Gordon trat von einem Bein auf das andere, „also ich bin mit relativ großer Geschwindigkeit in den Sand gefahren."

„Wie schnell?"

„Etwa 100 km/h"

„Wie bitte?" Ishida konnte es nicht fassen. „Wie kann man in den Dünen so schnell fahren?"

„Ich habe auf der Straße, die zum Strand führt, das Abbremsen vergessen." Es kam zerknirscht.

„Was hast du?" Gordon sah sich um. Patrick stand hinter ihm, daneben Jane. Zwei Meter entfernt stand Snider und sah interessiert herüber. Auch Schoppenheimer war plötzlich hinter einer Palme aufgetaucht, die ihre großen, sattgrünen Blätter aus einem weißen marmornen Gefäß streckte, und selbst das breite Gesicht von Meyer konnte Gordon auf einmal in nächster Nähe entdecken. Gordon schloß kurz die Augen. Er hätte es genauso gut im Rat, im Plenum, verkünden können. Er hätte Ishida zu Hause über die Kommunikationsanlage anrufen sollen. Die virtuelle Welt war diskret, kontrollierbar, aber Gordon war ein Anhänger der realen Welt mit all ihren Unwägbarkeiten und Zufällen. Jetzt mußte er es büßen. Gordon spürte, wie er errötete. Jane begann zu lachen, als sie es sah und hielt die Hand vor den Mund. Snider schmunzelte.

„Warum fahren Sie die Kiste nicht einfach wieder heraus?" wollte er wissen. „Oder steckt sie fest? Ich kann Ihnen meinen Truck leihen, der zieht sie wieder an Land, das garantiere ich Ihnen!"

„Der Wagen ist Schrott", gestand Gordon leise.

„Wie?" Patrick war irritiert.

„Ich habe mich überschlagen", erklärte Gordon. Es folgte eine schweigsame Pause. Einen Wagen mit modernem Fahrwerk auch ohne die Fahrkontrolle der Computer aus der Bahn zu werfen, war nicht gerade einfach.

„Herzlichen Glückwunsch!" sagte Patrick und prustete los und schlug Gordon auf die Schulter. Gordon zuckte zusammen und wunderte sich über die Kraft von Patricks Schlag. Jane schüttelte lachend den Kopf, daß ihre braunen Haare flogen, und Schoppenheimer schüttelte den Kopf. Snider schrie fast vor Lachen, und Ishida zwang sich zu dienstbeflissener Ruhe.

„Ich lasse den Wagen abholen, wo steht, eh, liegt er denn?" fragte er.

„An der südlichen Grenze am Strand."

Ishida nickte. Dann wandte er sich ab, und Gordon konnte hören, wie das mühsam unterdrückte Lachen nach wenigen Schritten aus ihm herausbrach. Schoppenheimer und Snider waren plötzlich verschwunden und von Jane sah er nur noch die rückwärtige Silhouette ihres Körpers. Nur Patrick stand noch neben ihm, und irgendwo war Meyer.

Gordon biß sich auf die Lippen. Er hatte vergessen, von den Spuren am Strand zu erzählen. Zwei Autospuren, die sich in den Sand gedrückt und von Terricola weg nach Süden geführt hatten.

„Ich bin froh, daß dir nichts passiert ist!" sagte Patrick.

„Vielen Dank!" sagte Gordon. „Es war tatsächlich nicht sehr angenehm. Kein gutes Gefühl, wenn du auf einmal nicht mehr in dem Kontrollbereich der Roboter bist und der Wagen durch die Luft fliegt!"

„Schon klar", sagte Patrick. „Aber irgendwie kann sich das keiner richtig vorstellen, schätze ich." Gordon nickte. Er konnte den anderen keinen Vorwurf machen.

„Ich habe Spuren gesehen", sagte er. „Zwei Autospuren, noch frisch. Im Sand. Nach Süden." Patrick nickte beruhigend.

„Du bist nicht der einzige, der außerhalb Terricolas herumfährt", sagte er.

„Irgend etwas stimmt nicht damit", sagte Gordon. Patrick zuckte die Schultern.

„Gehen wir noch auf einen Drink?" fragte er seinen Freund. Gordon schüttelte den Kopf.

„Morgen", sagte er.

„Okay", sagte Patrick.

27. Juni 103 p.c. 13 ^{00}

Es war so unglaublich, daß Gordon es zunächst gar nicht begriff. Das Unicar war auf dem gewundenen Kiesweg bis an die steinernen Stufen vor Gordons Haus gefahren. Gordon war ausgestiegen und starrte nach oben. Das Unicar hatte gewendet und rollte leise davon. Oben, am Ende der Stufen, stand die Eingangstür weit offen.

Gordon starrte versteinert hinauf.

Es war eine Situation, die es eigentlich nicht gab, weil es sie gar nicht geben konnte. Niemals hätte Walter, sein Hausroboter, die Tür offen stehen oder einen Unbefugten in das Haus gehen lassen. Hätte irgend jemand während Gordons Abwesenheit Einlaß begehrt, hätte ihn der Hausroboter über sein Handgelenktelefon benachrichtigt oder beim ersten Anzeichen von Gefahr die Polizisten von der Inneren Sicherheitsbehörde informiert.

„Walter?!" Er rief den Namen seines Hausroboters. „Kayoko?" Im Haus rutschte ein Stuhl. Gordon fuhr zusammen. Mühsam unterdrückte er den Fluchtreflex.

„Wer ist da?" krächzte er und wunderte sich über den Klang seiner Stimme. Eine Gestalt erschien in der Tür. Ein Stein fiel von Gordons Herz. Es war Kayoko. Sie blieb in der Tür stehen und lächelte herab.

„Was ist los?" Gordons Stimme war beinahe wieder fest, als er die Treppe hinaufeilte. Alles würde sich aufklären. Kayoko öffnete die Arme. Kurz bevor er sie erreicht hatte und ihren Körper an sich drücken konnte, sah er, was passiert war. Gordon zuckte zurück. Kayokos Arm lag schon auf seiner Schulter, und ihr Mund näherte sich seinen Lippen. Gordon schrie auf. Er blickte in ein zertrümmertes Zimmer. Eine Rosenholztruhe in der Eingangshalle aus dem 17. Jahrhundert nach der alten Zeitrechnung, die Gordon glaubhaft als Original erstanden hatte und die ihn mit Stolz, mehr noch als mit Hochachtung für das Kunstwerk oder die Kunstfertigkeit des Künstlers erfüllte, lag zerschmettert am Boden, und bäuchlings auf den Trümmern lag Walter. Sein Körper war von vielen Schlägen gezeichnet und zerbrochen und der Kopf zerplatzt und völlig zerschlagen. Offensichtlich hatte Walters zentraler Steuerungs- und Speicherchip zerstört werden sollen.

„Walter!" schrie Gordon. Er stieß Kayoko von sich fort. Er sah sich um, ein vorsichtiger Blick in den Wohnbereich durch die offenstehende Tür. Was er sehen konnte, zeigte das Gleiche: Zertrümmerte Möbel, die Splitter zerstreut am Boden, ein Bild der Verwüstung. Wieder krampfte die Angst im Bauch.

„Walter, ruf die Polizei!" schrie Gordon. Dann begriff er erneut. Doch beinahe hätte er wieder nach Walter geschrien, es war so unfaßbar. Wir sind viel zu langsam, dachte er, wir begreifen zu wenig und das viel zu spät.

„Kayoko!" rief Gordon. Kayoko lächelte dicht hinter ihm. „Los, ruf die Polizei!" Kayokos Lächeln wurde noch breiter.

„Was ist?" hauchte sie Gordon an, schürzte ihre Lippen und legte ihre Hand in seinen Nacken. Kayoko hatte nichts begriffen.

„Verdammt!"

Im Wohnbereich knackte es.

Gordon fuhr herum und stürzte die Eingangstreppen herab.

„Walter!" schrie er noch einmal auf dem Kiesweg und schimpfte sich einen Idioten. Es war unbegreiflich. Walter war für diese Dinge zuständig und alle anderen mit ihm vernetzten Rechnersysteme des Hauses. Es war völlig unmöglich, daß nichts mehr funktionierte, und genau das war passiert. Irgend jemand hatte mit der gleichen Gewalt, die auf Carpenter niedergegangen war, sein Haus zerstört und lauerte darauf, jetzt auch ihn zu vernichten.

Kochend schoß das Blut durch Gordons Kopf. Wohin? Die nächsten Nachbarn wohnten einige hundert Meter entfernt. Gordon hetzte durch den weitläufigen Park. Wer immer es ist, er hat keine Schußwaffe! Gordons Gedanken begannen zu arbeiten, zäh und quälend, aber er dachte nach. Ob Roboter oder Mensch, mit einer Schußwaffe hätte er mich längst erledigen können. So wie ich hier renne, ohne Deckung, ohne Schutz, ohne Verstand! Eine einfache Erkenntnis, aber der Einsatz für diese Einsicht war sein Leben. Wir sind zu dumm, dachte Gordon, zu langsam, verdammt, wir haben keine Chance, nicht den Hauch einer Chance! Kein Roboter wäre so unbedacht einfach über den Rasen gelaufen, wegen eines Knackens, ohne Deckung, ohne Ziel, ohne Plan. Sie hatten keine Chance.

Gordon querte mehrfach den verschlungenen Kiesweg und rannte über den Rasen in Richtung Innenstadt. Die Grundstücke der einzelnen Anwesen waren nicht mit Zäunen voneinander abgetrennt, und jeden Moment mußte das Haus seines nächsten Nachbarn erscheinen. Wie von Furien getrieben und ohne nach rechts oder links zu blicken, hetzte Gordon darauf zu. Der Nachbar, Herr Winterfeld, war ebenfalls Ratsmitglied, gehörte jedoch zu der großen Mehrheit derjenigen, die die Sitzungen schweigend verfolgten, sich bei den Abstimmungen dem abzeichnenden Trend anschlossen und in der Öffentlichkeit die Anerkennung als Ratsmitglied genossen. Gordon kannte ihn kaum, weder als Politiker noch als Nachbar. Herr Winterfeld war Ende vierzig, klein und stämmig gebaut und hatte eine Halbglatze mit einem scharf gezirkelten Haarkranz.

Schließlich hatte Gordon das Haus erreicht. Er war mitten auf der Terrasse gelandet, neben dem großen Swimmingpool. Gordon hielt an und stütze seine Hände auf den Oberschenkeln ab. Jetzt erst spürte er die Anstrengung seines Gewaltlaufes. Er keuchte entsetzlich. Dann fuhr er hoch. Die Terrassentür wurde aufgeschoben, und ein Mann trat heraus. Beruhigt stütze sich Gordon wieder auf seine Hände. Es war der Hausroboter, dessen Namen Gordon zwar nicht mehr kannte, den aber er vor langer Zeit auf einer nichtssagenden, langweiligen Party genau auf dieser Terrasse kennengelernt hatte.

„Ich bin überfallen worden!" keuchte Gordon ohne hochzublicken. „Mein Haus", er zeigte mit dem Daumen nach hinten, „mein Haus wurde demoliert!" Er schüttelte den Kopf. Es schien so absurd.

„Wo ist, eh, Herr Winterfeld?" Gordon blickte auf. Der Hausroboter lächelte ihn freundlich an. In der Terrassentür erschien die Silhouette einer weiteren menschlichen Gestalt. Als sie heraustrat, erkannte Gordon das Modell 'Nadine'. Blond, groß und gertenschlank, auch er hätte sich beinahe für Nadine entschieden, war aber dann dem geheimnisvollen japanischen Charme Kayokos erlegen. Nadine trat in die Sonne und lächelte Gordon voller Verlangen an. Offensichtlich hatte Herr Winterfeld das Eifersuchtsmodul nicht aktiviert und Nadine den freien Umgang mit seinen Besuchern als Zeichen seiner weltoffenen Toleranz gestattet.

Der Hausroboter lächelte immer noch.

„Was kann ich für Sie tun, Sir?" fragte er freundlich. Gordon sah ihm in die Augen. Nichts deutete darauf hin, daß der Hausroboter sabotiert sein könnte, aber selbst wenn er es wäre, wie sollte Gordon es erkennen? Bevor der Hausroboter ihn totschlug! Nadine war näher gekommen und voll wohlwollender Betrachtung um ihn herumgegangen.

„Rufen Sie die Polizei!" sagte Gordon eindringlich zu dem Hausroboter. Der Hausroboter nickte verständnisvoll.

„Das habe ich schon getan, Sir!" sagte er. „Was darf ich sonst noch für Sie tun? Darf ich Ihnen einen Tee bringen oder einen Jack Daniel's?" Der Speicher des Hausroboters hatte auf der Party registriert, daß Jack Daniel's Gordons Lieblingsgetränk war. „Herr Winterfeld wird erst spät nach Hause kommen", fuhr der Hausroboter fort, „er ist als Mitglied des Rates sehr beschäftigt. Aber ich habe ihm Ihre Anwesenheit bereits gemeldet. Er bittet Sie, hier zu warten." Die braunen Augen der Maschine lächelten freundlich. Die Hausroboter waren nach vielen technischen Generationen deutlich weiter entwickelt als die Sexroboter, kannten Takt und Mitgefühl, waren einfühlsam.

Gordon zuckte zusammen, als die er Berührung auf seiner Schulter spürte. Er wirbelte herum und wollte schon aufschreien, als er Nadine erkannte, die erschrocken zurückwich.

„Oh, là, là!" sagte sie und hob die Hand.

Gordon atmete tief durch.

„Einen Jack Daniel's!" sagte er zum Hausroboter. Und: „Jetzt nicht!" zu Nadine. Nadine zuckte die Schultern und setzte sich auf die Lehne eines der am Pool stehenden Stühle. Der Schlitz ihres knallroten Kleides rutschte weit genug hoch, um zu sehen, daß sie keinen Slip trug. Der Hausroboter verschwand im Haus.

Gordon ließ sich auf einen der Stühle fallen. Nichts konnte er kontrollieren. Was immer der Hausroboter wem gemeldet, welche Antwort, welche Instruktionen? er bekommen hatte, nichts von alledem war nachvollziehbar, bestimmbar. Auf jeden Fall lebte er noch, und der Hausroboter war gegangen, um ihm einen Whiskey zu holen. Gordon hob die Hand mit seinem Handgelenktelefon und stellte eine Verbindung zu Patrick her. Wenige Sekunden später blickte er in Patricks Gesicht, das als Hologramm vor ihm schwebte.

„Patrick!" Gordon schloß kurz die Augen.

„Patrick, ich bin überfallen worden! Mein Haus ..." er hob die Schultern, „ein einziges Schlachtfeld. Walter ist völlig zerstört. Ich bin bei Winterfeld, auf der Terrasse am Pool. Der Hausroboter hat nach seinen Angaben die Polizei schon verständigt. Bitte komm sofort her!"

Patricks Augen blickten starr.

„Mein Gott, Gordon!" sagte er, „es geht los! Hör zu!" er rückte näher an die Kamera, „traue niemandem! Hörst du? Niemandem! Ich bin sofort da! Halte durch!" Gordon nickte und schloß für einige Sekunden die Augen. Als er sie wieder öffnete, sah er Nadine über sich gebeugt, ihre Lippen nur noch Zentimeter von seinem Mund entfernt. Die Sexroboter steuerten ihre Programme nach den Wünschen ihrer Besitzer. So versessen hatte Gordon seinen Nachbarn Winterfeld eigentlich nicht eingeschätzt.

„Nein!!" sagte er und nahm ihr Gesicht in seine Hände. Nadine rieb ihre Wange an seiner Haut und fuhr mit ihrer gespitzten Zunge darüber.

Gordon schob sie hoch und sprang auf.

„Nadine", sagte er voller Nachdruck, „lassen Sie mich in Ruhe!" Nadine zuckte die Schultern.

Ein Schatten tauchte durch die Terrassentür. Es war der Hausroboter mit einem silbernen Tablett in der Hand, auf dem Gordons Whiskey in einem bleikristallgeschliffenen Glas schwappte.

„Bitte sehr, Sir", sagte der Hausroboter mit einem untergebenen Lächeln und senkte den Kopf zur Seite. Winterfeld hatte seinen Hausroboter gut im Griff.

„Danke", sagte Gordon und nahm das Glas vom Tablett.

Über den Rasen kamen drei Roboter in Polizeiuniform langsam auf die Terrasse zu. Die Innere Sicherheitsbehörde verfügte über zwei unterschiedliche Robotermodelle, die in Terricola ihren Dienst versahen. Die regulären Straßenpolizisten hatten eine freundliche Uniform aus hellem Khakistoff, wache blaue Augen unter schwarzem, streng gescheiteltem, kurzem Haar und weiß leuchtende Zähne. Sie waren mittelgroß und breit gebaut, verfügten über gewaltige Körperkräfte und waren von freundlicher Gutmütigkeit. Ihre Bewaffnung bestand aus einer kombinierten Laser-Druckluftwaffe, die sichtbar an einem offen Holster am Gürtel hing. Aus diesen Waffen konnten sie Betäubungsnadeln aber auch Energiestrahlen verschießen. Es gab viele Polizisten in der Stadt, die immer freundliche Antworten gaben, wenn sie nach dem Weg gefragt wurden oder zur Stelle waren, wenn man Hilfe jedweder Art brauchte. Jeder Bürger Terricolas betrachtete die Polizisten als unschätzbare Bereicherung des täglichen Lebens. Auch Gordon war unwillkürlich erleichtert, als er die drei Roboter auf sich zukommen sah.

Von dieser fast harmlos naiv scheinenden Art der Polizisten unterschied sich die anderen der Inneren Sicherheitsbehörde unterstellten Maschinen in signifikanter Weise. Zwar handelte es sich auch hier um menschenähnlich gestaltete Wesen, aber schon der Kopf hatte mit dem eines Menschen nichts mehr gemein, sondern erinnerte mehr an einen in die Länge gezogenen Schildkrötenpanzer. Fünf zirkulär um den Kopf angeordnete Augen sorgten für eine perfekte Rundumsicht. Mehrere Löcher unterschiedlichen Durchmessers in der Stirnseite und um den Kopf herum verteilt zeugten von in den Schädel integrierten Schuß- und Strahlwaffen. Auch an Bauch und Rücken sowie an Händen und Armen gab es solche Vertiefungen, die auf die in den Körper integrierte Bewaffnung dieser Roboter hinwiesen. Anstelle einer Uniform war die Panzerung der Maschinen einfach nur tarnfarbengefleckt bemalt. Diese Roboter waren reine Kampfmaschinen. Ihre Aufgabe war es, Terricola im Fall einer wie immer gearteten Gefahr zu beschützen. Sie wurden 'Exekutivroboter' genannt und waren in den Straßen Terricolas nur selten, meist nur als Spaliersteher bei offiziellen feierlichen Anlässen, zu sehen.

Das Glas in der Hand wartete Gordon auf die Straßenpolizisten. Wenn sie ihn hätten töten wollen, hätten sie es vermutlich längst getan. Als die Roboter näher gekommen waren und Gordon in die wie immer freundlich blickenden Gesichter sah, fühlte er sich sicherer. Das Ratsmitglied Gordon kehrte langsam wieder zurück. Er nahm einen Schluck aus dem Glas. Der Jack Daniel's schmeckte vorzüglich. Wahrscheinlich hatten die Menschen noch alles im Griff.

„Ein ziemliches Tohuwabohu!" sagte der erste Polizist und blieb vor Gordon stehen. „Waren Sie schon in allen Zimmern?"

Gordon fuhr herum.

„Um Himmels Willen, nein!" sagte er. „Haben Sie noch jemanden angetroffen?"

Der erste Polizist schüttelte den Kopf.

„Nein, Sir", sagte er, „es war niemand mehr da. Nach der ersten Spurenanalyse hat die Verwüstung schon vor einer guten Stunde stattgefunden. Ganz genau läßt sich das nicht sagen, da sämtliche Kommunikationseinheiten inklusive ihres Hausroboters zerstört worden sind. Es tut mir leid um ihren Hausroboter!" sagte der Polizist in Kenntnis um die emotionalen Beziehungen, die viele Terricolaner mit den Geräten verband. Gordon winkte ab.

„Schon gut", sagte er, und beinahe hätte er 'Es war doch nur eine dumme Maschine!' gesagt.

„Haben Sie schon einen Verdacht?" fragte er anstelle dessen den Polizisten.

„Leider nein, Sir", antwortete dieser. „Und leider kann auch ihr zweiter Hausroboter keine wesentlichen Auskünfte geben." Ein freundliches Lächeln traf Gordon. Die Polizisten kannten die Gattung Sexroboter bislang nur aus den theoretischen Informationen, die ihren Speichern übermittelt worden waren. Noch nie hatten sie eine dieser Maschinen irgendwo angetroffen.

„Warum, ist sie stumm geworden?"

„Nein, Sir", der Polizist schüttelte den Kopf. „Aber ihr Speichermodul zeichnet soziale Kontakte dieser Art nicht auf." Gordon unterdrückte ein Lachen. Es gab also noch Unterschiede zwischen maschinenkonstruierter und menschlicher Intelligenz.

„Diese Roboter sind zu anderen Zwecken gebaut worden", erklärte der Polizist mit seinem freundlichen Polizistenlächeln.

Nadine hatte sich Gordon von hinten genähert und legte ihre Hände auf seine rechte Schulter und ihren Kopf auf ihre Hände. Gordon gab es auf. Im Haus ertönten Schritte. Winterfeld stürmte durch die Terrassentür ins Freie. Nadine löste sich von Gordons Schulter, verlor einen letzten, bedauernden Blick in seine Richtung und schwebte dann mit einem strahlenden Lächeln auf Winterfeld zu. Winterfeld warf einen flüchtigen Kuß auf ihre Lippen, klapste ihr auf den Po und kniff ihr in den Busen.

„Geh nach oben, Schatz!" sagte er. Nadine strich zart über seinen Kopf, dessen Halbglatze von dem Schweiß der Anstrengung spiegelte und stakte auf ihren hochhackigen Schuhen davon. Sie überragte ihren Besitzer um einen guten halben Kopf. Das ist also Winterfeld, dachte Gordon.

Das Geräusch scharf abgebremster Wagen ertönte auf der anderen Seite des Gebäudes. Winterfeld warf seinem Hausroboter einen kurzen Blick zu, der im Gebäude verschwand und an den Eingang eilte. Er kam mit Patrick, Schoppenheimer, Ishida und Jane zurück, noch bevor Winterfeld Gordon begrüßen konnte. Hastig betraten die Ratsmitglieder die Terrasse. Ishida musterte sofort die Polizisten.

„Achtung!" schrie er und warf sich zur Seite. In seiner Hand hielt er eine Strahlwaffe. Die Mündung zielte in Richtung der Roboter. Die Polizisten wichen zurück und hoben beruhigend die Hände. Ishida richtete sich auf und senkte die Waffe. Die Polizisten lächelten.

„Mein Gott, Ishida!" Schoppenheimer schüttelte verärgert den Kopf. „Was soll das!" Ishida kümmerte sich nicht um ihn. Er sprang auf die Polizisten zu und griff dem ersten an den Nacken und öffnete mit ein paar Handgriffen die Verkleidung. Nach einigen prüfenden Blicken wiederholte er die Prozedur mit den anderen Robotern. Danach schickte er sie ins Haus und ließ sie die Terrassentür schließen.

„Alles oder nichts!" sagte er dann breit grinsend zu Schoppenheimer. „Ich mußte sie provozieren. Wenn sie sabotiert gewesen wären, hätten sie uns vermutlich sofort umgebracht! So können wir einigermaßen sicher sein. Auch bei der Inspektion eben habe ich nichts Auffälliges entdecken können."

Schoppenheimer schüttelte den Kopf.

„Vielleicht sollten Sie uns über derartig einschneidende, unser Leben betreffende Maßnahmen ruhig vorher informieren, Ishida. Ich könnte mir vorstellen, daß sich der eine oder andere dafür interessieren würde!"

„Wir müssen die Kommunikation der Roboter untereinander blockieren." Patrick meldete sich zu Wort. Wer immer es ist, und wo immer er ist, er wird versuchen, die Roboter zu seinen Gunsten umzuprogrammieren."

„Schon geschehen!" Ishida blickte stolz. „Ich habe ein Paßwort vereinbart, das nur ich kenne und das die Blockade wieder aufhebt."

„Alles Quatsch!" Schoppenheimer schüttelte mißmutig den Kopf. „Wenn sie uns hätten angreifen wollen, dann wäre es längst passiert. Denken Sie doch mal über die Folgen der Kommunikationsblockade nach: Sie können jetzt nicht mal mehr ein Unicar bestellen, geschweige denn den Zentralen Krankenhauscomputer von einem Unfall informieren oder eine außerordentliche Ratssitzung einberufen! Mein Gott, das Chaos bricht aus, Ishida. Ich wußte gar nicht, daß so etwas in Ihren Kompetenzen liegt. Stellen Sie sich doch einmal den - hoffentlich nie eintretenden - Fall vor, daß Ihnen etwas zustößt. Wer hebt dann die Blockade wieder auf?" Ishida machte ein enttäuschtes Gesicht.

„Das Recht zur Blockade durch den Polizeipräsidenten ist in den Notstandsgesetzen klar definiert", sagte er. „Immerhin wissen wir von diesen drei da, daß sie sauber sind und durch die Kommunikationsblockade auch nicht mehr infiziert werden können."

„Drei Polizisten gegen den Rest der Welt! Wie lächerlich!" Jane schüttelte den Kopf. Sie riß ihren verachtenden Blick von Gordons Whiskeyglas. „Im übrigen wissen wir ja nicht einmal, ob wir 'sauber' sind, wie Sie das nennen, Herr Polizeipräsident!"

„Ein echtes Problem", sagte Patrick.

„Ein großes Problem", sagte Gordon und blickte lange auf Ishida.

Schoppenheimer schüttelte den Kopf.

„Wir müssen das Kommunikationsnetz wieder aktivieren", sagte er. „Ich gehe davon aus, daß unsere Roboter noch nicht infiziert sind. Wahrscheinlich ist überhaupt noch nichts passiert."

„Mein Haus ist ein Schlachtfeld!" protestierte Gordon. „Da ist etwas passiert!"

„Laßt uns rübergehen", sagte Patrick.

„Das Kommunikationsnetz!" sagte Schoppenheimer.

„Aktivieren Sie es wieder, Ishida", sagte Gordon und Patrick nickte. Ishida brummte vor sich hin. Schließlich hob er sein Handgelenktelefon und murmelte ein paar unverständliche Worte hinein.

„Fertig", sagte er dann.

„Los!" sagte Schoppenheimer.

Sie riefen die drei Polizisten und marschierten zu Gordons Haus. Auch Winterfeld und mit ihm Nadine schlossen sich der Gruppe an. Kayoko stand auf der Eingangstreppe und lächelte herab.

„Wer immer es war, er hat dich nicht wirklich treffen wollen, Gordon!" Patrick lachte seinen Freund beim Anblick der unversehrten Kayoko an.

„Oder gerade doch!" sagte Jane mit dünnen Lippen. Gordon blickte über sie hinweg. Sie stiegen die Treppen hinauf. Jetzt, mit all der Begleitung und vor allem den drei Polizisten an seiner Seite, fühlte sich Gordon absolut sicher. Entschlossen drang er in sein Haus. Drinnen bot sich ein Bild der Verwüstung. Nicht nur die Kommunikationsanlagen waren völlig zerstört, die gesamte Inneneinrichtung war zertrümmert. Walter lag immer noch auf dem Holz über den Resten der alten Truhe.

„Die Untersuchungen werden einige Stunden in Anspruch nehmen." Es war Ishida, der einen prüfenden, kompetenten Blick über die Trümmer warf. „Dann können Sie Ihren Hausroboter mit den Aufräumarbeiten beauftragen."

„Mein Hausroboter hat ein Kommunikationsproblem!" sagte Gordon. Ishida lachte kurz auf.

„Entschuldigen Sie, Gordon."

„Du kannst zu mir kommen und von dort aus die Arbeiten veranlassen", bot Patrick an. Jane blickte kurz auf. Gordon nickte Patrick zu. Jane warf die Haare in den Nacken und wandte sich ab.

„Vielen Dank, Patrick", sagte Gordon.

Sie verließen das Anwesen. Winterfeld war tief beeindruckt.

„Daß so etwas hier passieren kann!" wiederholte er mehrfach auf dem Weg zurück, blickte verstohlen zu Gordon und schüttelte besorgt den Kopf. Gordon hatte das Gefühl, sich entschuldigen zu müssen.

Dann verabschiedeten sie sich von Winterfeld. Ishida schüttelte ihm die Hand und bedauerte die Unannehmlichkeiten. Nadine war wieder erschienen, und Winterfeld hielt ihre Taille umfaßt.

Kayoko war in Gordons Haus geblieben. Ihr machten die Trümmer nichts aus, und die Schlafsimulation aktivierte sie ohnehin nur bei Bedarf ihres Besitzers. Kayoko brauchte kein Bett.

Patrick legte Gordon freundschaftlich die Hand auf die Schulter, als sie zu seinem Wagen gingen. Patrick fuhr einen knallroten, offenen Sportwagen, dessen fließende Formen und üppige Kotflügel an längst vergangene Zeiten erinnerten. Schoppenheimer, Ishida und Jane stiegen in ihre Autos, nickten sich zu und brausten davon. Janes dunkle Haare flatterten im Wind ihres schwarzen Cabriolets. Gordon drehte sich um und faßte Patrick an beide Schultern.

„Woher weiß ich, wer du bist?" fragte er und versuchte, Patricks Kopf mit seinem Blick zu durchdringen. Patrick faßte Gordons Handgelenke.

„Du hast keine Chance", sagte er. „Wenn ich eine Maschine bin, wirst du es nicht merken!" Sie starrten sich an.

„Verdammt, Patrick!" sagte Gordon schließlich und nahm die Hände herab. „Was machen wir bloß?" Patrick zuckte die Schultern.

„Wir müssen logisch denken", sagte er. „Wenn ich ein Roboter bin, werde ich dich früher oder später fressen, du kannst das gar nicht verhindern. Keiner kann sich mehr wehren, wenn es schon soweit ist. Dann ist bereits jetzt schon alles vorbei, es ist nur noch nicht vollzogen. Deine und meine einzige Chance ist, daß Schoppenheimer recht hat. Daß wir noch eine kurze Galgenfrist haben. Daß Carpenters Tod nicht eingeplant war, ein dummer Zwischenfall, der uns etwas Zeit in die Hände spielt. Wir müssen die Chance nutzen. Sobald der- oder diejenigen die Kontrolle über das Kommunikationsnetz haben, gehört Ihnen Terricola. Dann beherrschen sie alles, sie brauchen nicht einmal die Roboter umzuprogrammieren. Es reicht, wenn sie uns gegeneinander aufhetzen, unsere Kommunikation untereinander manipulieren, wir nicht mehr wissen, wer Freund und wer Feind ist. Dann bringen wir uns gegenseitig um!"

„Oder sie vergiften uns einfach. Botulinustoxin im Trinkwasser soll sehr effektiv sein, habe ich gehört."

„Oder sie hetzen doch die Exekutivroboter auf uns. Ich erinnere mich noch, wie Ishida voller Stolz erzählt hat, ein einziger Exekutivroboter reicht, um mit ganz Terricola aufzuräumen."

„Warum haben wir die Dinger eigentlich gebaut?" fragte Gordon kopfschüttelnd.

„Das archaische Bedürfnis nach Sicherheit, denke ich", antwortete Patrick. „Mein Gott, Gordon, mit unseren Emotionen sind wir doch alle noch in der Steinzeit!"

Patrick stand in Blickrichtung zu Winterfelds Haus. Er nickte hinüber. Gordon drehte sich um. Am Fenster stand Winterfeld und neben ihm Nadine. Mit den Lippen umkoste sie seinen stämmigen Nacken.

„Du hast recht", lachte Gordon, „'Steinzeit'". Sie winkten Winterfeld zu. Hinter der Fensterscheibe nickte Winterfeld heftig zurück.

„Netter Nachbar!" sagte Patrick.

„Und so natürlich!" pflichtete Gordon bei. „Der weiß die Weiber zu nehmen!" Sie lachten sich an.

„Er schlägt seine Roboter!" sagte Patrick. Gordon schüttelte den Kopf. Das Schlagen der eigenen Roboter war nicht verboten; zu widersprüchlich schien es, Maschinen den gleichen Schutz der Unversehrtheit des Körpers wie den Menschen zuzusprechen. Aber die meisten Terricolaner versuchten, die Simulation menschlichen Verhaltens durch die Maschinen durch Achtung dieses Verhaltens den Maschinen gegenüber zu honorieren. Doch nicht alle Terricolaner hielten sich daran, und so mancher Psychologe sah durchaus einen Vorteil darin, wenn diese Menschen die Unzulänglichkeit ihrer emotionalen Gefühlswelt eher an den Maschinen als an ihren Mitmenschen auslebten. Trotzdem verachteten die meisten Terricolaner die Gewalt gegen die Roboter.

„Los, komm", sagte Patrick, „ich kaufe dir einen Drink. Ob wir in meiner Bude hocken oder im Café Française einen Drink nehmen, ist doch letztlich egal. Noch geht das Leben weiter, wie es scheint. Ich leihe dir meinen Hausroboter, der kann die Reparatur deines Heimes organisieren. So schwer kann das ja nicht sein. Er soll einfach alles so wieder herstellen lassen, wie es vor dem Überfall war. Das dürfte ja wohl in der Nacht zu machen sein. Und morgen zum Frühstück fahren wir zu dir und lassen uns von deinem neuen Walter verwöhnen!"

Gordon nickte. Patrick war ein guter Freund. Sie bestiegen den knallroten Wagen, winkten noch einmal in Richtung Winterfeld, der nicht mehr am Fenster stand, und brausten los. Winterfeld war Nadines Werben bereits erlegen. Zum ersten Mal in seinem Leben spürte er das süße Gefühl, wirklich begehrt zu werden. Mary O'Haras Roboter waren einfach Klasse.

Wie Gordon liebte auch Patrick die manuelle Kontrolle über sein Fahrzeug und steuerte den Wagen selbst. Die schmale, palmenbestandene Straße wand sich in vielen Kurven nach unten zum Strand. Hinter der breiten Promenadenstraße in einem dichten Palmenwald am Salomon's Beach erhob sich eine Ansammlung verschieden großer, weißgetünchter, rundlicher Bauten. Flache Türme, die teilweise aneinander stießen oder mit länglichen Gängen miteinander verbunden waren und so ein zusammenhängendes Gebäude bildeten. Die Dächer waren mit getrockneten Palmenwedeln gedeckt. Es war das Café Française, das favorisierte Café und Restaurant vieler Ratsmitglieder. Im Café Française verkehrte ein Publikum, das sich von den hier zu zahlenden Preisen nicht abschrecken ließ. Zum Strand hin erstreckte sich eine auf Holzbohlen errichtete Terrasse, die ein aus gekreuzten, naturbelassenen Holzbalken gezimmerter Zaun zum Strand hin abgrenzte. Dächer aus getrockneten Palmenblättern über den Rattantischen schützten vor der sengenden Sonne. Als sie die Promenadenstraße entlangfuhren, fielen Gordon die vielen Betonhügel auf, die unauffällig am Straßenrand verteilt und teilweise von Büschen verdeckt und die Gordon bislang nie wirklich aufgefallen waren: Unter jedem Betonhügel lag ein Exekutivroboter und wartete auf seinen Einsatz. Verdammt, es sind viele! dachte Gordon.

„Schau", sagte Patrick und zeigte nach Osten, in Richtung Strand. „Da ist er!" Gordon nickte. Der Horizont war schwarz. Es war der Hurrikan, der zweite in dieser Saison. TerraNews hatte berichtet. Er würde sehr nahe kommen dieses Mal, aber natürlich bestand keine Gefahr. Gewaltige Vertikaltransporter mit noch gewaltigeren Turbinen erzeugten eine Mauer aus Luft, die die Hurrikane zwar nicht zerstörten, aber ihre Laufrichtung beeinflußten und von Terricola fernhielten. Ganz konnten die Maschinen die Gewalt der Natur jedoch nicht kontrollieren und ein starker Wind blies regelmäßig über das Land. Immer war es ein grandioses Schauspiel, und viele Terricolaner zog es an den Strand und nicht wenige hofften gelegentlich, ein Hurrikan möge die Maschinen besiegen, wenigstens ein kleines bißchen, aber doch genug, daß ein Teil eines richtigen Sturmes Terricola erreichen und ein Hauch reeller, unkontrollierter Gefahr anstelle simulierter Erlebniswelten über ihre Köpfe hinwegwehen konnte. Aber noch nie hatten es die Hurrikane geschafft.

Sie parkten den Wagen und gingen durch den Eingangsturm in Richtung Terrasse. Das Holz der Dielen klang melodisch unter ihren Schritten.

Madame Touchet stand ein paar Tische weit entfernt und unterhielt sich mit einigen Gästen. Als sie die beiden Männer bemerkte, drehte sie sich um, lächelte und winkte ihnen zu. Seit es das Café Française gab, gab es Madame Touchet. Unter einem Berg schlohweißer, hoch toupierter Haare stach eine scharf geschnittene Nase aus einem markanten Gesicht. Die weiße, exakt gebügelte Bluse hing weit über ihre Schultern und fiel ein wenig über den Rand des schwarzen Rockes. Madame Touchet simulierte ein menschliches Lebensalter von Ende 50 und war das Ergebnis einer genauen Analyse der französischen Lebensart, ein Versuch der Auferweckung von den Toten, eine Negierung des Schicksals der totalen Vernichtung, eine Illusion, ein Roboter. „Auch Menschen sind eine Illusion, ein Bild dessen, was wir sehen wollen", hatte Schoppenheimer einmal gesagt. Damit war die Wertigkeit der computeroptimierten Persönlichkeitsstrukturierung der Roboter für ihn entschieden. Es lag einige Jahre zurück. „Es sind verdammte Konservendosen!" hatte Jane damals voller Verachtung gerufen, und zwischen diesen Extremen war man verblieben.

Sie setzten sich, und Madame Touchet brachte die Drinks. Gute Kunden wurden von ihr persönlich bedient. Die Whiskeygläser standen braun gefüllt auf dem Rattantisch.

Trotz des Hurrikans war es ein heißer Tag, und wie an den meisten heißen Tagen wehte es vom Meer her, und die Palmen am Strand von Salomon's Beach bogen sich im Wind. Aber heute war es nicht die über dem Land erhitzte Luft, die nach oben stieg und so den Seewind erzeugte, heute waren es die Reste des Hurrikans, die den Maschinen entkamen und über den heißen Strand fegten. Die kräftige Brise, die Schatten der Palmendächer über den braunen Rattantischen und -stühlen und die eisgekühlten Drinks machten die Hitze erträglich. In der Ferne brachen sich rauschend die Wellen, und zwischen den Schaumkronen auftauchend und in den Wellentälern wieder versinkend tobte eine Horde von Surfern auf dem Wasser. Sie nutzten den Sturm, den die Maschinen nicht verhindern konnten und kämpften ihren freiwilligen Kampf gegen die Gewalt des Wassers und der Luft, voller Leidenschaft, genau kalkuliert und von den aufmerksam äugenden Servicerobotern am Strand sicher bewacht. Am Horizont wirbelte der Hurrikan dunkel über die See und drückte gegen die unsichtbare Mauer aus Luft, die die im Himmel verteilten Vertikaltransporter ihm entgegen schleuderte. Doch so sehr der Hurrikan sich auch dagegen warf und brüllend das Wasser des Atlantik schwarz in die Höhe schleuderte, so stark hielten die Maschinen dagegen. Es war ein gewaltiges Bild, das selbst noch mit dem Drink in der Hand und dem langsam darin schmelzenden Eis den Magen flau werden lassen konnte. Die Gewalt der Natur war gezähmt, aber nicht besiegt. Hinter den Maschinen und Robotern lauerte der Tod.

„Was soll's", sagte Patrick und riß seinen Blick vom Strand und tauchte ihn in sein Glas, in dem der braune Whiskey schwappte, „vergiftet ist ein schöner Tod!" Sie prosteten sich zu.

„Es kommt sehr auf das Gift an!" bemerkte Gordon und leckte über seine Lippen.

Patrick nippte erneut an seinen Glas.

Die Wellen liefen krachend auf den Strand. Madame Touchet stand wohlgefällig lächelnd am Eingang der Terrasse. An den Tischen saßen die ahnungslosen Gäste lachend und scherzend vor ihren Gläsern. Das Wort 'Sexroboter' wehte zu Gordon und Patrick herüber.

Als ein von vielen Politikern und politikinteressierten Gästen frequentiertes Restaurant gehörte es zu den Eigenarten des Cafés Française, auf einer großen Hologrammbühne die regelmäßigen Nachrichtensendungen zu zeigen. Auch jetzt leuchtete der Bildschirm auf, und Jack Wilder, der bekannteste Nachrichtensprecher von TerraNews schwebte als Hologramm im Raum. Patrick schaltete den Lautsprecher an ihrem Tisch ein. Jack Wilder schien alarmiert. Ein Einbruch bei einem prominenten Ratsmitglied. Das Anwesen völlig zerstört. Jacks Stirn lag in Sorgenfalten. Gordons Haus erschien im Bild. Die zertrümmerte Truhe, Walter noch immer bäuchlings am Boden, das Wohnzimmer splitterübersät, das Bett im Schlafzimmer umgestürzt. Kayoko im Schlafzimmer, in die Kamera lächelnd mit roter Bluse. Wieder lief das Wort 'Sexroboter' durch die Reihen der Gäste. Noch einmal sah Gordon das ganze Bild der Verwüstung.

„Wie gut, daß es Jack Wilder gibt!" sagte Gordon.

„Wir freuen uns über die Errungenschaften der modernen Demokratie!" pflichtete Patrick bei. „Du bist halt bekannt."

„Jack ist ein Klassenkamerad von mir", bemerkte Gordon.

„Ich weiß", sagte Patrick.

Eine Windboe wehte einen kalten Hauch Gischt in ihre Gesichter.

Jack Wilder betrat den Ort des Verbrechens. Vor der Eingangstreppe stehend mutmaßte er über die möglichen Ursachen für den Anschlag. Dann holte er Ishida ins Bild. Patrick und Gordon blickten auf.

„Wie hat er den denn da hin gekriegt!" Gordon schüttelte den Kopf.

„Mit einer Kamera!" erklärte Patrick. Gordon lachte hell auf.

Es sei nicht bewiesen, sagte Ishida, daß es einen Zusammenhang mit dem Carpenterchip und dem Anschlag auf Gordons Haus gäbe.

„Und schon hat er ihn hergestellt", murmelte Patrick, „der Mann ist gar nicht so dumm. Je größer die Affäre, um so größer der Ruhm."

Die Spurensuche sei noch nicht abgeschlossen, man arbeite noch daran. Ishida blickte grimmig und entschlossen. Es gab Stimmen, die meinten, Ishida wollte irgendwann als Ratspräsident kandidieren. Jack Wilder wußte das.

Das Kommunikationsnetz. Es sei für mehr als zehn Minuten zusammengebrochen gewesen. Jack Wilder blickte Ishida streng in die Augen.

Ishida hüstelte und reckte seinen Kopf mehrfach in die Höhe. Das sei ein Irrtum gewesen, sagte er dann, weit weniger entschlossen, fast ein wenig heiser. Patrick und Gordon lachten. Jack Wilder schien sich damit zufrieden zu geben. Sollte es neue Erkenntnisse geben, sehen wir uns wieder, verabschiedete er sich von seinen Zuschauern. Das Hologramm fiel zusammen.

„Nun weißt du Bescheid!" sagte Patrick. Gordon nahm einen kräftigen Schluck.

„Die Spuren am Strand", sagte Gordon. „Wir müssen sie verfolgen."

„Du meinst nicht, daß du dir etwas einbildest?" Patrick blickte skeptisch. Gordon schüttelte den Kopf.

„Nehmen wir einmal an", sagte er, „daß der Anschlag tatsächlich mir gegolten hat, dann muß ich etwas wissen oder ansonsten in irgendeiner Weise gefährlich sein. Im Wohnzimmer hat etwas geknackt, als ich noch im Haus war. Vielleicht bin ich nur durch einen dicken Zufall dem Tod entronnen!" Wieder nahm Gordon einen großen Schluck, der das Glas endgültig leerte. Madame Touchet kam vorbei und lächelte freundlich. Gordon nickte und einer der Kellner eilte im Laufschritt und einem neuen Whiskey auf dem Tablett heran. Madame Touchet tauschte die Gläser auf dem Tisch.

„A votre santé!" wünschte sie.

Sie prosteten sich zu.

„Meyer", sagte Gordon dann. „Irgendwie scheint er keine Bedrohung im Carpenterchip zu sehen."

„Meyer hat noch nie irgend etwas wirklich verstanden."

„Genauso ist es. Meyer begreift weder den Inhalt noch den Sinn des Produktions- und Bitkontrollgesetzes. Ich glaube, daß ihm sämtliche Gesetze oder demokratischen Regeln völlig fremd sind. Ich verstehe nicht, wie er in den Rat gewählt werden konnte."

„Und das alle fünf Jahre."

Sie schwiegen und sahen auf den Strand.

„Man müßte alle Roboter deaktivieren, das Kommunikationsnetz nur noch für die menschliche Verständigung zulassen", sagte Gordon und riß den Blick von den Wellen. Auch er liebte die Gewalt des Wassers unter seinem Surfbrett.

„Und dann kommt doch der Straßenangriff einer Horde außerterricolanischer Killermaschinen, und kein Exekutivroboter ist da, um uns zu helfen. Nein, Gordon, denke an Schoppenheimer. Wir haben vielleicht noch eine Frist, und in der müssen wir den oder die Schuldigen finden."

Gordon nickte bedächtig.

„Wie oft soll das noch gut gehen?" fragte er.

„Wie meinst du das?"

„Ich meine, wenn wir für dieses Mal erfolgreich sein sollten, wie oft wird das noch gut gehen? Ich meine die nächsten tausend oder zweitausend Jahre!"

„Du meinst, auf Dauer haben wir keine Chance?"

„Wir oder die nächste oder übernächste Generation ... Irgendwann erwischt es uns!" Gordon blickte bitter und Patrick schwieg. Am Strand tobten die Surfer, Madame Touchet lächelte, und in den Gläsern schwappte der Whiskey. Tausende von Exekutivrobotern warteten in den Betonbunkern der Stadt auf ihren Einsatz. Gegen wen auch immer.

„Was ist mit den Sexrobotern?" fragte Patrick dann nach einer Weile. „Zugegebenerweise verblaßt dieses Problem im Moment ein wenig." Gordon schüttelte den Kopf.

„Durchaus nicht", sagte er. „Ich halte das nach wie vor für brennend. Mir ist Schoppenheimers Rolle nicht klar, vor allem die Eile, mit der er das Ganze durch den Rat peitschen will. Was treibt ihn? Warum hat er, und ich unterstelle einmal, daß er es war, die Öffentlichkeit vorab und gegen unsere Vereinbarung informiert? Warum will er so viel Druck auf uns ausüben in einer augenscheinlich doch eher unbedeutenden Sache?" Gordon machte eine kleine Pause. Patrick nickte ganz leicht.

„Im übrigen stören mich die Dinger tatsächlich", fuhr Gordon fort. „Sie sind nicht gut für uns."

„Warum?"

„Sie sind *zu* gut!"

Patrick lachte.

„Sicher werden sie nicht gerade helfen, die Zahl der kinderautorisierten Beziehungen zu erhöhen", sagte er.

„Sicher nicht!"

Sie schwiegen eine Weile.

„Vielleicht ist das Schoppenheimers Plan", sagte Gordon dann. Patrick blickte auf.

„Aus welchem Grund?" fragte er. Gordon zuckte Schultern.

Es war spät geworden, und sie hatten ihre Gläser geleert. Madame Touchet tauchte auf, und Patrick drückte seinen rechten Daumen auf das Display ihres Eingabegerätes, das Patrick identifizierte und so die Abbuchung der Rechnung ermöglichte. Gordon bedankte sich bei seinem Freund.

Als sie das Café Française verließen und Patricks Sportwagen bestiegen, hatte sich die Sonne hinter das Land gesenkt. Rot leuchtete der Himmel auf unter ihrer letzten Kraft, und die flimmernden Reflektionen des Smogs ließen den Horizont glühen. Auf der anderen Seite, im Osten, tobte der Hurrikan.

28. Juni 103 p.c. 8 [20]

Als Gordon am nächsten Morgen die Treppen seines Hauses hocheilte, öffnete Walter die Tür. Patrick war ein wenig zurückgeblieben. Die Eingangshalle strahlte in neuer Pracht. Selbst die Truhe war restauriert worden, wenngleich Gordon sofort bemerkte, daß die Maserung des Holzes an den Stellen, an denen es ersetzt werden mußte, nicht immer exakt stimmte. Er überlegte kurz, ob er es beanstanden sollte, aber als er in das stolze Gesicht von Patricks Hausroboter blickte, der die ganze Nacht gearbeitet und die vielen anderen Serviceroboter überwacht und koordiniert hatte, verwarf er diesen Gedanken. Wahrscheinlich war es nicht besser gegangen. Auch Patrick strahlte.

„Laß uns frühstücken", sagte er. Gordon nickte zustimmend. Durch das Wohnzimmer wehte der Geruch frischen Kaffees. Die beiden Männer setzten sich auf die Terrasse unter die Pergola. Kayoko erschien und schmiegte sich an Gordon. Nachdem sie zu ihrem Besitzer lange keinen körperlichen Kontakt mehr gehabt hatte, berechnete ihr Programm ein durch die Abstinenz verstärktes Verlangen nach Sex.

„Als wäre nie etwas gewesen", Gordon sah sich um. Patrick nickte.

„Sicher gab es auch vor diesen Dingern Leben auf der Erde", sagte er mit einem Blick auf Walter, „aber es kann sich keiner mehr daran erinnern!"

„Wir können ohne die Roboter gar nicht mehr leben", stimmte Gordon ihm zu. „Wir sind diesen Maschinen hoffnungslos ausgeliefert."

Patrick sah auf die Uhr.

„Wir müssen bald los", sagte er. „Die Ratssitzung beginnt in einer halben Stunde."

Gordon nickte, mit seiner linken Hand fuhr er durch Kayokos Haar. Der süße Geruch ihres Parfüms drang in seine Nase. Kayoko lernte schnell. Ein gutes Programm. Seufzend erhob er sich von seinem Platz.

Die Reifen eines Autos drückten sich durch den Kiesweg. Patrick und Gordon sahen sich an. Walter ging zu dem Eingang. Sie hörten ihn die Tür öffnen und jemanden in das Haus lassen. Wenig später stand Peter Nozellin grinsend unter der Pergola.

„Was macht dein neues Heim?" fragte er Gordon.

„Ich hoffe, es ist besser geschützt als vorher. Ich habe alles einbauen lassen, was diesbezüglich zu haben ist."

„Das ist eine Menge", sagte Peter. „Weiß du inzwischen Näheres über die Umstände?"

Gordon schüttelte den Kopf.

„Ich bin nicht schlauer als Jack Wilder", sagte er. „Vielleicht berichtet Ishida etwas Neues." Er sah auf die Uhr.

„Wir müssen los."

Patrick nickte und erhob sich. Als sie gingen, bemerkte Gordon den Blick, mit dem Peter Kayoko betrachtete. Der Stolz des Konstrukteurs, dachte Gordon.

28. Juni 103 p.c. 9 [30]

Ishida zog die Stirn in Sorgenfalten.

„Das ist leider alles, was ich dazu sagen kann." Er zuckte die Schultern. Ein sorgenvoller Blick wanderte zu Gordon. Ishida stand am Pult des Sitzungssaales. Sein Bericht war zu Ende. Im Plenum herrschte absolutes Schweigen. Nichts, aber auch gar nichts hatten die Ermittlungen ergeben. Spuren von allerlei Leuten waren gefunden worden, aber alles Menschen wie Patrick und Peter und andere, die bei Gordon ohnehin ein und aus gingen. Kein Fremder, und soweit eruierbar, auch kein fremder Roboter hatte Gordons Haus betreten. Und nichts, gar nichts hatten die Kommunikationsanlagen gespeichert. Der einzige, dessen Speichermodule etwas

Licht in die Affäre hätten bringen können, war Walter gewesen, aber dessen Rechnereinheit war so gründlich zerstört worden, daß eine Restauration der Speicherchips nicht mehr möglich war.

„Es waren absolute Profis, Leute, die das System und alle technischen Möglichkeiten exakt kennen", erläuterte Ishida. „Trotzdem ist völlig unklar, wie sie es angestellt haben. Immerhin wurden alle Kommunikationseinrichtungen praktisch zeitgleich lahmgelegt." Ein Hauch von Bewunderung schwang in diesen Worten.

„Kann sich das wiederholen?" fragte Snider. Ishida schüttelte bedächtig den Kopf.

„Bei Gordon eigentlich nicht", sagte er dann. „Soweit ich weiß, sind dort eine Reihe zusätzlicher Sicherheitseinrichtungen installiert worden, die eine sehr frühzeitige Speicherung ungewöhnlicher Ereignisse vornehmen und diese an den Zentralen Einsatzcomputer weiterleiten."

„Mit dem Erfolg, daß auch jeder harmlose Besuch erfaßt werden kann und dem Zentralen Einsatzcomputer gemeldet wird. Damit leisten wir der Überwachung durch den Staat weiteren Vorschub!" Jane hatte sich von ihrem Sitz erhoben und blickte kampflustig über die Köpfe der Terricolaner. „Wer bestimmt die 'ungewöhnlichen Ereignisse'?"

„Das ist der Preis", sagte Snider und hob die Arme. Gordon fühlte sich schuldig.

„Heißt das, jeder kann in meine Bude glotzen?" Meyer war aufgesprungen. „Das verbitte ich mir!" Speicheltropfen schwebten in der Luft. Patrick hatte die Hände erhoben und klatschte demonstrativ Beifall.

„Zum allerersten Mal stimme ich Ihnen zu, Meyer!" rief er. Schoppenheimer war nach vorne gegangen und hatte Ishida mit einer kurzen Kopfbewegung vom Rednerpult vertrieben. Er hob beschwichtigend die Hände.

„Keiner wird gezwungen, diese Dinge bei sich einbauen zu lassen", sagte beruhigend. „Andererseits verstehe ich Gordon, wenn er zur Zeit ein erhöhtes Sicherheitsbedürfnis hat!"

„Genau das ist es!" rief Jane. „Unsere Angst liefert uns aus. Unsere Angst hat dazu geführt, daß 5.000 Exekutivroboter in ihren Betonhügeln ..."

„15.000!" rief Ishida dazwischen, „es sind 15.000, Jane!"

„... auf unseren Feind warten. Aber wer ist denn der Feind? In einer Welt, in der wir als einzige existieren? Wozu brauchen wir diese Maschinen?"

Snider stand auf.

„Das ist nun wirklich absolut lächerlich!" rief er erregt. „Jeder Staat braucht eine Exekutive! Und in einer roboterorientierten Gesellschaft brauchen Sie eben auch Roboter, die diese Exekutivgewalt ausüben. Die Zeit der Steinschleudern ist vorbei!"

„Vielleicht war diese Zeit gar nicht so schlecht, Snider!" Jane stand immer noch vor ihrem Stuhl. Schoppenheimer ergriff das Wort.

„So kommen wir nicht weiter", sagte er. „Ich schlage vor, daß wir diesen Punkt zu einer anderen Zeit noch einmal diskutieren. Für jetzt kann ich festhalten, daß die von Gordon installierten Gerätschaften legal auf dem Markt verfügbar sind, alle Kriterien des Produktions- und Bitkontrollgesetzes erfüllen und auch von vielen anderen Bürgern Terricolas in ihren Häusern verwendet werden. Solange der Einsatz dieser Dinger auf freiwilliger Basis stattfindet, sehe ich im Moment keinen akuten Handlungsbedarf." Er sah in die Runde und blickte in kopfnickende Zustimmung. Jane sank wütend auf ihren Stuhl. Ein kurzer Blick traf Gordon.

„Neuigkeiten von Carpenter, inklusive Chip?" Schoppenheimer sah auf Ishida. Der Polizeichef hob die Arme und schüttelte den Kopf. Schoppenheimer nickte.

„Wir kommen zu einem anderen Punkt, der allerdings in geschlossener Sitzung verhandelt werden soll. Ich darf die Besucher bitten, den Sitzungssaal zu verlassen."

Auf der Empore erhob sich eine Handvoll Terricolaner und strebte dem Ausgang zu. Eine Handvoll Menschen. Von 50.000 Terricolanern interessierte sich eine Handvoll für die existentielle Zukunft des Landes. Schoppenheimer zog die Augenbrauen hoch. Was bewegt wohl die Bürger, dachte er bitter. Als sich auf der Empore die Tür hinter dem letzten Besucher geschlossen hatte, wandte er sich wieder dem Plenum zu.

„Nach Patrick hat jetzt auch Gordon einen Antrag gestellt, der die von Mary O'Hara so trefflich gestalteten Spielzeuge betrifft", sagte er. „Wenn ich Gordon richtig verstanden habe, ist er mit der Leistung der Maschinen nicht ganz zufrieden! Oder hat Ihr Roboter an *Ihrer* Leistung etwas auszusetzen, Gordon?" Im Plenum ertönte Gelächter, Janes Stimme brach hell hervor. Gordon platzte fast vor Wut. Schoppenheimers Dialektik zwang ihn in die Defensive.

„Mein Leben hat enorm gewonnen, vielen Dank, der Nachfrage, Herr Ratspräsident", versuchte er zu kontern. „Bevor wir uns dann mit Ihren diesbezüglichen Erfahrungen befassen, sei jedoch die Frage gestattet, und das und nur das war der Sinn meines Antrages, ob wir diese Maschinen überhaupt brauchen und wenn ja, für was? Ich nehme Ihnen, Herr Ratspräsident, die simple Erklärung einfach nicht ab, daß Sie nur einen positiven Beitrag zur Freizeitgestaltung unserer Bürger leisten wollten!"

„Sie unterschätzen mich in jeder Beziehung, Gordon!" Schoppenheimer lächelte süffisant. „Allerdings habe ich, als ich Peter bat, über die Entwicklung dieser Roboter nachzudenken, nicht geahnt, daß so viele Bürger, und insbesondere auch Sie, Gordon, Angst vor der Ausweitung dieser Freizeitgestaltung haben würden!"

„Und genauso ist es!" sagte Gordon. „So sehr auch ich diese Maschinen schätze, ich habe Angst um die Beziehungsfähigkeit unserer Bürger. Wozu brauchen denn die Menschen noch die Menschen? Geredet wird mit den Hausrobotern, denn die sind immer da, machen die Arbeit und widersprechen nicht. Zugehört wird bei den Hologrammsendungen und kommuniziert beim Surfen im Kommunikationsnetz. Und selbst da gibt ein Computer meist die intelligenteren Antworten. Wenn jetzt auch noch das von Ihnen angesprochene 'Freizeitvergnügen' eine Domäne der Roboter wird, dann frage ich mich, ob in Zukunft noch überhaupt irgend jemand mit einem anderen Menschen etwas zu tun haben will!"

„Na, so schlimm ist das nun auch wieder nicht!" brauste Snider auf. Er schien unvergeßliche Erlebnisse hinter sich zu haben. „Denken Sie doch nur, Gordon: Keine Eifersucht, keine Szenen, keine ermüdenden nächtlichen Aussprachen, ist das nichts? Ich meine ganz abgesehen von der Leistung, für die die Dinger ja gebaut worden sind!" Er lachte zufrieden.

„Aber genau das ist es doch, Snider: Menschen streiten nun einmal, das gehört zu unserer Natur. Auch hier im Rat wird gestritten, solange es hier noch Menschen gibt. Und ich denke, keiner wird den Rat wegen dieser Streitigkeiten abschaffen oder die Ratsmitglieder durch Roboter ersetzen wollen!

Wir dürfen die Fähigkeit, die Bereitschaft miteinander zu reden, nicht verlieren, und ich denke, jede weitere Beschränkung der zwischenmenschlichen Kommunikation ist nicht akzeptabel!"

„Sie sollten dabei einfach weniger reden, Gordon!" Snider prustete verhalten los. Er schien dem Problem keinen tiefen Wert abgewinnen zu können.

„Machen wir es uns nicht zu einfach", kam Patrick Gordon zu Hilfe, „der Rat hat vor 43 Jahren auch den Antrag auf Durchführung virtueller Ratssitzungen abgelehnt und diesen Beschluß sogar als Zentralgesetz verankert. Ich denke, das geschah aus gutem Grund: Zum einen verhindert es natürlich die Manipulationsmöglichkeit im Computernetz, wofür wir heute dankbar sein können, zum anderen aber zwingt es die Ratsmitglieder, Auge in Auge, im körperlichen Kontakt sozusagen, miteinander zu diskutieren. Unsere Beziehungen zueinander verarmen doch immer mehr. Ich bin absolut Gordons Meinung. Obwohl auch ich die Roboter als durchaus gelungen ansehe, ich stimme da ganz mit Ihnen überein, Snider!"

„Nicht wahr!" Snider nickte heftig.

„Ich denke, Gordon hat nicht ganz unrecht. Ich sehe keinen Grund, der dagegen spricht, die Testphase zunächst auszudehnen und abzuwarten, welche Einstellung wir nach einigen Wochen oder vielleicht auch nach Monaten gewonnen haben." Jane schlug sich auf Gordons Seite, und Gordon bemerkte den kurzen versöhnlichen Blick aus den Augenwinkeln.

Schoppenheimer schüttelte den Kopf.

„Vergessen Sie nicht, daß die Öffentlichkeit bereits über die Existenz der Sexroboter informiert ist!" gab er zu bedenken. „Wir können sie der breiten Masse nicht ewig lange vorenthalten!"

„Eine üble Schweinerei!" ereiferte sich Snider und sprang von seinem Stuhl hoch. „Wie konnte das nach draußen dringen? Ich meine, entweder das Ganze ist öffentlich, oder es ist es nicht. Jetzt ist es eine Farce!"

„Dinge passieren", Schoppenheimer zuckte die Schultern. „Es kann Schlimmeres geschehen."

„So einfach würde ich das nicht sehen!" Patrick hatte den rechten Zeigefinger erhoben. „Ich muß Snider da völlig recht geben: Nicht öffentlich heißt: Nicht öffentlich! Ich bin der Meinung, daß auch dieser Aspekt durchaus eine Untersuchung verdient."

„Machen Sie es nicht zu kompliziert, Patrick!" Schoppenheimer wiegelte ab. „Wir müssen schon sehen, daß wir vor lauter Untersuchungen auch noch zum Regieren kommen. Wir haben weiß Gott im Moment wichtigere Probleme! Im übrigen ist mir völlig unklar, Gordon, was Sie eigentlich wollen. Wollen Sie die Dinger verbieten, der Öffentlichkeit vorenthalten, das Leistungsspektrum verändern oder einfach noch drei Wochen drüber reden, was wollen Sie eigentlich?" Schoppenheimer blickte Gordon lauernd an.

Gordon schluckte. Er wußte es selbst nicht genau. Sie waren schlecht vorbereitet.

„Ich meine, daß diese Roboter geeignet sind, unsere Verhaltensweisen nachhaltig zu verändern", sagte er und vermied den Blickkontakt mit Schoppenheimer. Der Ratspräsident hatte sich ein wenig nach vorne gebeugt und fixierte Gordon.

„Also was wollen Sie?" Schoppenheimer hatte die Schwäche erkannt. „Das, was Sie jetzt sagen, haben Sie vor fünf Minuten auch schon gesagt. Ich meine, wir reden über Spielzeuge, deren Benutzung auf rein freiwilliger Basis vonstatten geht. Und mit diesen Dingen beschäftigen wir uns jetzt wiederholt in offiziellen, sogar geschlossenen Ratssitzungen. Und wissen noch nicht einmal genau, über was wir eigentlich reden! Ich denke, langsam machen wir uns lächerlich!"

Gordon schluckte. Schoppenheimer war in Hochform, Schoppenheimer, der alte 'Demokratiker', wie Patrick ihn so gerne nannte. Schoppenheimer kannte die Regeln des Rates, der Demokratie und Terricola genau. Kein anderer konnte so perfekt auf dieser Klaviatur spielen wie Schoppenheimer. Und heute hatte er Gordon bezwungen. Sie hatten ihre Hausaufgaben einfach schlecht gemacht, waren mit vagen Vorstellungen und ohne ein klares Konzept in die Sitzung gegangen. Genausogut hätten sie es lassen können.

„Ich glaube, wir sollten das Reden jetzt lassen und einfach über die Freigabe dieser so geschätzten Kreationen abstimmen. Wir müssen irgendwann einen Schlußstrich ziehen." Schoppenheimer blickte in die Runde. Patrick und Gordon blickten verbittert.

„Obwohl es sich, wie Sie ja schon sagten, um eine nichtöffentliche Sitzung handelt", fuhr Schoppenheimer fort, „müssen Sie damit rechnen, daß das eine oder andere Detail doch an die Öffentlichkeit dringt. Wir alle sitzen hier, weil wir von den Bürgern Terricolas gewählt worden sind. Denken Sie also bei der Abstimmung daran, ob Sie bei Ihren Wählern besonders gut ankommen, wenn Sie ihnen ein so schönes Spielzeug vorenthalten wollen!" Schoppenheimer lächelte voller Triumph, und Patrick und Gordon nickten grimmig.

„Das würde mich nicht stören!" sagte Patrick mit vorgestrecktem Kinn.

„Ich halte es nicht für sinnvoll, Druck auf die Ratsmitglieder auszuüben", sagte Gordon. Schoppenheimer hatte einen Fehler gemacht, die Unabhängigkeit der Bürger und vor allem des Rates war höchstes Gut in Terricola. Schoppenheimer biß die Zähne zusammen.

„Vielleicht ist es genau das!" sagte Patrick. „Wir sollen dazu gebracht werden, einer Sache zuzustimmen, deren Auswirkungen wir alle noch nicht kennen!"

„Jetzt werden Sie nicht lächerlich, Patrick." Schoppenheimer hatte seine Fassung wieder gewonnen. „Wir haben nun wirklich mehrfach ausführlich über diese Dinge beraten und eine für mich wesentliche Erkenntnis war dabei, daß nichts klarer geworden ist. Ich schlage vor, jetzt darüber abzustimmen, ob diese Maschinen für die Öffentlichkeit zugelassen werden sollen, oder nicht. Mein Hinweis in Bezug auf die Öffentlichkeit sollte Ihnen allen nur klarmachen, wie schwierig es sein dürfte, den mündigen Bürgern Terricolas das Recht abzusprechen, sich selbst eine Meinung zu bilden. Keinesfalls wollte ich irgendeine Art von Druck auf irgendeinen von Ihnen ausüben." Er lächelte versöhnlich in die Runde.

„Also stimmen wir ab." Die Ratsmitglieder drückten auf ihre in die Rücklehnen der Vordersitze angebrachten Tasten. Die Knöpfe konnten ohne Einsicht der Nachbarn betätigt werden. Alle Abstimmungen im Rat wurden in Terricola so vorgenommen. Nachdem alle Ratsmitglieder gedrückt hatten, erschien das Ergebnis auf dem zentralen Bildschirm. 94 Terricolaner stimmen für eine Freigabe, 13 dagegen. Es gab nur 4 Enthaltungen. Schoppenheimer nickte voller Gleichmut, als ob er sich widerwillig einer überwältigenden Mehrheit zu beugen hätte.

„Wenn keine weiteren Anträge vorliegen", sagte er nach eine Weile, „dann kommen wir jetzt zum Ende dieser Ratsversammlung. Die Freigabe der Sexroboter wird sofort veranlaßt."

Die Ratsmitglieder strömten aus dem Saal. Sicher war es auch Zufall, aber sicher auch nicht ohne Absicht, als Gordon zusammen mit Jane das Eingangsportal erreichte.

„Es hat mir leid getan", sagte Jane. Ein kurzer, fast scheuer Blick, schräg von unten, traf Gordon. Gordon lachte auf.

„Schon gut", wiegelte er ab. Mir sind diese ganzen Überwachungsanlagen auch nicht geheuer. Aber im Moment habe ich es lieber so."

„Stell dir vor", sagte Jane, „rein theoretisch natürlich: Ich würde heute mit dir nach Hause fahren und eventuell länger bleiben wollen. Dein neuer Hausroboter hat mich noch nicht in seinem Speicher erfaßt. Ishida sitzt zufälligerweise in seinem Büro, weil sein neuer Sexroboter gerade repariert werden muß und nicht zur Verfügung steht. Dein Hausroboter schreit nach Hilfe, da ich länger bleibe, als es deiner Kayoko lieb ist. Natürlich würde Ishida den Einsatz der Polizeiroboter, die dich vor mir retten sollen, gerade noch verhindern, aber würde es dir gefallen?"

„Daß du mit mir nach Hause kommst, oder daß ich vor dir gerettet werde?" Gordon lachte.

„Würdest du es schätzen?" fragte Jane.

„Ich denke schon", sagte Gordon und wurde ernst. „Welches Modell hast du?" fragte er. Wider besseres Wissen hoffte er, daß Janes Freizeitbeschäftigung ohne diese Art von Maschinen gestaltet sein könnte. Jane lachte hell auf.

„Mark", sagte sie mit glänzenden Augen. Gordon nickte verständnisvoll. Die wilde Hoffnung zerplatzte. Auch Jane war also mit der ungeheuren Potenz der Maschinen vertraut. Natürlich war es albern zu glauben, sie habe auf die Leistungen der neuen Errungenschaften aus irgendeinem Grund verzichtet.

„Hast du inzwischen einen neuen Wagen?" fragte Jane. Gordon schüttelte den Kopf.

„Ich hatte noch keine Zeit", sagte er.

„Komm", sagte sie, „ich fahre dich!" und ergriff seine Hand.

Sie fuhren ins Café Française. Madame Touchet freute sich wie immer und erzählte von den Vorkommnissen des Tages. Dann servierte sie den Tee für Jane und den Kaffee für Gordon.

„Wir müßten uns alle irgendwie testen", sagte Jane und umfaßte mit beiden Händen die wärmende Tasse.

„Wie machen wir das?" fragte Gordon. „Intensiver körperlicher Kontakt aller mit allen?" Sie lachten sich an.

„Cherkoff", sagte Jane, „ich kenne Professor Cherkoff recht gut. Er ist der Chef der neonatologischen Abteilung des Zentralen Krankenhauses. Vielleicht gibt es eine einfache medizinische Möglichkeit, eine Art Screeninguntersuchung, die wir zumindest an den Ratsmitgliedern ausprobieren könnten. Wenn keiner im Rat durch einen Roboter ersetzt ist, können wir etwas beruhigter sein. Und vielleicht kann man ja auch die gesamte Bevölkerung testen."

„Die Idee ist nicht schlecht. Wo ist Cherkoff jetzt?"

„Kein Problem!" sagte Jane.

29. Juni 103 p.c. 9 [30]

Schoppenheimer blickte sorgenvoll in das Plenum. Ishida hatte seinen Bericht gegeben, der keine Neuigkeiten enthalten hatte. Weder die Zerstörung von Gordons Haus noch der Mord an Carpenter schienen sich aufklären zu lassen.

„Damit stehen wir vor einem gewissen Problem", sagte Ishida. „Unsere politischen wie technischen Möglichkeiten scheinen dieser Herausforderung nicht gewachsen zu sein."

Es entstand eine kleine Pause. Gordon nickte Jane zu. Jane erhob sich.

„Ich denke eines der wesentlichen Probleme besteht doch darin, daß wir selbst nicht mehr genau wissen, ob wir es noch mit Menschen oder bereits mit Robotern zu tun haben." Sie machte eine kleine Pause. „Gordon und ich haben deswegen mit Professor Cherkoff Kontakt aufgenommen, der uns vielleicht weiterhelfen kann." Sie nickte dem am Eingang stehenden Protokollroboter zu, der die Tür des Saales öffnete. Cherkoff trat mit einem Sanitätsroboter an seiner Seite ein.

„Professor Cherkoff kann uns testen!" sagte Jane triumphierend. „Menschliches Gewebe und Chips sind immer noch unterschiedlich!"

„Was soll das denn?" rief Snider. „Üblicherweise werden die Dinge im Rat vorher besprochen und mehrheitlich beschlossen. Was soll dieser Überfall?"

Schoppenheimer lächelte mit dünnen Lippen.

„Dann stimmen wir halt ab", sagte er.

„Na also!" sagte Snider.

Das Plenum stimmte geschlossen für den Test, auch Snider schien erleichtert.

„Und wir sind vollzählig!" stellte Schoppenheimer voller Genugtuung fest. „Cherkoff, vielleicht können Sie uns einige Worte zu dem sagen, was Sie eigentlich vorhaben." Der Mediziner nickte und trat an das Rednerpult. Professor Cherkoff war ein kleiner drahtiger Mann, etwa Mitte 50, mit einem hageren zähen Körper und wettergegerbten Zügen. Ein schmaler Schnauzbart durchschnitt scharf sein Gesicht.

„Es ist grundsätzlich überhaupt kein Problem, Roboter von Menschen zu unterscheiden", sagte Cherkoff. „Jeder Sanitätsroboter verfügt über einen Bildgebungsscanner, dessen Bilder man betrachten kann. Da sich die Anatomie von Roboter und Mensch signifikant unterscheidet, kann jeder Laie den Unterschied sofort sehen."

„Können Sie das jetzt und hier durchführen?" fragte Patrick.

„Natürlich! Ich habe einen Sanitätsroboter bereits mitgebracht!"

„Können Sie dem Ergebnis trauen?" wollte Snider wissen.

„Ich, jeder von Ihnen, kann das Ergebnis auf einem Monitor kontrollieren. Das ist gar kein Problem."

„Und wenn Ihr Roboter manipuliert ist? Uns irgendwelche schönen Bildchen vorgaukelt, die er irgendwo aus seinem Speicher zieht?" Snider hob fragend die Hände.

Cherkoff lächelte.

„Auch diesen Punkt haben wir natürlich bedacht. Ich habe den Roboter heute im Beisein von Jane und Gordon aus dem Ersatzlager des Krankenhauses geholt. Bevor wir ihn eingeschaltet haben, haben wir das Kommunikationsmodul entfernt. Dieser Roboter ist so unschuldig wie Jane, Gordon und ich. Sie sollten sich also uns drei Personen sehr genau ansehen!"

„Das werden wir tun!" Schoppenheimer grinste. „Also los, Cherkoff, fangen Sie an!"

„Jawohl!" rief Meyer in die Runde. „Testen wir uns!" Schoppenheimer hob streng den Kopf

Die Ratsmitglieder erhoben sich und strebten langsam auf den freien Platz zwischen Rednerpult und der ersten Stuhlreihe zu. Professor Cherkoff hatte den Bildgebungsscanner des Sanitätsroboters an den zentralen Bildschirm des Sitzungssaales angeschlossen. Ishida hatte es sich nicht nehmen lassen, die Maschine zu öffnen und durch einen prüfenden Blick auf die elektronischen Bauteile deren terricolanische Herkunft zu bestätigen und seine eigene Fachkompetenz zu demonstrieren. Der Arzt betrachtete es mit einem feinen Lächeln.

„Nun dann!" sagte er und erhob sich, als Ishida den Roboter wieder aktiviert hatte. „Der erste Freiwillige bitte!" Schoppenheimer sprang nach vorn.

„Fangen Sie an, Cherkoff!" sagte er und hob die Hände. Professor Cherkoff gab dem Sanitätsroboter einen kurzen medizinischen Befehl. Dieser trat einige Schritte auf Schoppenheimer zu und hielt etwa einen Meter vor ihm an.

„Bleiben Sie ganz ruhig stehen, Sir", erklärte der Roboter höflich, „es tut nicht weh und ist völlig ungefährlich." Sekunden später erschien auf dem Zentralbildschirm die dreidimensionale Abbildung von Schoppenheimers inneren Strukturen. Die Rippen drehten sich um sein Herz, als er sich umwandte, um das Bild ebenfalls betrachten zu können. In den großen Arterien pulsierte das Blut.

„Ihre Gedanken sind absolut chipfrei, Herr Ratspräsident!" erklärte Cherkoff lachend. Schoppenheimer nickte.

„Mir war das klar!" sagte er.

„Der nächste, bitte!" sagte Cherkoff. Ishida protokollierte. Schließlich waren alle Ratsmitglieder und auch Ishida überprüft. Sie alle waren Menschen.

„Das hätten wir", sagte Schoppenheimer und kehrte zu seinem Platz zurück. „Wir danken Jane für ihren Einfall und Cherkoff für seine Hilfsbereitschaft."

„Wir regen uns alle zu sehr auf!" sagte Meyer, nachdem er auf seinen Stuhl gefallen war.

Snider warf ihm einen musternden Blick zu. Meyers weißes Hemd klebte naß auf seiner Haut.

„Ich glaube tatsächlich nach wie vor, daß wir einem Irrtum aufsitzen", sagte Snider. Schoppenheimer schüttelte mißmutig den Kopf.

„Die Frage ist", sagte er, „ob wir nicht auch die gesamte Bevölkerung testen sollten. Zumindest wüßten wir dann, daß zum jetzigen Zeitpunkt noch alles in Ordnung ist."

„Warum die Bevölkerung unnötig belasten?" Meyer machte ein unschuldiges Gesicht. „Die Menschen sind doch ohnehin schon alle entsetzlich aufgeregt."

„Und im Moment alle mit anderen Dingen beschäftigt!" Snider lachte laut auf. „Als ich heute morgen am Salomon's Beach vorbeigefahren bin, war der Strand leergefegt. Die Menschen liegen alle noch in den Betten und lassen sich von ihren neuen Spielzeugen verwöhnen!"

Schoppenheimer grinste nicht einmal.

„Lassen Sie uns abstimmen", sagte er.

Das Ergebnis ergab eine solide Mehrheit für das Testen der Bevölkerung. Ishida wurde mit der Durchführung dieser Aufgabe betraut, und Cherkoff bot ihm seine Unterstützung an.

29. Juni 103 p.c. 20 ^{00}

Gordon stand einfach vor Janes Tür. Dabei war er nach der Ratssitzung und einem gemeinsamen Abendessen mit Peter zunächst zu sich nach Hause gefahren.

Kayoko hatte ihn dort empfangen, aber nach den ersten flüchtig mit ihr gewechselten Worten hatte Gordon beschlossen, die zufallsgenerierte und von Mal zu Mal besser auf seine Ansprüche hin optimierte Art der Konversation nicht mehr länger zu ertragen und war zu Jane gefahren.

Natürlich hatte er keine Ahnung, was Jane mit diesem Abend geplant hatte, ob sie Marks Werben bereits erlegen war oder erliegen würde oder ob sie ihn in irgendein Zimmer verbannt hatte oder ob sie überhaupt zu Hause war.

Janes Hausroboter hatte Gordon längst bemerkt und seine Besitzerin informiert, und Jane war selbst zur Eingangstür geeilt. Freudig überrascht ließ sie Gordon herein.

Sie war da, Mark war nicht zu sehen und ein Lächeln lag auf Janes sommersproßenbedecktem Gesicht.

„Ich wollte dich sehen", sagte Gordon zur Begrüßung. „Störe ich dich?"

Jane lachte. „Nein, wann habe ich auch schon mal etwas zu tun", erklärte sie. „Im Ernst, du störst mich nie." Sie ging an ihm vorbei in den Wohnbereich ihres Hauses, und Gordon folgte ihr.

„Jack Daniel's?" fragte sie. Der Hausroboter kam unauffällig näher. Sie wußte, warum Gordon gekommen war. Mark war irgendwo und nicht zu sehen.

„Ein Schluck Jack Daniel's kann nicht schaden", meinte Gordon und betrachtete, wie sie sich umdrehte und an ihren Hausroboter wandte. Kayokos Bild erschien kurz vor seinen Augen. Kayokos Körper war perfekt. Jane war geheimnisvoll.

Um was ging es?

Waren es Janes Sommersprossen in ihrem braungebrannten, von dunklen Haaren umrahmten Gesicht, das Strahlen ihrer blauen Augen, als sie ihm die Tür geöffnet hatte, die weitgeschnittene Kleidung, die seiner Phantasie Raum ließ für das, was er nicht sah, der Geruch, den ihr Körper verströmte, und den er nicht vorher ausgesucht hatte? Ging es um die ungewisse, nicht kalkulierte Frage, ob sie das Gleiche empfand wie er, ob sie ihn verletzte, indem sie ihn abwies? Oder ihn beglückte, indem sie seine Empfindung erwiderte? Konnte sie ihm eine Antwort geben?

Nichts wußte er darüber.

Und er wäre nicht gefahren, wenn er es gewußt hätte. Er wäre nicht gefahren, wenn Jane ein Roboter gewesen wäre. Es war die Ungewißheit in der Welt der Klarheit und der Transparenz, die ihn zu Janes Tür gezogen hatte. Wieviel haben wir alle verloren, dachte er, und wieviel mehr werden wir noch verlieren. Kayokos Augen konnten nicht leuchten, ihre Körpersprache keine Zweideutigkeiten provozieren, ihr Programm die Unwägbarkeit des Gefühls nicht simulieren.

Gordon schaute durch ein Sprossenfenster in den Park ihres Gartens. Mit einem Ruck wanderten seine Gedanken in Janes Haus zurück. Sie hatte seine Schulter berührt. Der Whiskey schwappte im Glas in ihrer Hand.

„Jack Daniel's, Gordon", sie lächelte ihn an. Hatte sie verstanden, was er in ihrem Garten gesucht hatte? Er nahm das Glas aus ihrer Hand und genoß die beabsichtigte, zufällige Berührung ihrer Finger. Haut an Haut.

„Ich danke dir", sagte er und blickte in das Glas. Dann spürte er die Hand in seinem Nacken und die Finger, die durch seine Haare fuhren, und als er aufblickte, sah er in ihre dunklen, lächelnden Augen.

Es war dunkel geworden im Park, der Janes 'Garten' hieß. Es hatte nicht lange gedauert, zu sehr hatte die Sehnsucht in ihren Köpfen ihre Körper erhitzt.

Im leichten Wind des milden Abends wiegten sich die Palmen, und ihre Wedel kratzten an dem Holzdach der Veranda vor Janes Schlafzimmer. Das flackernde Licht zweier Kerzen, die der Hausroboter lächelnd in das Zimmer gestellt hatte, warfen ihr schummriges Licht an die weißen Wände. Jane hatte die Tür nach draußen geöffnet und sich vor das Dunkel der Nacht gestellt, die Hände an dem Holzrahmen abgestützt. Mit geschlossenen Augen sog sie die süße Luft des Sommers in sich hinein und ließ den noch warmen Wind des vergangenen Tages über ihren nackten Körper streichen.

Gordon hatte sich im Bett aufgesetzt und das Glas mit Jack Daniel's in die Hand genommen. Schweigend betrachtete er das Bild der Silhouette vor dem Schwarz der Nacht. Wieder erschien ihm Kayoko, ihr perfekter Körper, der weder nach Fitneßprogramm noch Diät verlangte.

Wie unvollkommen war der Mensch, wie ausgeliefert seinen spontanen Emotionen, wie wenig 'stabil', wie Schoppenheimer es nannte.

Welche Antwort suchte er? In welchen Augen, von welchen Menschen? Gordon nahm einen kräftigen Schluck aus seinem Glas. Welche Antwort kann ein Mensch einem Menschen geben? Auf welche Frage?

Das Glas war leer.

Jane hatte sich gedreht und blickte Gordon lächelnd an. Lag Enttäuschung in diesem Blick? Hatte auch sie an Mark gedacht? Konnten sie einander noch das geben, was die von Mal zu Mal sich mehr auf die Ansprüche ihrer Besitzer einstellenden Maschinen zu leisten vermochten?

Jane hatte sich auf das Bett gelegt und an ihn geschmiegt. Durch das offene Fenster hörten sie in der Ferne, wie sich die Wellen des Atlantik brachen und voller Verlangen auf den Strand Terricolas liefen. Aber Mal für Mal verloren sie ihre Kraft im Sand und konnten das Land nie erreichen. Gordon stellte sein leeres Glas zur Seite und drehte sich zu Jane. In ihren dunklen Augen lächelte eine vage Antwort.

30. Juni 103 p.c. 19 [00]

Peter Nozellins Haus war eine Reflektion seines credos nach tief verwurzelter Solidität. Was Peter, das technische Genie Terricolas, machte, hatte Hand und Fuß. Man konnte nicht sagen, daß Peter die Mitglieder des Rates verachtete, dazu war er mit vielen von ihnen zu gut befreundet, aber immer wieder ergoß er sich in beißendem Spott über die ewigen Diskussionen mit den dürftigen Ergebnissen, geführt von Leuten, deren Kompetenz alles zu umfassen schien und die doch von nichts wirklich etwas verstanden.

Aus grauen Granitblöcken erhob sich Peters Residenz. Zwei der drei Türme dieses Gebäudes überragten sogar die höchsten der Palmen, die das Gebäude dicht umstanden, so daß man von hier aus eine ungetrübte Sicht in die unendliche Ferne über die Wellen des Atlantik hatte.

Heute abend war es wieder soweit. Auf dem Vorplatz standen etwa eine gleiche Anzahl Privatautos wie Unicars. Gordon schätzte die Gesamtzahl auf etwa 30 Wagen. Er wußte, es würden noch erheblich mehr werden. Peters Feste waren große Feste.

Die Sonne hatte den Tag genutzt und das Land erhitzt. Jeder Stein, jeder Baum hielt ihre Kraft in sich gespeichert und erwärmte jetzt die Luft des frühen Sommerabends. Der Garten und der große Swimmingpool waren in ein fahles Licht von Lampen und Lampions getaucht. Peters Hausroboter hatte sich offensichtlich große Mühe gegeben. Als Chef des Zentralen Konstruktionskomitees stand Peters Gehalt dem eines Ratsmitgliedes keinesfalls nach, und diese Tatsache konnte man Peters Haus und seinem Garten ansehen. Das große Gebäude war ineinander großzügig verschachtelt gebaut, und die hügelig gestaltete Gartenanlage verriet erheblichen baulichen Aufwand.

Peter begrüßte Gordon. Noch war die Zahl der Gäste für einen persönlichen Handschlag und einige kurze Worte übersichtlich genug. Außerdem gehörten Peter und Gordon dem gleichen Jahrgang an und hatten die Highschoolzeit zusammen verbracht. Seitdem waren sie befreundet, und auch später, als sich ihre Wege beruflich trennten, pflegten sie ihren engen Kontakt. Sie fielen sich zur Begrüßung in die Arme, und Peter zog Gordon zur Bar.

Peter hatte zu dem Fest einige weitere Serviceroboter angemietet. Einer von ihnen stand hinter dem Tresen und Peter verlangte nach zwei Whiskey. Die beiden Freunde prosteten sich zu.

„Ich wollte mich schon immer mit dir über deine letzten Konstruktionen unterhalten!" sagte Gordon lachend. Peter prustete los.

„Du spielst auf meine äußerst produktive Zusammenarbeit mit unserer allseits geschätzten Bürgerin Mary O'Hara an!" Peter lachte. Gordon nickte.

„Kommt sie auch?" wollte er wissen.

„Ja sicher! Ich erzähle dir später noch mehr davon!" Peter wandte sich ab und strebte dem Eingangsbereich zu. Es waren neue Gäste angekommen.

„Bitte auch die Details!" rief Gordon hinter ihm her. Peter nickte und drehte sich noch einmal um.

„Sicher doch!" rief er durch Menge. Gordon wandte sich seinem Whiskey zu. Er war zimmerwarm, Peter verstand etwas von Whiskey.

Inzwischen hatte sich das Haus gefüllt, und die Menge der Gäste hatte sich zunehmend nach draußen, in Peters Parkanlage, ergossen. Hier zog sich ein großer, langgestreckter Swimmingpool durch einen dichten Palmenwald. Am Ende von Peters Parties gab es nur wenige Gäste, die nicht mindestens einmal freiwillig oder auch nicht in diesem Pool geschwommen wären. Schoppenheimer war inzwischen eingetroffen und hatte die Nähe von Gordon und Patrick gesucht. Auch Peter hatte sich wieder zu Gordon gesellt.

„Kommt Jane?" wollte Gordon wissen

„Natürlich kommt Jane." Peter sah Gordon an. „Aber du kennst sie doch, sie ist nie pünktlich. Erstens, weil sie das einfach gar nicht kann, und zweites, weil sie nie die Chance der Aufmerksamkeit der zu spät Gekommenen vergeben würde!" Sie lachten. Sie kannten Jane schon lange. Sein Verhältnis zu ihr verschwieg Gordon. Er war sicher, daß auch Jane keinen Wert auf eine Veröffentlichung ihres Privatlebens legte.

Es war schon etwas später und Jane längst aufgetaucht und mit wehenden Haaren durch die Menge geeilt, als Meyer erschien. Peter hatte sich von der Gruppe gelöst, um Mary O'Hara zu begrüßen und nach einigen scherzhaften Worten ernsthafte Dinge mit ihr zu bereden. Meyer betrat einfach den Garten und lief eilig auf Peter zu. Er sah weder nach rechts oder links und erweckte den Eindruck, als gehöre er nicht dazu und hätte trotzdem ein Recht hier zu sein.

„Doch nicht Meyer", entfuhr es Schoppenheimer, der dicht neben Gordon stand. Schoppenheimer hatte es leise gesagt, es war ihm einfach entfahren, aber Gordon hatte direkt neben ihm gestanden und es gehört.

„Doch Meyer", sagte er ohne seinen Blick von Meyer zu nehmen.

„Ich habe es nicht so gemeint", erklärte Schoppenheimer etwas verlegen, auch er ließ den Blick nicht von Meyer.

„Haben Sie doch!" Gordon fixierte Meyer.

„Natürlich nicht, Gordon. Als Ratspräsident darf ich so etwas doch gar nicht sagen!" Beide starrten auf Meyer, als verstünden sie seine Existenz nicht, hier und überhaupt.

„Als Ratspräsident nicht, als Peters Gast vielleicht auch nicht, aber Recht haben Sie doch!" Sie blickten sich an und lachten. Sie prosteten sich zu.

„Verraten Sie es nicht weiter!" empfahl Schoppenheimer.

„Ist gar nicht nötig!" beruhigte ihn Gordon.

Meyer und Peter gingen in das Haus und ließen eine etwas verloren herumstehende Mary O'Hara zurück. Gordon wunderte sich, was die beiden im Haus zu bereden hatten. Schoppenheimer zog die Schultern in die Höhe und bewegte sich in Richtung der Psychologin. Gordon war nicht klar, ob ihn die Verpflichtung als

Gentleman oder ein anderes Bedürfnis dorthin zog. Jane stand in einer Gruppe von Leuten, die Gordon nicht kannte, und lachte.

„Darf ich dir Sarah vorstellen?" Peter weckte Gordon aus seinen Beobachtungen. Was immer Meyer gewollt hatte, es hatte nicht lange gedauert. Er war nicht mehr zu sehen. Sarah streckte Gordon ihre Hand hin, eine ungewöhnliche Geste im postamerikanischen Brauchtum Terricolas. „Sarah studiert Biologie, das heißt, sie ist eigentlich fertig damit. Die Zeit vergeht." Peter hob hilflos die Schultern, und Gordon nickte anerkennend. Dann nahm er die ausgestreckte Hand entgegen. Sarah war blond mit langen zurückgekämmten Haaren, ziemlich schlank, mit einem braungebrannten schmalen Gesicht, in dem zwei wache, dunkelgrüne Augen funkelten. Sie trug eine weit geschnittene in verschiedenen Brauntönen gehaltene Bluse und einen Rock aus dem gleichen Stoff. Ihre Hand fühlte sich zart, fast zerbrechlich an.

„Ich bewundere Menschen, die sich den Robotern in dem ungleichen Kampf um die naturwissenschaftliche Erkenntnis stellen!" Gordon hielt Sarahs Hand lange umfaßt. Je mehr er sie ansah, um so mehr bereute er seinen Sarkasmus, und hoffte, sie habe es vielleicht nicht bemerkt. Peter hob den Kopf.

„Die Inkompetenz des Politikers manifestiert sich gerne in dem Unverständnis den Menschen gegenüber, die darauf aus sind, Zusammenhänge zu verstehen." Peter kannte Gordon zu lange, als daß er dessen Zynismus ignorieren konnte.

„Politiker lieben die Entscheidung über die Dinge, weniger den Inhalt derselben! Das ist das Wesen der Politik. Nur die großen Dinge zählen!" Gordon verneigte sich in Richtung Peter. Sie hatten ihre in vielen Jahren gepflegten Sticheleien zu schätzen gelernt.

Sarah ignorierte die Debatte. Sie entzog Gordon ihre Hand.

„Ich denke, Sie haben natürlich recht, wenn Sie als Ziel eines naturwissenschaftlichen Studiums einen Erkenntnissieg über die dafür gebauten und programmierten Hochleistungsrechner erwarten. Aber das ist doch nicht das Ziel. Das Ziel ist doch allenfalls die Kontrolle über das, was diese Computer bei ihren Berechnungen anstellen. Und in meinem Fall war es ganz stark das Interesse an der Natur, an der See. Ich tauche leidenschaftlich gerne und beschäftige mich mit den Folgen des radioaktiven Fallouts in den marinen Sedimenten. Sie würden staunen, wenn Sie wüßten, welche Folgen die Strahlung noch immer auf die Mikroorganismen und deren Mutationsrate in den Tiefen der Meere hat!" Sie machte eine kleine Pause und Gordon bewunderte zum einen die naive, persönliche Darstellung ihrer Motivation und zum anderen, daß Menschen dieser Empfindungsstufe Zugang zu einem so trockenen, naturwissenschaftlichen Fach finden konnten.

„Im übrigen", fuhr Sarah fort, „ist die Scheu vor einem naturwissenschaftlichen Studium ja nicht selten mit der Angst verbunden, diesem nicht gewachsen zu sein." Ihr Blick suchte Gordons Augen, ihr Lächeln war auf einmal viel weniger naiv, und Gordon erkannte, wie gut sie ihn verstanden hatte. Soviel zu der zarten Empfindungsstufe ihres Intellekts. Peter schmunzelte und Gordon schluckte.

„Ich kenne Gordon schon sehr lange. Er ist gar nicht so schrecklich dumm!"
Peter lachte und Gordon hob sein Glas. Sarahs Blicke bohrten sich in seine Augen,
drangen in seinen Kopf, auch in sein Herz? Fast könnte man sie begehren, durchfuhr
es ihn, aber dann verwarf er diesen Gedanken. Sarahs Welt war nicht die Welt des
harten Politprofis. Die Probleme Terricolas konnte sie nicht lösen, und zum Spielen
war nicht die Zeit. Zum Spielen hatte er Kayoko, deren Programm auch ohne intellektuelle Diskussionen seinen Wünschen folgte.

Unwillkürlich zuckte Gordon zusammen. Ohne intellektuelle Diskussionen?
Was war passiert? Auch er hatte sich immer als Intellektuellen gesehen, die Diskussion als belebenden Beitrag auch zur Erotik verstanden. So verändern wir uns also,
dachte er und blickte in sein Glas, in dem eine nicht unbeträchtliche Menge einer
Jack Daniel's-Äquivalenz auf ihre Bestimmung wartete. Was ist bloß mit unserer
Welt, dachte Gordon. Peter hob sein Glas in seine Richtung und Gordon verstand,
daß er den kurzen Moment seiner geistigen Abwesenheit bemerkt hatte. Sie prosteten sich zu und lachten sich an.

Irgendwann, Gordon hatte den Pool inzwischen mehrfach, auch mit Sarah,
durchschwommen, endete Peters Fest. Die Musik war leiser, die Menschenmenge
licht und die Gäste, die eben noch gescherzt hatten, unauffindbar geworden. Selbst
Jane war längst gegangen, und Schoppenheimer hatte sich schon vor langer Zeit
verabschiedet. Da hatte auch Gordon aufgegeben und zusammen mit Patrick einander stützend Peters Festung aus grauem Granit verlassen. Peters Feste waren große
Feste, und eigentlich endeten sie immer gleich.

Nach einem Ernüchterungskaffee am Strand von Salomon's Beach im Café
Française trennten sich Gordon und Patrick. Gordons Gedanken waren wieder leid-
lich klar und sein Gang wieder sicher. Er fühlte keinerlei Müdigkeit und genoß die
Fahrt des offenen Unicars, das ihn nach Hause fuhr. Am Horizont schimmerte bereits das Licht des neuen Tages über dem Wasser des Atlantik.

Kayoko erwartete ihn voller Freude. Sie hatte sich quer in einen der Couchsessel gelegt und die Beine über eine der Seitenlehnen gehängt. Ihr einziges Kleidungsstück war eine hellgrüne durchsichtige Bluse, die noch knapp einen Teil der
Oberschenkel bedeckte. Durch die Luft flutete leise Musik und der Duft von Chanel
Nr.5. Sie breitete die Arme aus und schloß die Augen.

Gordon dachte an Jane und an die letzte mit ihr verbrachte Nacht. Es war so
anders mit Menschen, so unbeholfen, so mühsam, so anstrengend. War es überhaupt
die gleiche Sache? Konnte man eifersüchtig sein, verletzt werden durch das, was
jemand anders mit einer dieser Maschinen trieb? War es ihm egal, was Jane mit
Mark machte, wie oft sie ihn benutzte und um wieviel es besser, intensiver war mit
Mark als mit ihm?

„Komm her!" flüsterte Kayoko, „hilf mir, dich besser zu verstehen!" Sein
Zögern gab ihr Mut und sie warf den Kopf zurück. Die Konturen ihres Körpers
zeichneten sich zart durch den Stoff der Bluse. Was ist dabei? dachte Gordon und

beugte sich über sie. Kayoko lachte hell auf und fuhr mit den Fingerspitzen zart über seinen Rücken.

1. Juli 103 p.c. 7 [30]

Früh am Morgen zog sich Gordon noch ohne Frühstück in sein Arbeitszimmer zurück. Er wollte ungestört sein. Mit ein paar leise gesprochenen Befehlen an das Kommunikationssystem stellte er eine Verbindung zu Charles Goldman her. Charles Goldman war immer dann einer der wichtigsten Männer Terricolas, wenn man auf seine Dienste angewiesen war.

Charles Goldman war einer der bekanntesten Automobildesigner, und die von ihm entworfenen Autos, die sein Signet trugen, erfüllten die Besitzer mit Stolz und erhöhten Charles Goldmans Vermögen nicht unbeträchtlich. Charles Goldman verstand es wie kein anderer seiner Zunft, die Wünsche und Bedürfnisse seiner Kunden zu erfassen und umzusetzen. Er präsentierte Gordon zunächst einige Designmuster, die Gordon als Hologramme dreidimensional in seinem Zimmer betrachten konnte. Aus verschiedenen Stilelementen formte der Designer dann mit Hilfe seiner Computer schließlich immer mehr das, was Gordon sich erträumt hatte. Nach knapp einer Stunde war die wesentliche Arbeit getan. Nicht nur die äußere Form, die Zahl der Sitzplätze und die Farben der Karosserie und des Interieurs, sondern auch die technischen Spezifikationen wie die Leistung des Elektroantriebes und der Fahrwerksabstimmung waren festgelegt. Den fertigen Entwurf würde Gordon als verkleinertes Modell in wenigen Stunden zugestellt bekommen. Nach seiner Zustimmung konnte der fertige Wagen dann noch am gleichen Tag gebaut und ausgeliefert sein.

Außer einem weißen Sportwagen bestellte Gordon auch einen Geländewagen, der Sniders schwerem Truck in nichts nachstand. Dann verließ er sein Arbeitszimmer, rief nach Walter und Kayoko und ließ sich das Frühstück auf der Terrasse unter der Pergola servieren. Gordon brauchte an diesem Morgen viel Kaffee. Die Ratssitzung würde bald beginnen.

1. Juli 103 p.c. 9 [00]

Schoppenheimer schien nervös. Mit den Fingern trommelte er den Takt seiner mühsam beherrschten Gedanken auf das Holz des Pultes. Langsam füllte sich das Plenum, fanden die Ratsmitglieder scherzend und lachend den Weg zu ihren

Plätzen. Ishida hatte wieder mit wichtiger Miene in der ersten Reihe, die für besondere Gäste oder Vortragende reserviert war, Platz genommen.

Als Schoppenheimer die Ratssitzung eröffnet hatte, erhob sich der Polizeipräsident, um seinen inzwischen fast täglichen Bericht abzugeben. Aber Schoppenheimer winkte ab.

„Ich denke, wir können uns kurz fassen", sagte er und bedeutete Ishida, an seinem Platz zu verbleiben. „Ishida hat seine Untersuchungen abgeschlossen und ich möchte Ihnen gerne die Details ersparen. Der ausführliche Bericht liegt im Kommunikationsnetz zur Einsicht bereit und hier unten in ausgedruckter Form vor." Schoppenheimer zeigte mit der Hand auf einen säuberlichen Stapel eingebundener Schriften.

„Zusammengefaßt lassen sich zwei Aussagen machen. Erstens: Die Existenz eines nicht-terricolanischen Chips, der Mord an Carpenter und der Überfall auf Gordons Haus beweisen eine wie auch immer geartete Bedrohung unserer Gesellschaft. Zweitens: Ishida hat mit seinen Untersuchungen auch nicht den Hauch einer Vorstellung davon erarbeiten können, wer hinter diesen Dingen stehen könnte, und welche Ziele möglicherweise verfolgt werden." Schoppenheimer machte eine kurze Pause und Ishida brauste protestierend auf. Er erhob sich von seinem Platz, aber Schoppenheimer winkte ihn mit einer kurzen Handbewegung zur Ruhe.

„Ich erspare uns allen Ihre sicher wertvollen Spekulationen und Schlußfolgerungen, Ishida, die uns alle leider nicht weiter bringen. Immerhin scheinen zum jetzigen Zeitpunkt die terricolanischen Strukturen wie Kommunikationsnetz und Roboter einwandfrei zu funktionieren." Schoppenheimer machte wieder eine kleine Pause, und seine Finger trommelten wieder auf das Pult.

„Ich möchte mit dem Rat in geschlossener Sitzung einige wichtige Punkte beraten. Ich stelle daher den Antrag, daß alle Besucher den Saal verlassen."

Im Plenum erhob sich ein Gemurmel. Wenn Schoppenheimer einen solchen Antrag stellte, dann hatte er im allgemeinen einen guten Grund. Der Antrag wurde mit großer Mehrheit angenommen, und Schoppenheimer bat die Besucher, die Empore zu räumen. Ishida, der sich in den letzten Tagen an seine Anwesenheit im Rat gewöhnt hatte, erhob sich nur widerwillig und erst nach einem auffordernden Blick Schoppenheimers.

„Lassen Sie mich mit der Tür ins Haus fallen und Ihnen eine provokative, vielleicht sogar belustigend vorkommende Frage stellen", sagte Schoppenheimer, als Ishida die schwere Eichentür knarrend hinter sich geschlossen hatte. Die Ratsmitglieder verstummten. Schoppenheimer stellte selten witzige Fragen.

„Könnten Sie sich vorstellen", begann Schoppenheimer, „auf ihre sexuellen Beziehungen zu Menschen zu verzichten, wobei Ihnen die von Mary O'Hara erschaffenen 'Serviceleistungen' diesen Verzicht versüßen könnten?"

Im Plenum herrschte erst absolute Ruhe, dann ertönte Gelächter, dann flogen die Gesprächsfetzen über alle Reihen und quer durch den Saal. Ob Schoppenheimers Verstand den Bedürfnissen seines Körpers nicht stand gehalten hatte?

„Meinen Sie das ernst?" fragte Gordon, noch halb belustigt.

Schoppenheimer lächelte ruhig. Er trommelte nicht einmal mehr mit den Fingern.

„Ich sagte ja, es war eine provokative Frage." Schoppenheimer machte eine Pause. Im Saal wurde es ruhig. Alle starrten auf den Präsidenten, der regungslos in die erstaunten Gesichter der Ratsmitglieder lächelte.

„Wenn ich Sie richtig verstehe", sagte Patrick, und in seinem Hirn arbeitete es angestrengt, „dann wäre es Ihnen am liebsten, die Bürger Terricolas würden ihre sexuellen Bedürfnisse nur noch mit diesen Robotern erledigen?"

„Es würde sicher viel helfen, wenn die Verbreitung und Akzeptanz dieser Maschinen äußerst ausgeprägt wäre", sagte Schoppenheimer. Im Plenum sagte schon lange niemand mehr etwas. Es war totenstill.

„Ich denke", ließ sich Sniders sonore Stimme nach einer Weile vernehmen, „wenn die Menschen ausschließlich diese Maschinen für die besagte Sache benutzen, ergibt sich ein weiteres kleines Problem. Immerhin ist dieser zwischen Menschen durchgeführte Vorgang für die Fortpflanzung, wenn ich richtig informiert bin, eine ganz wesentliche Voraussetzung. Jedenfalls dann, und davon gehe ich einmal aus, daß wir die Regulation des Anti-Retortengesetzes nicht wieder aufheben und die Klonregulationskontrollen nicht verändern wollen."

„Das wollen wir auf keinen Fall!" Schoppenheimers Stimme klang kompromißlos. „Das wäre ein Rückfall auf die naturentfremdete Zeit vor Der Katastrophe. Ich würde eine solche Entscheidung auf gar keinen Fall mittragen!"

„Das will ja auch keiner, denke ich", warf Patrick ein, „Aber, Herr Präsident, wo sollen denn die Babies herkommen? Wenn die Menschen es nur noch mit den Maschinen treiben?" Ein kurzes Lachen ging durch den Saal, mehr ein Aufschrei, und viele lachten nicht mehr mit.

Schoppenheimer antwortete nicht. Er blickte in die Runde. Es herrschte absolute Stille. In den Köpfen einiger Ratsmitglieder begann sich ein Gedanke zu formen, den eigentlich keiner denken wollte. Immer noch antwortete Schoppenheimer nicht. Gordon warf Jane einen schnellen Blick zu. Sie schüttelte den Kopf, zuckte die Schultern. Patrick hing mit zusammengekniffenen Augen an Schoppenheimers Lippen.

„Es soll keine Kinder mehr geben." Schoppenheimers Stimme war so leise wie noch nie, aber jeder hatte es verstanden. Der bei Unstimmigkeiten sonst übliche Tumult blieb aus. Das entsetzte Schweigen wurde als erstes von Patrick unterbrochen.

„Und dann?" fragte er mit heiserer Stimme. Die Ernsthaftigkeit Schoppenheimers ließ in ihm die Ahnung einer Katastrophe, die er noch nicht verstanden hatte, langsam und unaufhaltsam zur Gewißheit reifen. Die Welt drohte einzustürzen, und er wußte nicht warum, aber er ahnte, daß wenn Schoppenheimer es erklärte, sie zu zerbrechen begänne. Noch immer herrschte das leere Schweigen im Saal.

„Haben Sie sich einmal gefragt", Schoppenheimers Stimme war etwas, aber nicht viel lauter geworden, „wie lange die Stabilität Terricolas noch anhalten kann? Wie oft werden wir in Zukunft noch die soundsovielte Novellierung des Produktions- und Bitkontrollgesetzes beraten? Werden alle zukünftigen Räte Terricolas immer nur weise Entscheidungen treffen?

Welche Verschwörungen werden wir noch erleben, die sich der Kontrolle der Exekutive, also der Produktion und der Entwicklung von Hard- und Software bemächtigen wollen? Werden wir diese Verschwörungen immer und zu allen Zeiten aufdecken können? Werden wir und alle folgenden Generationen wirklich immer gewinnen in dem Streben, letztendlich die Freiheit der Menschen zu garantieren, auch wenn das Maß der Freiheit niemals für alle gleich sein kann? Aber muß die Freiheit nicht immer für alle so gleich sein, daß zumindest theoretisch und durch den Willen eines jeden einzelnen jeder alles in der Gesellschaft erreichen kann?

Wir haben eine solche Gesellschaft, wir haben sie von unseren Vätern übernommen. Aber werden wir sie auch immer und für alle Ewigkeiten an unsere Kinder weitergeben können?" Schoppenheimer blickte beschwörend in die Runde.

„Nein, wir können das nicht", gab er die Antwort, „jedenfalls können wir das nicht garantieren. Denn eine Gesellschaft, wie wir sie haben, in der jeder alles erreichen kann, ist anfällig für jede Verschwörung, jede Störung, gerade weil eine solche Gesellschaft bestimmte Freiheiten gewähren muß, die dann gegen sie verwendet werden können. Die Freiheit dieses Rates zum Beispiel kann jeder mit Hilfe ausgesuchter dialektischer und psychologischer Mittel für seine Zwecke mißbrauchen. Und eines Tages wird so ein Jemand da sein und er wird auf einen schwachen Rat treffen. Und dann wird dieser Jemand das Produktions- und Bitkontrollgesetz lokkern und die Katastrophe über unsere Kinder hereinbrechen.

Wer von uns will unter der Diktatur der Roboter leben? Solange sie uns leben lassen? Vielleicht werden wir auch für sie arbeiten müssen, wer weiß, was Roboterlogik unter Umkehrung der Machtverhältnisse versteht.

Oder wer von uns will unter der Diktatur eines Menschen leben, der mit Hilfe von Robotern sein Reich sichert? Ausgeliefert der Willkür und ohne Hoffnung auf Freiheit und zwar nicht nur für den Rest eines Menschenlebens, sondern für den Rest der Menschheit?

Auf die eine oder andere Welt steuern wir zu, und es ist nur eine Frage der Zeit, einige Generationen vielleicht, daß irgendwann einmal unser Staat so außer Kontrolle gerät, daß wir es nicht mehr regulieren können. Möchten Sie dann noch leben? Möchten Sie, daß Ihre Kinder dann noch leben?"

Wieder machte Schoppenheimer eine Pause. Er blickte seine Ratsmitglieder an. Es war ein verständnisvoller Blick, als verstünde er die Qual, die er ihnen bereitete.

„Zur Zeit haben wir einen starken Rat", seine Stimme war schmeichelnd, versöhnlich. „Wir sind verantwortungsvoll, und wir sind frei in unseren Entscheidungen. Wir können beschließen, was wir für richtig halten. Wir können beschließen, daß alles ein Ende hat. Ein humanes Ende, ein Ende, das niemandem weh tut, keinen Menschen der Diktatur und den Schrecken der Roboter ausliefert.

Noch nie haben Menschen in einem solchen Überfluß, in solcher Freiheit und in solcher Gesundheit gelebt. Selbst die Sorge der Menschen umeinander ist, wie ich meine, relativ groß im Vergleich zu der Zeit vor Der Katastrophe. Und doch haben die Menschen noch nie ihren Wohlstand so sehr der Arbeitskraft fremder Wesen, der Roboter, verdanken müssen, wenn man einmal von den sklavenhaltenden Kulturen wie der Ägypter und Römer absieht. Aber die antiken Sklaven hatten nie die Potenz unserer Roboter, im Guten wie im Bösen. Spartakus konnte den gerechten Kampf gegen die Mächtigen der damaligen Zeit nicht gewinnen. Auch wir werden den Kampf - gerecht oder ungerecht - gegen die Roboter verlieren!"

Schoppenheimer verharrte erneut in seiner Rede.

„Eine Demokratie ist auf Dauer viel zu schwach", fuhr er dann fort, „um die Kräfte zu kontrollieren, die wir freigesetzt haben. Denn wenn wir *einmal* die Kontrolle verlieren, dann haben wir sie auf Dauer verloren. Das ist der Unterschied zur Antike. Ganze Völker konnte man niederwerfen, Könige stürzen, aber die Fehlprogrammierung der Roboter ist endgültig. Diese Maschinen sind nicht so schwach wie wir Menschen, sie würden, ja sie könnten die Macht niemals mehr abgeben, und wir würden sie aus eigener Kraft nie mehr besiegen können."

Schoppenheimer blickte seinen Zuhörern fest in die Augen, und seine Stimme wurde nochmals leiser: „Aber in etwas anderem als in einer Demokratie wie hier in Terricola will und kann ich nicht leben."

Wie oft hatte sich Gordon über Schoppenheimers spöttisch zuckende Mundwinkel geärgert. Aber heute zuckte nichts in Schoppenheimers Gesicht. Mit durchdringenden Blicken suchte er die Augen der Ratsmitglieder.

Die Betroffenheit saß tief. Solange die Serviceroboter so hervorragend funktionierten, waren sie so schrecklich nett und so unumschränkt hilfsbereit. Man konnte sich einfach nicht vorstellen, daß sie zu Monstern werden könnten. Aber natürlich konnten sie es, und jeder wußte es.

„Wie soll das aussehen", brach Patrick schließlich das Schweigen, „ich meine praktisch. Nicht alle Bürger werden freiwillig auf kinderautorisierte Beziehungen verzichten wollen. Wie wollen Sie das verhindern?"

Schoppenheimer lächelte verächtlich.

„Wir leben doch heute schon in einer dem Single verpflichteten Gesellschaft, wobei Mary O'Haras Kreationen sicher ihren Teil dazu betragen werden, diesen Trend zu verstärken. Wir sind doch von dem, was wir wollen, gar nicht so weit entfernt." Ein kurzer Blick traf Gordon und Patrick.

„Natürlich werden wir die Bevölkerung überzeugen müssen", fuhr Schoppenheimer fort. „Nur in kinderautorisierten Beziehungen besteht ja die medizinische Möglichkeit zur Fortpflanzung. Was hindert uns, die Genehmigung dieser Beziehungen so zu erschweren, daß sie dem Einzelnen sinnlos erscheinen? Und sich jeder auf die einfache, unkomplizierte Gestaltung des eigenen Privatlebens durch Nutzung der maschinenseitigen Fähigkeiten der Roboter, insbesondere der von Mary O'Hara, besinnt? Und jeder schließlich erkennt, daß es keinen Sinn macht, Kinder in eine aussterbende Welt zu setzen?

Terricola braucht eine Mindestpopulation von etwa 10.000 Bürgern, sonst ist die langfristige Kontrolle über die Roboter - z.B. deren ständige Neu- und Umkonstruktion - nicht zu realisieren. Wir werden den Menschen klarmachen, daß durch den Verzicht der meisten Bürger auf kinderautorisierte Beziehungen diese Bevölkerungsdichte nicht mehr zu gewährleisten ist, und daß wir allein schon aus Fürsorgepflicht den zukünftigen Generationen gegenüber keine solchen Beziehungen mehr zulassen können."

Es entstand eine Pause. Schoppenheimer hatte offensichtlich alles gesagt, was er zu sagen hatte. Die Luft des Saales füllte sich langsam wieder mit hin- und hergeworfenen Worten, dem Scharren von Füßen und Rascheln von Papier.

„Ihr seid alle verrückt!" polterte Jane schließlich los. „Ihr wollt die Menschheit ausrotten, ihr seid verrückt!" Ihr Gesicht war rot angelaufen.

„Das ist absolut meine Meinung", Meyer schrie fast, und die Speicheltropfen flogen aus einem Mund. „Lassen wir es doch darauf ankommen, wir haben 100 Jahre mit den Dingern gut gelebt, und mein Hausroboter ist äußerst zuvorkommend. Vielleicht ist Ihrer ja nicht richtig programmiert, Herr Ratspräsident, ich leihe Ihnen gerne mal meinen!"

Schoppenheimer überhörte auch diesen Einwand. Wenn Meyer gegen ihn war, war viel gewonnen.

„Warum stampfen wir die Dinger nicht einfach ein?" Snider hob die Arme leicht in die Höhe und schnippte mit den Fingern. „Ich meine, dann muß halt jeder wieder mit anpacken, ganz so wie früher."

„Diese Möglichkeit ist äußerst überlegenswert und elegant und kommt etwa 150 bis 200 Jahre zu spät, Snider", erklärte Schoppenheimer. „Was einmal gedacht ist, ist gedacht, und was einmal gebaut ist, kann wieder und wieder gebaut werden. Wenn wir die Roboter vernichten, machen wir es demjenigen, der irgendwo außerhalb Terricolas seine eigenen Maschinen baut, nur noch leichter, uns zu überwältigen.

Und im übrigen: Halten Sie den freiwilligen Verzicht auf die Serviceroboter politisch für durchsetzbar? Glauben Sie, die Bevölkerung wird es schlucken, auf einmal nicht mehr bedient zu werden, sondern selbst arbeiten zu müssen? Vielleicht sogar für *Sie* und *Ihre* Annehmlichkeiten zu arbeiten, weil Sie, Snider, als Ratsmitglied vielleicht irgendwelche Vergünstigungen erwarten? Wie wollen Sie das den Menschen klar machen? Sie würden eine Revolte provozieren, und das wäre dann auch das sichere Ende Terricolas, aber ein Ende mit Schrecken. Ich halte diesen Vorschlag für nicht sinnvoll, Snider!"

„Ich denke, es wird schwer werden, heute zu einer Entscheidung zu kommen", Patricks Stimme war schwer, und Schoppenheimer spürte den Konflikt in seiner Brust, und das gab ihm Hoffnung. Patrick war ein guter Mann. Wenn er ihn überzeugte, überzeugte er den Rat.

„Ich denke, wir sollten auf keinen Fall irgend etwas übereilen." Gordon spürte, wie sich seine Kehle zuzog.

„Ihr seid alle total verrückt!" Jane konnte es nicht fassen. „Ich weiß nicht, was es da überhaupt zu überlegen gibt. So etwas Perverses gehört abgelehnt, und zwar sofort! Ich weigere mich, darüber auch nur nachzudenken!"

„Wir müssen darüber nachdenken, Jane", Patrick drehte sich zu ihr um und sah ihr in die Augen. „Wir müssen darüber nachdenken." Jane schwieg, ihre Augen flackerten. Sie schätzte Patrick, und seine Verzweiflung machte ihr Angst. Sie spürte, wie die Ausweglosigkeit der Situation begann, um sich zu greifen und den Rat in den Bann der Agonie trieb. Noch hatte sie die Kraft zum Widerspruch, doch immer stärker fühlte auch sie die Ohnmacht.

Schoppenheimer wußte, daß er heute mehr nicht erreichen konnte, und er war zufrieden. Sein Innerstes bebte, aber seine Stimme war ruhig und besänftigend.

„Ich schlage vor, daß wir uns erst einmal vertagen. Es ist sicher sinnvoll, daß wir dieses Thema zunächst vertraulich behandeln." Er blickte eindringlich in die Runde.

Die Ratsmitglieder nickten. Sicher würde es durchsickern, aber keiner sagte etwas. Niemand hatte heute noch die Kraft, Schoppenheimer zu widersprechen.

„Damit erkläre ich die außerordentliche Ratssitzung vom 1. Juli 103 p.c. für beendet."

Schoppenheimer verharrte noch eine Weile auf seinem Platz und beobachtete, wie die Ratsmitglieder den Sitzungssaal verließen. Kaum einer redete und erst, als das Scharren der Füße auf dem Boden verstummte, weil der letzte den Saal verlassen hatte, erhob sich auch Schoppenheimer, schritt zur Tür und ließ sie ins Schloß fallen und den leeren Saal hinter sich verschließen.

1. Juli 103 p.c. 20 [30]

Am Strand von Salomon's Beach brannte das Lagerfeuer, und die lodernden Flammen wehten in den dunkel werdenden Himmel hinein und erleuchteten den Strand. Es war noch früh am Abend, und Salomon's Beach lag im Zwielicht der untergehenden Sonne. Janes Hausroboter legte gerade frisches Holz nach, als Snider mit seinem Jeep heranbrauste. Seine grauen Haare wehten im Wind. Snider machte sich einen Spaß daraus und ließ seinen Hausroboter den schweren Truck steuern. Er selbst saß, das eine Bein abgewinkelt über die Beifahrertür nach draußen gestreckt, lässig zurückgelehnt in seinem Sitz, zwischen den Lippen eine lange Zigarre, die schräg aus seinem Mundwinkel heraushing. Grinsend genoß er die rasante Fahrt. Als der Hausroboter bremste, spritzte der Sand zur Seite.

Eine Reihe von Ratsmitgliedern und einige in deren Windschatten mitschwimmende und auf diesen Festen zur Auflockerung des Gesamtbildes geschätzte und zur gebührenden Selbstdarstellung unerläßliche Terricolaner hatten sich bereits eingefunden. Mehrere Hausroboter waren emsig damit beschäftigt, das Lagerfeuer am Brennen zu halten, Grillroste aufzustellen, eine Getränkebar zu installieren, sowie einige Bretter zu einer kleinen Bühne zusammenzufügen.

Sniders Hausroboter sprang aus dem Jeep und lud Kühltaschen aus, in denen sich Bier und Steaks befanden. Die Strandparties waren spontan, improvisiert und berühmt. Jeder rechnete es sich als Ehre an, wenigstens irgend etwas dazu beigesteuert zu haben, und da die Arbeit ohnehin von den Robotern erledigt wurde, lagen die damit verbundenen Mühen in äußerst überschaubaren Grenzen. Auf diese Weise kam immer viel zusammen.

Snider stieg langsam aus seinem Wagen. Er liebte diese Auftritte. Warum braucht er das? fragte sich Gordon. Eine Handvoll junger Frauen aus der Gruppe des Windschattengefolges lief schreiend, halbnackt und effektvoll aus den Wellen des Atlantik auf den Strand. Jetzt, wo die Sonne nicht mehr wärmte, wurde es kühl, und die Frauen trockneten sich sorgfältig in der Nähe des Feuers ab, entledigten sich der ohnehin spärlichen Badekleidung und schlüpften in Sweatshirt und Hosen. Sie lachten und scherzten dabei, denn schließlich sorgte die Aufmerksamkeit, die sie erregten und die Blicke der Ratsmitglieder, die sie auf sich zogen und die prüfend über ihre vom Feuer beleuchteten Körper strichen, für das Interesse, das ihnen im weiteren Verlauf des Festes zuteil wurde. Bald werden es weniger, dachte Gordon. So sehr er das Groupietum auch verachtete, jetzt, wo er im Geiste schon Mary O'Haras Roboter die Stelle der jungen Frauen einnehmen sah, betrachtete er die Szene mit anderen, fast wehmütigen Augen.

Jane hatte sich auf einen von endlosen Wellen rund gewaschenen Stein gesetzt und betrachtete Gordon und die Mädchen. Gordon suchte Janes Blick und lächelte sie an. Patrick stand mit einem Bierglas in der Hand und unterhielt sich. In seinem Glas schwappte schwarz gebrautes irisches Bieräquivalent. Patrick liebte es und schlürfte es genußvoll durch den hellbraunen Schaum.

Auch Meyer war erschienen, und in seinem Gefolge befand sich Sophie, hellblond, üppig und drall. Auch Sophie war eine Mary O'Hara-Kreation. Gordon schüttelte den Kopf. Doch dann entdeckte er sie überall. Nicht nur Meyer hatte sie mitgebracht, auch einige andere Ratsmitglieder fanden es offensichtlich schick, kleidsam oder einfach nur praktisch, ihre Lieblingsroboter in das gesellschaftliche Leben zu integrieren. Gordon konnte zwei Kayokos in der Menge entdecken.

Er setzte sich zu Jane.

Auf der Bühne hatte sich eine Gruppe junger Leute zurechtgemacht und um eine langhaarige blonde Frau Anfang zwanzig in schwarzgelacktem, schrecklich engem und an den Nähten gefransten Leder geschart. Es war Cookie, eine der beliebtesten Sängerinnen Terricolas, deren Repertoire auch die ältesten Lieder und Chansons umfaßte. Berühmt war Cookie aber nicht für ihre Vielseitigkeit, sondern vor allem für ihren sinnlichen Mund, ihre fabelhafte, leicht rauchige Stimme, ihre Ausstrahlungskraft und ihren Sexappeal. Natürlich war Cookie ein Roboter und auch die jungen Leute um sie herum. Viele Terricolaner hatten diesen Umstand schon zutiefst bedauert. Cookies Programm begann auf der Bühne und dort endete es. Mit Cookie einen normalen Satz zu reden, ließ ihre Software nicht zu. Inzwischen war der Ruf laut geworden, Cookies als Sexroboter zu konstruieren, und Gordon war sicher, daß der Markt, sofern er auf diesem Gebiet erst einmal den semifreien Gesetzmäßigkeiten terricolanischer Ordnung folgte, dieses Problem bald lösen würde.

Jane hatte Gordons Blicke bemerkt und verstanden.

„Gefällt sie dir", fragte sie. Gordon nickte lächelnd.

„Sie ist ein Roboter", sagte er. „Bist du eifersüchtig auf einen Roboter?"

„Bist du eifersüchtig auf Mark?" fragte sie.

„Schwer zu sagen."

Sie schwiegen. Cookie hatte ihr Programm begonnen. Sie wirbelte ihre blonden Haare durch die Luft, stampfte mit den Stiefeln auf den Bretterboden und rockte wild hin und her. Mal schrie sie, mal flüsterte sie ihren Text in das Mikrofon in ihrer Hand. Ihre vollen Lippen fuhren dabei zart über den Stoff des Gerätes zwischen ihren Fingern. Auch Gordon konnte sich durchaus vorstellen, Cookies Reizen zu erliegen, sollte Mary O'Hara oder wer auch immer sich dieser Sache einmal angenommen haben.

Cookies Musik war wie immer zu laut, aber Jane hatte mit Bedacht und in Kenntnis dieses Umstandes einen Stein in gebührendem Abstand gewählt.

Alles war wie sonst. Und doch war alles anders.

Dabei hatte der Carpenterchip, die äußere Bedrohung Terricolas durch die neu aufgetretene Angst vor der eigenen, inneren Zerstörung an Bedeutung verloren. Nicht die Roboter, die allem Anschein nach noch vorzüglich funktionierten, nein, Schoppenheimers Forderung nach Beendigung der menschlichen Existenz, die Aufforderung zur kollektiven Vernichtung der eigenen Spezies, saß tief in den Herzen der Ratsmitglieder.

Jack Wilder würde es morgen verkünden. Oder einen Teil davon, die unpräzisen Fragmente, die ihm irgend jemand, vermutlich anonym, zutragen würde oder schon zugetragen hatte. Oder das, was er hier am Strand erfuhr. Denn natürlich war er da, der Einladung vieler Ratsmitglieder folgend, die wie Gordon sorgsam ihre Kontakte zu Jack Wilder pflegten, der manchem als eine der zentralen Figuren im Spiel terricolanischer Machtgefüges erschien.

Ob es die Mädchen verschrecken würde, die jetzt ausgelassen zu Cookies Klängen auf dem Sand des Strandes tanzten, beseelt von der Musik, gelöst vom Alkohol und getrieben von dem Wunsch, einem der Großen zu gefallen? Würde es überhaupt etwas ausmachen? War es das Henkersfest vor der allgemeinen Depression?

„Traurig?" Jane lächelte Gordon breit an.

„Wie kommst du darauf?"

„Ich sehe dich an!"

„Es passiert reichlich viel in kurzer Zeit", sagte er. Jane hatte einen von der Sonne ausgedörrten Stock in die Hand genommen und malte im trockenen weißen Sand. Gordon sah ihr zu.

„Die Nacht war schön", sagte er, „Trotz allem." Aus den Augenwinkeln sah er im flackernden Widerschein des Feuers, wie sie lächelte.

„Ja", sagte sie, „sie war schön." Sie malte weiter im Sand.

„Werden wir es wiederholen?“

„Ich weiß nicht?“ Gordon hatte es kaum verstanden, so leise war es in den Sand gehaucht. Er nickte unmerklich.

Patrick steuerte auf die beiden zu. „Störe ich?“ fragte er taktvoll und nahm im Sand Platz, ohne die Antwort abzuwarten.

„Herrlicher Abend, laue Luft, massenhaft Bier, Essen ohne Ende und lauter Freunde um einen herum.“ Er nahm einen großen Schluck aus dem großen Glas.

„Freut euch, Leute, die Welt geht vielleicht bald unter. Freßt, sauft, bald ist es aus, dann schlürfen die Vögel unsere Bierreste und die Ratten knabbern an unseren verwesenden Leibern!“ Vielleicht war es das dritte oder schon das vierte Glas, dessen Alkohol Patricks zentrales Nervensystem durchdrang.

„Hast du eben nicht gerade gefragt, ob du störst?“ erkundigte sich Gordon höflich. Patrick starrte ihn an, als könne er irgend etwas nicht begreifen. Sein Blick fiel auf Jane.

„Ist irgend etwas? Habt ihr irgendwelche Geheimnisse, die ihr mir mitteilen müßt?“

„Schon gut, Patrick“, erwiderte Gordon, „Jane und ich bereiten uns gerade auf die letzten Tage Terricolas vor. Sonst nichts.“

„Sehr vernünftig!“ Patrick schien begeistert. „Kann ich euch dabei irgendwie helfen?“

Jane lachte kurz auf.

„Nein, dabei nicht, schätze ich“, sagte sie. Patrick blickte auf und schüttelte verwundert den Kopf.

„Irgend etwas geht an mir vorbei“, sagte er bedauernd und schaute in sein Glas.

Snider erschien in der Gefolgschaft seines Hausroboters. Snider haßte körperliche Arbeiten jeglicher Art und ließ seinen Roboter nicht von seiner Seite weichen. Das Ratsmitglied wandte sich zu einem ihm hingehaltenen Teller.

„Herrliche Steaks“, brummte er und steckte sich einen großen Bissen in den Mund. Der Hausroboter reichte ihm ein Bierglas, und Snider nahm einen kräftigen Schluck.

„So läßt es sich leben!“ sagte er, nachdem er sich den Mund mit einer ihm zugereichten Serviette abgewischt hatte.

„Wir denken gerade darüber nach, wie es sich am besten sterben läßt!“ Patrick prostete Snider zu. Snider winkte ab.

„Alles Paperlapap! Ich laß’ mir mein Leben doch nicht verbieten! Auch nicht von Schoppenheimer!“ Er hob sein Glas in Richtung Patrick und nahm einen weiteren Schluck.

„Schließlich haben wir im Rat auch noch ein kleines Wörtchen mitzureden.“

„Warum?“ fragte Patrick. „Es ist doch schon alles klar.“ Auch er hob sein Glas. Snider blickte irritiert.

„Klar ist, was beschlossen ist“, sagte er.

„Klar ist, was beschlossen wird“, sagte Patrick.

Als Schoppenheimer erschien, erstarben die Gespräche für einen kurzen Moment. Keiner hatte das Unicar bemerkt, aus dem er gestiegen war. Zu laut hatte Cookie gesungen, die Menschen gegrölt und der Schein des Feuers geblendet. Und zu wenig hatten sie Schoppenheimer erwartet. Auch sonst war der Ratspräsident immer ein eher seltener Gast bei den Strandfesten gewesen, dessen Anwesenheit zwar geschätzt, bei einer ausgelassenen Strandparty aber nicht unbedingt erforderlich war.

„Was will der denn hier?" Patrick konnte es nicht fassen. Er war auf einmal deutlich nüchterner. Gordon schüttelte den Kopf. Schoppenheimer war zum Feuer gegangen und hatte einige Ratsmitglieder begrüßt. Er holte sich ein Bier und trank aus der Flasche. Das paßt nicht zu ihm, dachte Gordon, warum holt er sich kein Glas? Schoppenheimer fühlte sich sichtlich unwohl, er spürte die Feindschaft, die ihm entgegenschlug, aber Schoppenheimer hatte sich immer dem Kampf gestellt.

„Mut hat er ja", sagte Gordon.

„Der Mut des Gladiators", brummte Patrick und stierte auf den Ratspräsidenten.

Irgendwann hatte sich Jane von dem Stein erhoben und unter die Leute gemischt. Auch mit Schoppenheimer hatte sie kurz geredet, was Gordon nur deswegen bemerkte, weil Patrick ihn anstieß, als er es sah. Als Gordon nach vielen Stunden und etlichen Bieren den Strand und das langsam ausbrennende Feuer verlassen wollte und Jane suchte, konnte er sie nicht mehr finden. Schließlich setzte er sich in seinen neuen, weißen Sportwagen und ließ sich von der Fahrautomatik nach Hause fahren. Natürlich war Kayoko viel besser. Allein schon der Biergeruch, den Gordon im nüchternen Zustand selbst haßte, würde sie nicht schrecken. Im Gegenteil, sie würde vorgeben, davon stimuliert zu werden, und Gordon, der wußte, daß sie log, würde ihr glauben, es war so bequem. Natürlich konnte er mit Mark nicht mithalten, insbesondere nicht jetzt, mit dem Alkohol von drei, vier oder noch mehr Bieren im Blut.

Einsam rollte der schwere Wagen durch die verlassenen, dunklen Straßen der Stadt. Die Nacht war verloren. Und vielleicht hatten sie Terricola heute zu Tode getrunken.

2. Juli 103 p.c. 12 ^{00}

Gordon hatte lange geschlafen. Schoppenheimer hatte an diesem Morgen keine Ratssitzung angesetzt und Kayoko hätte es nie gewagt, Gordon zu stören. Während des Frühstücks hatte sich Ishida über das Kommunikationsnetz gemeldet und besorgt nach dem Stand der Dinge erkundigt. Ishida hatte von den Gerüchten gehört, die am Vorabend am Strand durch die Reihen der Ratsmitglieder und des Windschattengefolges gelaufen waren. Aber Ishida hatte nicht viel erfahren können und fühlte sich nicht ausreichend informiert. Aber auch Gordon hatte kaum etwas erzählt, Ishida zu dessen Leidwesen im Unklaren gelassen, den Vormittag in Gedanken verbracht und sich zum Mittagessen mit Jane und Patrick in Jonny's Clubhouse verabredet.

Das Essen der vollautomatisierten Küche war wie immer exzellent. Sie hatten eines der höher gelegenen kleinen Zimmer gewählt, in denen sie ungestört waren. Durch die große Fensterfront blickte man frei über das Meer. Die Sonne spiegelte sich über den Wellen, und weit draußen, fast schon am Horizont, reckten zwei Boote ihre dreieckigen weißen Segel in den Wind.

„Ich werde Terricola heute nachmittag verlassen", sagte Gordon wie beiläufig. Patrick blickte abrupt auf.

„Was soll der Quatsch?" fragte er. Gordon steckte ein Stück des trefflich zubereiteten Kräutersteaks in seinen Mund.

„Wir müssen handeln", sagte er, nachdem er den Mund wieder weitgehend frei hatte. „Wir haben lange genug und voller Angst die Ereignisse an uns vorbeiziehen lassen. Ich will die Spuren verfolgen."

„Deine berühmten Spuren am Strand? Laß das Ishida mit seinen Mannen machen", sagte Patrick. „Das sind Profis." Ein riesiges Stück Fleisch verschwand in seinem Mund. Gordon schüttelte den Kopf.

„Du weißt, daß das nicht geht", sagte er. „Erinnere dich doch an das Theater mit meiner kaputten Kiste am Strand." Jane lachte auf.

„Du meinst deinen untauglichen Versuch, mit einem Auto die Gesetze des Tieffluges zu ergründen?" Gordon nickte etwas irritiert.

„Genau", sagte er. „Es war ein halber Staatsakt, bis einige Serviceroboter die paar Meter hinüberdurften, um das bißchen Blech aus dem Sand zu ziehen. Wir haben doch keinen Anhaltspunkt, keinen Anfangsverdacht, der Ishida dazu bewegen könnte, tätig zu werden. Er kann gar nichts machen, selbst wenn er wollte. Das heißt, wir müßten eine offizielle Untersuchung im Freien Land beantragen, wenn wir die Spuren verfolgen lassen wollen. Ihr wißt, wie lange das dauern würde. Und dann wären der- oder diejenigen gewarnt."

„Wenn es denn 'diejenigen' überhaupt gibt! Aber setzen wir einmal voraus, es ist wirklich etwas dran an deiner 'Spurentheorie'. Dann bist du doch spätestens dann ein toter Mann, wenn du Erfolg gehabt hast. Wirklich ein guter Plan, Gordon!"

Gordon zuckte mit den Schultern und schluckte seinen Bissen herunter.

„Was sollen wir sonst tun?" fragte er.

„Vernünftig bleiben", sagte Patrick.

„Ich komme mit", sagte Jane. Patrick blickte auf.

„Oh, mein Gott!" sagte er und sah die beiden entgeistert an. Gordon und Jane strahlten. „Wann soll es denn losgehen?" fragte Patrick resigniert.

„In einer Stunde!" Gordon grinste. „Ich habe mir von Goldman einen Supergeländewagen bauen lassen. Da ist wirklich alles dran." Gordons Augen leuchten auf. Patrick schluckte seinen Bissen herunter.

„Na denn!" sagte er.

Es hatte die letzten Tage nicht geregnet und auch die Ausläufer des Hurrikans hatten das Festland im Süden kaum erreicht und die Spuren am Strand nicht verweht. Auch die Stelle, an der die Serviceroboter Gordons Auto aus dem Sand gezogen hatten, war noch deutlich sichtbar. Es war ein ziemlich tiefer Krater mit einer beträchtlichen Schneise, die der Wagen bei seinem Aufschlagen in den Sand gerissen hatte. Jane und Patrick starrten beeindruckt auf das Zeugnis realen Schreckens, und auch Gordon beschlich ein bedrückendes Gefühl in der Magengegend. Auch jetzt fuhr er den Wagen mit den Bewegungen seines Körpers und der Kraft seiner Sinne. Kein Roboter, kein Rechner kontrollierte die Fahrt oder die Insassen. Sie waren im Freien Land und den Zufälligkeiten des Schicksals und den Unwägbarkeiten der Natur ausgeliefert.

Goldman hatte einen vortrefflichen Wagen abgeliefert. Breit drückten sich die Reifen in den Sand, und willig folgte er allen Wünschen seines Fahrers. Neben einer exakten Navigationsanlage hatte Gordon alle verfügbaren Hilfsmittel einbauen lassen, die es zu kaufen gab. Das Dach ließ sich komplett in den Seiten und in der Front- und Heckpartie des Fahrzeuges versenken. Ein Fahrtenschreiber zeichnete exakt den gefahrenen Weg und alle Fahrzeugdaten sowie alle Geräusche auf.

„Halt an!" rief Jane. Gordon trat in die Bremse und Patrick brüllte, als er mit der linken Schulter gegen das Armaturenbrett krachte. Keine Fahrautomatik hätte sich so ungeschickt verhalten. Patrick wollte sich gerade beklagen, aber Jane sprang aus dem Auto und lief zu den Spuren, die im Abstand von mehreren Metern neben Gordons Geländewagen entlangzogen. Als sie sie erreicht hatte, schrie sie auf. Auch Gordon hatte den Wagen verlassen. Wegen Jane und wegen Patrick. Er lief zu den Spuren. Dann sah er es auch.

Die Spuren hatten sich vervielfacht.

Jane zeigte ungläubig nach unten. Es waren nicht nur die Spuren eines einzelnen Autos, das hier einmal entlang gefahren war, sondern es waren mindestens drei, vielleicht sogar auch vier oder fünf, die sich über- und an einigen Stellen auch nebeneinander in den Sand gedrückt hatten. Dabei schien das Profil der Reifen immer das gleiche gewesen zu sein.

Jane hatte ihre Uhr auf die Spuren gerichtet. Ihr Chronometer enthielt nicht nur das übliche Kommunikationsgerät, sondern auch eine hochauflösende Digitalkamera, mit der sie die Muster im Sand fotographierte.

„Für Ishida", sagte sie.

Auch Patrick hatte inzwischen den Truck verlassen und massierte seine Schulter. Als er den Sinn des Stopps begriffen hatte, pfiff er durch die Zähne. Eine Weile betrachteten sie noch die Muster im Sand, dann setzten sie sich wieder in ihr Fahrzeug und setzten die Reise fort.

Die Spuren verliefen noch etwa drei Kilometer am Strand entlang. Dann bogen sie scharf nach rechts ab und führten gerade auf den Dschungel zu.

„Langsam glaube ich, daß an den Spuren wirklich etwas dran ist", sagte Patrick. „Jeder normale Fun-Driver wäre irgendwelche Schlangenlinien oder sonst irgendwelche Kurven gefahren, aber dieser Mensch hier ist geradeaus auf irgend etwas zugefahren." Gordon und Jane nickten zustimmend.

„Mensch oder Roboter", sagte Gordon, „Der hatte ein Ziel."

Als sie den Dschungel fast erreicht hatten, bremste Gordon scharf ab.

„Was ist?" fragte Patrick erschrocken. Gordon deutete nach vorn.

„Da beginnt eine Straße", sagte er. Patrick blickte angestrengt durch seine Hornbrille nach vorn. Wäre er doch den Ratschlägen seiner Ärzte gefolgt und hätte seine Kurzsichtigkeit operieren lassen! Er konnte beim besten Willen nicht erkennen, was Gordon meinte. Augen sind eben doch zum Sehen gemacht, dachte er bitter.

„Ich sehe sie", sagte Jane. Patrick schluckte. Er sah nur das verwischte Grün der Blätter.

„Soll ich hinfahren?" fragte Gordon.

„Wohin sonst?" Jane hob die Hände.

„Okay", sagte Gordon.

Eine schmale Straße mündete senkrecht auf den Strand, und die Spuren liefen direkt darauf zu. Vielleicht hatte dieser Weg einst zu einem beliebten Badestrand geführt, und Tausende von Menschen hatten ihn vor Der Katastrophe benutzt. Jetzt aber war der Dschungel bis an den Strand herangewachsen, und die Blätter der Büsche und Bäume hingen weit über den Straßenbelag herab, als wollten sie den Einschnitt in die Natur verschämt verdecken.

Langsam wühlte sich der Geländewagen durch den losen trockenen Sand, den auch die höchste Flut nicht erreichen konnte. Die grüne Wand rückte langsam näher, undurchdringlich, wild und geheimnisvoll. Dann tauchten sie ein, und der schwere Wagen fand auf dem Belag der Straße schließlich wieder festen Halt. Der Dschungel, der sie jetzt umgab, war praktisch undurchdringlich. Der Weg ließ sie fortkommen und führte sie mehr als fünf Kilometer in das Landesinnere. Nach und nach ermüdeten ihre Sinne. Minute um Minute zog das immer gleiche Grün an ihnen vorbei. Immer weniger konnten sie die übersättigten Augen zwingen, den Dschungel zu durchdringen, und Gordon, der anfangs noch verhalten gefahren war, hatte mit der Zeit die Geschwindigkeit immer mehr gesteigert. Schließlich achteten sie nur noch auf die Fahrspuren, die sich im über die Straße gewehten Flugsand dürftig abzeichneten .

„Verdammt!" Patrick schlug mit der Faust auf das Armaturenbrett. „Warum haben wir keinen Serviceroboter mitgenommen, der uns die Umgebung scannt. Wir übersehen doch alles!"

„Kein Roboter darf Terricola verlassen", Jane hob mahnend den Finger. „Das ist Gesetz!"

Patrick nickte. „An unseren Gesetzen werden wir zugrunde gehen," brummte er bitter. „Nicht die Bedrohung tötet uns, nein, unsere Gesetze erlauben uns keine Gegenwehr!"

„Die Demokratie ist schwach", Gordon zuckte die Schultern.

„Aber die Menschen sind stark!" Jane strahlte voller Zuversicht.

„Stark genug?"

Gordon trat in die Bremse.

Quietschend blockierten die Reifen. Patrick flog erneut nach vorne und prallte dieses Mal gegen die rechte Schulter. Jane landete in den Rückpolstern von Gordons Sitz.

„Was soll das!" schimpfte Patrick und faßte an die schmerzende Stelle. Jane hielt den Mund geöffnet. Patrick folgte ihrem Blick. Dann sah auch er den Wagen in den Büschen am Straßenrand stehen. Der Schmerz war mit einem Schlag verflogen.

„Ich kenne den Wagen!" flüsterte Jane. Unwillkürlich sprachen sie leise, obwohl es keinen Sinn machte, das Fahrgeräusch des Trucks und Gordons scharfe Bremsung hatte dem Dschungel ihre Anwesenheit weit bekannt gemacht.

„Wem gehört er?" zischte Patrick.

„Peter!"

„Peter Nozellin?" Gordon polterte los, er glaubte es nicht, und wenn es wirklich stimmte, bestand kein Grund, leise zu sprechen, Peter bedeutete keine Gefahr. Jane nickte.

„Peter Nozellin. Ich bin absolut sicher", sagte sie.

Gordon setzte den Wagen langsam wieder in Bewegung. Er parkte ihn auf der gegenüberliegenden Seite im Buschwerk. Einerseits fiel ihnen allen ein Stein vom Herzen, daß ein Teil des Unbekannten jetzt bekannt, ja sogar vertraut war. Andererseits wußten sie, daß sie nicht einmal einen kleinen Teil der Geheimnisse gelöst hatten. Im Gegenteil, Peters Anwesenheit vermehrte die Zahl der unbekannten Variablen um ein Vielfaches.

Sie verließen Gordons Auto und gingen auf die andere Straßenseite.

„Tatsächlich!" sagte Patrick, „das ist Peters Auto!" Er hatte das individuell gestaltete Muster der Sitzbezüge wiedererkannt. „Was will der hier?"

Sie starrten in den Dschungel und konnten nichts erkennen. Auch in Terricola gab es Bäume, den Wald und sogar den Wildpark. Wie stolz waren die Terricolaner auf die so perfekte Nachbildung der wilden, natürlichen Vegetation in diesem Park. Aber das hier war kein Park, kein Garten. Das hier war der Dschungel, das Vorbild der Abbilder, das Original. Grün, so unendlich grün und so entsetzlich dicht. Langsam folgten sie zu Fuß der Straße, die immer tiefer in das Dickicht führte.

„Da!" Jane zeigte nach vorn. Die Männer sahen, daß sie zitterte. Etwa hundert Meter vor ihnen war eine Schneise in das Grün geschlagen und auf dieser Schneise ragte die graue Betonwand eines Gebäudes senkrecht in die Höhe.

Und jetzt sah auch Patrick die huschenden Gestalten, die um das Gebäude herum liefen und von den wehenden Blättern des Waldes immer wieder verschluckt wurden. Schon waren es zehn, zwanzig Mann, es wurden immer mehr. Die Blätter wehten entsetzlich, und eine scharfe Brise wirbelte den Sand vom Boden des Asphalts und schleuderte ihn gegen die Terricolaner. Und dann taucht Peter inmitten der Männer auf, stößt einen von ihnen zur Seite und stolpert am Gebäude entlang und erreicht die Straße. Verfolgt von fünf, sechs Mann. Wer waren sie? Sie sahen alle gleich aus.

„Es sind Roboter!" schrie Gordon.

„Hier draußen! Unmöglich!" rief Patrick.

„Es sind keine von uns!" brüllte Jane.

Es war laut geworden, die Blätter und Palmwedel rauschten im Wind, und die Sonne hatte sich verdunkelt. Patrick sah gehetzt nach oben. Keiner von ihnen hatte es bemerkt, keiner die Ankündigungen von TerraNews zur Kenntnis genommen. Dabei war es mehrfach berichtet worden. Vielleicht hatten sie es auch gehört, aber keiner hatte der Nachricht irgend eine Wertigkeit beigemessen. Was bedeutete schon ein Hurrikan? Innerhalb Terricolas!

„Ein Hurrikan!" rief Patrick.

„Peter!" schrie Jane. Einer der Roboter hatte ihn erreicht und am Ärmel gefaßt.

„Jetzt haben sie ihn!" Gordon biß auf seine Unterlippe. Peter hatte sich gedreht, mit der Faust seines freien Armes in das Gesicht des Roboters geschlagen und an seinem Ärmel gerissen. Der Roboter strauchelte, der Stoff gab nach, und mit zerfetztem Hemd kam Peter frei. Ein zweiter Roboter hatte den ersten erreicht und blickte kurz nach oben. Der Hurrikan. Peter rannte auf die Freunde zu.

„Haut ab!" schrie er, „macht, daß ihr wegkommt!" Er war nur noch wenige Meter von den Ratsmitgliedern entfernt. Dennoch warteten sie, bis Peter sie erreicht hatte, dann rannten sie zusammen mit ihm zu den Fahrzeugen.

„Was ist los?" rief Gordon.

„Los, weg!" Peter fuchtelte mit den Armen und sprang in sein Auto. Hinter ihnen preschte eine Gruppe von vier Robotern heran. Die Ratsmitglieder stürzten in Gordons Truck und mit quietschenden Reifen drehten die Fahrzeuge auf der schmalen Straße herum und schossen davon. Einer der Roboter hatte Gordons Truck noch erreicht und mit der rechten Hand den Griff von Janes Tür ergriffen und rannte neben dem Fahrzeug her. Jane brüllte. Dann wurde die Geschwindigkeit des Geländewagens zu groß, der Roboter verlor das Gleichgewicht und stürzte, aber er ließ nicht los. Seine Beine schleiften über den Asphalt. Jane schrie, bis das Handgelenk der Maschine zerbrach, und der Körper des Roboters auf die Straße krachte, sich mehrfach überschlug und in den Dschungel rollte. Die Finger hatte sich am Türgriff verkrallt.

„Oh, mein Gott!" flüsterte Jane, die Hand vor dem Mund.

Die beiden Wagen schossen auf den Strand. Und jetzt endlich sahen sie den Hurrikan.

Schwarz ragte die Säule über dem Meer hinauf in den Himmel und riß donnernd Wasser und schäumende Gischt nach oben. Und näherte sich mit atemberaubender Geschwindigkeit von Süden her kommend dem Strand. Terricola lag im Norden und dort konnten die Flüchtenden auch die schweren Vertikaltransporter in der Ferne entdecken, die vor der Grenze Terricolas in der Luft hingen und auf den Hurrikan warteten. Aber hier draußen gab es keine dieser Maschinen mit ihren Turbinen und Strömungsverwirbelern. Hier draußen herrschte die reine Natur, nicht deren von der Technik gebrochenen Reste, und es war kein grandioses Naturschauspiel, bei dem man getrost mit dem Whiskeyglas in der Hand beim tosenden Kampf gegen die Macht der Vertikaltransporter auch ein wenig zu dem fernen Hurrikan halten konnte. Hier herrschte die entfesselte, ungebremste Gewalt, die auf die Menschen niederstürzte, kein Hauch von Abenteuer, sondern ein Sturm voll tödlicher Kraft, der über den Wald fegte und tiefe Schneisen in das Fleisch des Dschungels schnitt und die aufgerissenen Wunden mit Sand und Geröll verdeckte und der jetzt unerbittlich hinter ihnen herlief und sie zu vernichten drohte.

Hier draußen gab es nicht einmal die Fahrautomatik, die die Wagen steuerte. Unbeholfen rasten sie über die Hügel und Priele des Strandes, von den Unebenheiten des Bodens und den Unzulänglichkeiten ihrer Fahrer hin- und hergeschüttelt. Eine falsche Bewegung am Lenkrad, ein unbedachtes Manöver, eine unvorhergesehene Bodenwelle, die das Fahrzeug aus der Bahn warf und umstürzen ließ oder einfach eine zu langsame Geschwindigkeit würde sie der Gewalt des Hurrikans ausliefern. Bis auf Gordon hatten sich die Terricolaner vorher niemals in Lebensgefahr befunden, nie zuvor das Gefühl im Magen verspürt, das den Bauch zu fressen drohte und sich hohl über den Körper legte und die Sinne erdrückte. Auf Gordons Stirn perlte der Schweiß. Er muß durchhalten! flehte Jane und warf einen Blick zurück.

„Mein Gott!" schrie sie auf. Patrick folgte ihrem Blick.

„Hilfe!" rief er, „mein Gott, Gordon, gib Gas!"

Der Sturm fegte den Sand über den Strand.

„Ich kann nichts sehen!" schrie Gordon. Die Sicht betrug nur noch wenige Meter. Der Truck krachte in eine Düne, wühlte sich nach oben und dann sahen sie Terricola aus dem Sand auftauchen. Die Sicht wurde zunehmend besser, der Sturm ebbte ab. Gordon verringerte die Geschwindigkeit. Direkt über sich sahen sie durch das Glasdach des Trucks die Vertikaltransporter, die dem Hurrikan vor den Grenzen Terricolas Einhalt geboten.

„Wir haben es geschafft!" murmelte Jane, „Gordon, Patrick, wir sind gerettet!" Sie umarmte die beiden Ratsmitglieder von hinten. Peters Wagen tauchte aus dem Sand neben ihnen auf. Er winkte ihnen zu. Mit der Hand deutete er nach vorn. Gordon nickte und gab wieder Gas. Sie waren der Gefahr noch nicht entronnen. Keiner wußte, was die fremden Roboter gerade machten. Noch waren die vier außerhalb Terricolas.

„Ich habe vergessen, Bilder zu schießen!" Jane schüttelte den Kopf.

„Sei froh, daß du lebst!" sagte Patrick.

„Peter ist verrückt!" sagte Gordon.

„Er hat es gefunden", sagte Jane bewundernd, „Mein Gott, das ist wahrscheinlich die geheime Produktionsanlage der Carpenterchips! Und die Roboter sind die, in denen der Chip läuft."

„Was zu beweisen wäre!" sagte Patrick.

„Jedenfalls gibt es da Roboter, die wir nicht kennen, allein das deutet auf einen illegalen Vorgang hin. Wenn das, was dort passiert, legal wäre, hätten sich der oder die doch nicht die Mühe gemacht, nach dorthin, ins Freie Land, auszuweichen." Gordon entwickelte seine Gedanken.

„Auf jeden Fall hat Peter Mut!" Jane lächelte.

„Die Grenze!" Gordon deutete nach vorn und drückte das Gaspedal nach unten. Mit voller Fahrt schossen sie hinein. Dann riß Gordon das Lenkrad herum. Doch bevor der Wagen seinen Befehlen folgte, bremste der Fahrcomputer die Geschwindigkeit ein wenig ab. Dann erst drehten sich die Räder, rutschte der Wagen herum und kam entgegengesetzt zur Fahrtrichtung zum Stehen. Befriedigt hielt Gordon das Lenkrad umfaßt. In Terricola funktionierte die Welt. In Terricola herrschte die Sicherheit der technikbestimmten Macht. Es war gut in Terricola.

Peters Wagen kam herangebraust. Kurz vor Gordons Auto bremste er scharf.

„Dein Fahrstil ist eine Herausforderung für jeden Fahrwerkskonstrukteur!" lachte er Gordon an.

„Und deine Ausflüge ein Graus für jeden zivilisierten Menschen!" konterte Gordon.

„Auf zu Ishida", sagte Patrick.

„Meint ihr?" fragte Peter.

„Mein Gott, Peter! Worauf willst du denn noch warten?" Jane blickte entgeistert.

„Außer unseren Beobachtungen haben wir wenig Beweise", sagte er.

„Da hat er nicht ganz unrecht", sagte Patrick.

„Stimmt nicht", sagte Jane triumphierend und deutete auf ihre Wagentür. Peter starrte auf die abgerissene Hand des Roboters.

„Mein Gott ...", stammelte er.

„Müssen wir das hier auf der Straße besprechen?" fragte Gordon. Die anderen schüttelten den Kopf.

„Ich könnte einen Whiskey gebrauchen", sagte Patrick. „Vorzugsweise im Café Française. Dann können wir unsere Argumentation noch einmal durchgehen."

„Kein schlechter Vorschlag", sagte Peter. Jane lächelte ihn an.

Sie fuhren los. Diesmal folgte Gordon Peter, der in einem moderaten Tempo die geschlängelte Straße zum Salomon's Beach herabfuhr.

Madame Touchet zeigte sich wie immer erfreut über den gewohnten und gewohnt zahlungskräftigen Besuch.

„Was für ein Abenteuer!" sagte Patrick, als sie sich um einen Tisch mit direktem Strandblick gesetzt, die Getränke in die Hände genommen und einander zugeprostet hatten.

„Leider kein Abenteuer, sondern harte Realität." Entgegen ihrer Gewohnheit hatte Jane eine Jack Daniel's-Äquivalenz bestellt.

„Absolut!" Auch Gordon stand noch sichtlich unter dem Eindruck der Geschehnisse. Einige Kilometer entfernt wälzte sich der Hurrikan über das Wasser. Von hier aus betrachtet, war er nicht einmal besonders groß.

„Also", sagte Peter, „laßt uns noch einmal rekapitulieren. Wir haben nicht viel, aber sicher genug. Die Roboterhand dürfte auch Ishida überzeugen."

„Wie oft warst du schon da draußen?" fragte Jane. Peter stutzte.

„Drei-, viermal", sagte er langsam.

„Warum hast du keinen von uns je mitgenommen?" wollte Gordon wissen.

„Ich wollte keinen in Gefahr bringen", antwortete Peter. „Ich wußte doch selbst nicht, was mich erwartet."

„Wir sollten gehen", sagte Jane.

„Auf zu Ishida", sagte Gordon und hob sein Handgelenktelefon, um Ishida ihren Besuch anzukündigen.

Ishida guckte erstaunt, dann grimmig und dann nickte er heftig.

„Das muß es sein!" murmelte er fortlaufend zu den Ausführungen der vier Terricolaner, während er in dem geräumigen Zimmer auf- und abging. Dann gab er seine Anweisungen. Die vier verabschiedeten sich.

Die Sonne war gerade untergegangen und der Abendhimmel leuchtete rot auf, als wehre er sich gegen das versinkende Licht.

„Das war ein Tag", sagte Patrick. „Wir sind den Robotern, dem Hurrikan und zu guter Letzt auch noch Gordons Fahrkünsten entkommen!"

„War es so schlimm?" fragte Gordon. Jane zuckte die Schultern und blickte Peter fragend an. Gordon preßte die Lippen zusammen.

„Ich muß gehen", sagte Peter.

„Nadine?" fragte Patrick.

„Und wenn?" fragte Peter.

„Mark ist Klasse!" sagte Jane und schnaubte durch die Nase.

„Und was machst du?" fragte Patrick Gordon. Gordon zuckte die Schultern. Kayoko war ihm relativ egal.

„Ich weiß noch nicht", sagte er. „Ich denke darüber nach."

„Über was?"

Gordon hob die Hände. Dann stiegen sie in ihre Autos. Jane und Patrick versanken in den Sitzen zweier Unicars. Sie winkten sich noch kurz zu, dann fuhr ein jeder davon und seinem Ziel entgegen.

2. Juli 103 p.c. 20 ^{30}

Gordon zog es noch einmal an den Strand von Salomon's Beach. Er war zu aufgewühlt, um nach Hause zu fahren. Er parkte seinen Wagen in kurzer Entfernung zum Café Française. Zu Fuß ging er auf den Atlantik zu. Als seine Füße im Sand versanken, begann er zu rennen. Kurz bevor er das Wasser erreicht hatte, riß er sich halb laufend, halb hüpfend die Schuhe von den Füßen, krempelte sich die Hosenbeine bis zu den Knien hoch und lief im Wasser den Strand entlang, so tief es seine Hosenbeine zuließen und so schnell seine Muskeln ihn trugen. Nach vierhundert Metern blieb er keuchend stehen.

Er war noch ganz gut in Form.

Nur selten hatten es ihm die Ereignisse der letzten Zeit erlaubt, seinen Körper zu trainieren. Er war die gesamte Front des Café Française entlanggelaufen. Erschöpft und zufrieden richtete er sich auf und ging auf die hölzerne Terrasse zu.

In der Luft ertönte ein Brausen. Gordon blickte nach oben. Pfeilschnell rasten zehn, zwanzig oder noch mehr Vertikaltransporter vor dem flammenden Rot des Himmels entlang in Richtung Süden. Gordon nickte voll grimmiger Zuversicht. In diesen Vertikaltransportern saßen Exekutivroboter, und ihr Ziel war das Gebäude im Dschungel am Ende der Spuren.

Terricola schlug zurück.

Gordon betrat die Terrasse und sah sich um. Die meisten Gäste hatten seinen Lauf am Strand verfolgt, aber keiner hatte die Vertikaltransporter am Himmel sehen oder das Rauschen in der Luft interpretieren können. Unter dem Palmendach in der linken Ecke der Terrasse saß eine junge Frau, die Gordons Aufmerksamkeit erregte. Zum einen war sie allein und zum anderen sah sie Sarah verblüffend ähnlich. Erst auf dem zweiten Blick erkannte Gordon, daß sie es war. Sie hatte ihre nackten Füße auf die Kante eines anderen Stuhles abgestützt und den ihren ein wenig nach hinten gekippt. Auf ihren Oberschenkeln lag ein Buch, und das Gesicht, von blonden Haaren verdeckt, war darin versunken.

Lächelnd ging Gordon auf sie zu. Er liebte es, wenn der Zufall Schicksal spielte. Als Sarah den Schatten bemerkte, der ihren Tisch traf, blickte sie auf.

„Gordon!" sagte sie nach einer Weile des Erkennens, und ein Lächeln huschte über ihr Gesicht. Sie nahm die Füße vom Stuhl.

„Wollen Sie sich setzen?"

Gordon nickte heftig.

„Ja!" sagte er. Madame Touchet fing seinen Blick auf und erschien mit einem Whiskey.

„Was wollen Sie trinken?" fragte Gordon, „ich lade Sie ein!"

„Warum?" fragte Sarah. Gordon blickte irritiert auf. Ja warum?

„Weil ich Sie mag!" sagte er dann, die Wahrheit erschien ihm das Beste.

„Das ist eigentlich kein Grund", bemerkte Sarah. „Ich nehme eine Kish", wandte sie sich dann an Madame Touchet. Madame Touchet lächelte. Ihr Programm verstand die Wertigkeit der Konversation richtig einzuschätzen.

„Sie dürfen mich gerne einladen", sagte Sarah, „ich wollte Sie nicht verletzen!"

„Sie verletzen mich nicht, Sie verwirren mich nur!"

Sarah lachte auf.

„So schnell?"

Gordon schluckte. Ja, so schnell, dachte er.

„Was lesen Sie?" er blickte interessiert auf ihr Buch, er mußte die Konversation in andere Bahnen lenken. Madame Touchet brachte die Kish.

„Ein furchtbares Buch!" Sie zeigte ihm den Titel. 'Die Unmöglichkeit des Seins'. Gordon stutzte. Er kannte es nicht. Er schüttelte den Kopf.

„Sie sollten es kennen, zumindest den Autor", sie zeigte ihm das Buch noch einmal: H.C. Schoppenheimer. Henry Carl Schoppenheimer.

„Ich kenne es nicht", sagte Gordon betrübt.

„Vielleicht sollten Sie es lesen. Ich könnte es Ihnen leihen!" Ihre grünen Augen strahlten. Gordon lachte auf, im Zeitalter der totalen Vernetzung der Kommunikationssysteme war das Verleihen eines Buches ein antiker Scherz.

„Was ist Furchtbares daran?" fragte er. Sarah stütze ihre Ellenbogen auf den Tisch und ihren Kopf auf die Hände und zog an dem Strohalm ihrer Kish.

„Schoppenheimer ist Visionär, depressiv und sehr verantwortungsbewußt", gab sie eine Analyse des Autors anstelle des Buches. „Er denkt", fuhr sie fort, „daß der Mensch die Stufe der Evolution erklommen hat, von der er hinabstürzen wird in das Nichts der Vergangenheit. Was immer wir tun, es wird so oder so entsetzlich enden."

Gordon schwieg bedrückt. Hätte er, hätten sie alle dieses Buch vorher gekannt, vieles hätten sie voraussagen können. Daß Sarah, eine Nichtpolitikerin es vor ihm, ja wahrscheinlich vor allen Ratsmitgliedern kannte, war hinreichend beklemmend.

„Wann ist es erschienen", fragte er mit einem Kloß im Hals.

„Vorgestern", sagte Sarah. Wenigstens. Es war also nicht so schlimm, am Tag von Schoppenheimers Verkündung im Rat war es gerade erst auf dem Markt gewesen. Schoppenheimers Timing war beachtlich.

„Was halten Sie davon?" fragte er.

„Ich habe Angst", sagte sie leise.

Das Abendrot war schwächer geworden, und Gordon fühlte plötzlich die Müdigkeit in sich hochsteigen. Er hatte Sarah noch fragen wollen, ob sie seinen Lauf am Strand gesehen hätte, ohne ihn zu erkennen, nur ob sie es gesehen und ob es ihr gefallen hätte. Er war ein Narzißt, er wußte es. Warum sind wir uns nur so wichtig? fragte er sich.

Auch Sarah verspürte keine Neigung mehr, am dunkler werdenden Strand zu verharren. Sie verließen das Café Française, verabschiedeten sich voneinander und überließen es dem Schicksal, sie wieder zusammenzuführen.

3. Juli 103 p.c. 16 ^{00}

Schoppenheimer eröffnete die Ratssitzung. Aus Janes Gesicht strahlten noch die Erlebnisse des Vortages. Gordons Enthusiasmus war durch die Begegnung mit Sarah deutlich abgekühlt und auch Patrick schien ernüchtert. Noch am Abend hatte sich Gordon Schoppenheimers Buch 'Die Unmöglichkeit des Seins' aus dem Kommunikationsnetz als ledergebundene Ausgabe ausdrucken lassen und hatte auch Jane und Patrick ein Exemplar auf ihre Kommunikationsbox gespielt. Ob sie es bereits gelesen hatten, wußte er nicht. Es war das Buch zur Wirklichkeit.

Auch Ishida war wieder erschienen und hatte sich auf den durch wiederholte Benutzung zu seinem Platz gewordenen Stuhl gesetzt. Als Schoppenheimer ihm winkte, sprang er wie ein in die Arena gelassener Tiger nach vorn.

Er begann jedoch nicht sofort mit seinem Bericht, sondern blickte einige Sekunden lang mit vorgestrecktem Kinn schweigend in die erwartungsvollen Gesichter. Dann brachen seine Worte die Spannung der erwartungsvollen Stille:

„Nichts", sagte er. „Gar nichts!"

Die Ratsmitglieder stutzten. Bis auf Jane, Gordon und Patrick und eventuell auch Schoppenheimer wußte niemand, wovon Ishida eigentlich redete.

Dann gab der Polizeipräsident seinen Bericht. Mit kurzen Worten erklärte er den Hintergrund, berichtete von Gordons Beobachtungen der Spuren am Strand, der Entdeckungen im Dschungel. Die Vorbereitungen zum Sturm des Gebäudes hatten weniger als eine halbe Stunde gedauert, dann waren dreißig Vertikaltransporter durch den Himmel geschossen, zum Einsatzort geflogen und hatten das Gebäude umringt. In jedem Transporter hatten fünf Exekutivroboter gesessen. Es war die größte Zahl an Exekutivrobotern, die er, Ishida, ohne zeitraubende und den Gegner warnende, vorherige Zustimmung des Rates hatte zum Einsatz bringen können. Die Maschinen hatten sich noch im Flug aus den Vertikaltransportern fallen lassen, das Gebäude umstellt und es dann ohne Verzug gestürmt. Sie hatten die Türen verschlossen vorgefunden und mit kleinen Sprengladungen geöffnet. Ishida zeigte die Filme der von verschiedenen Robotern angefertigten Dokumentationen des Geschehens auf dem zentralen Bildschirm des Sitzungssaales. Jack Wilder würde sich die Finger nach diesen Bildern lecken und sie wahrscheinlich auch bekommen, jetzt, wo sie durch die Präsentation im Rat ohnehin bekannt waren. Gordon erkannte das Gebäude wieder und nickte Jane und Patrick kurz zu.

Dann waren die Exekutivroboter in den Betonklotz eingedrungen.

Und hatten nichts gefunden.

Die Bilder zeigten eine leere Halle. Nichts, nicht ein einziges Möbelstück, nicht eine Gardine am Fenster oder eine Bierdose auf dem Boden. Die Bilder zeigten nichts, nur kahle, nackte Wände eines alten Fabrikationsgebäudes aus längst vergangenen Tagen.

Ishida beendete seinen Bericht. Im Saal herrschte Schweigen.

„Was heißt das jetzt?" durchbrach Schoppenheimer die Stille. Ishida zuckte die Schultern.

„Ich werde noch einen ausführlichen Bericht schreiben, den Sie dann lesen, vorlesen oder zitieren können", sagte er in Anspielung auf seinen letzten Abschlußbericht zum Carpenterchip in Richtung Schoppenheimer. Schoppenheimer fegte die Polemik mit einer verächtlichen Handbewegung zur Seite.

„Kommen Sie zur Sache!" sagte er. „Ist niemand da gewesen, oder ist da jemand rechtzeitig ausgeflogen?"

Ishida zuckte die Schultern.

„Das ist schwer zu sagen", sagte er. „In dem Gebäude fanden sich Staubschichten, die zunächst auf ein seit vielen Jahren verlassenes Gebäude hinzuweisen schienen. Das paßte aber nicht zu den Rodungsarbeiten um das Gebäude herum. Wir haben daher die Staubschicht analysiert, was allerdings sehr schwierig war." Ishida machte eine kleine Pause.

„Was war daran so schwierig?" wollte Patrick wissen. Ishida zog verlegen die Luft durch die Nase.

„Durch die Explosionen beim Öffnen der Türen war der Staub geringgradig verwirbelt worden", sagte er dann und reckte trotzig den Kopf nach oben. Schoppenheimer lachte verächtlich.

„Trotzdem", Ishida blickte wieder zuversichtlich, „haben wir noch etliche Bereiche gefunden, an denen die Schicht weitgehend unversehrt war. Mit höchster Wahrscheinlichkeit wurde sie künstlich aufgetragen, wahrscheinlich, um uns zu täuschen. Das läßt sich insbesondere aus der lokalen Bestimmung der Radioaktivität des Staubes innerhalb der Schicht ziemlich genau belegen."

Schoppenheimer nickte bedächtig. „Das bedeutet zweierlei", sagte er langsam. „Erstens ist jemand in diesem Gebäude tätig gewesen, und zwar bis kurz vor dem Eintreffen der Exekutivroboter, was durch die Beobachtungen von Jane, Gordon, Patrick und Peter belegt ist." Er machte eine kurze Pause. „Und zweitens", fuhr er fort, „beweist es, daß dieser jemand über die gleichen Fähigkeiten verfügen muß, wie wir. Immerhin ist es keine Kleinigkeit, ein derartig großes Gebäude innerhalb so kurzer Zeit zu räumen und in den besagten Zustand zu versetzen. Hätten sie es geschafft, auch noch die Natur zu überlisten und den Dschungel in dieser Zeit nachwachsen zu lassen, hätten wir vielleicht nichts bemerkt und die Beobachtungen unserer Freunde als unpräzise Wahrnehmung 'biologischer Systeme' abgetan!"

Ishida nickte begeistert.

„Genauso ist es!" sagte er.

„Und jetzt?" Jane blickte ernüchtert in die Runde. „Wo sind diese Leute jetzt?"

Ishida zuckte die Schultern.

„Weg!" sagte er.

„Gut beobachtet!" entfuhr es Gordon.

Schoppenheimer schüttelte unwillig den Kopf.

„Wir werden sie suchen“, sagte er. „Ich schlage vor, einen entsprechenden Beschluß zu fassen, der es Ishida in großem Stil erlaubt, außerhalb Terricolas nach diesen Verbrechern zu suchen.“

„Sofort akzeptiert“, sagte Patrick. „Aber wenn diese Leute tatsächlich über diese sagenhaften Fähigkeiten verfügen, dann müssen wir natürlich auch unterstellen, daß sie nicht gerade darauf warten gefunden zu werden. Theoretisch können sie an jeder Stelle der Erde sein. Ishida müßte weltweit suchen.“

Ishida nickte grimmig.

„Wenn es sein muß!“ sagte er.

Das Ergebnis der Abstimmung war einstimmig und ohne Enthaltungen.

Ishida nahm seine Arbeit auf.

Jane hatte den Sitzungssaal schon verlassen, als sie sich umdrehte und gegen den Strom der Ratsmitglieder noch einmal zurückging. Sie wußte, daß Schoppenheimer den Saal meistens als letzter verließ. Auch heute war es so. Schoppenheimer erblickte Jane in der Tür. Seine Mundwinkel verzogen sich zu einem vorsichtigen Lächeln.

„Was gibt es, Jane?“ fragte er und sah vom Pult auf sie herab. Er hatte sich mit den Ellenbogen aufgestützt und hielt die Hände gefaltet. So wie er jetzt dasaß, in sich zusammengesunken, fast hilflos, hatte er nur wenig Ähnlichkeiten mit dem ‘gewieften Demokratiker’, dessen beißende Dialektik sie alle so fürchteten. Doch trotz einer gewissen Furcht zollten ihm die Ratsmitglieder auch Respekt. Schoppenheimer schien erhaben über die Jagd nach persönlichem Reichtum, lachte über die banalen täglichen Intrigen und schien in der Ausübung der Macht nur eine hehre Verpflichtung zu sehen. Trotzdem, oder gerade deswegen, bildete Schoppenheimer immer den Kontrapunkt zum Plenum, griff immer aktiv in die Diskussionen ein, war das Gewissen Terricolas.

Auch Jane konnte sich einer gewissen Faszination nicht entziehen, und heute hatte sie beschlossen, es herauszufinden.

„Haben Sie immer recht?“ fragte sie. Es klang wirklich wie eine Frage, ohne jede Provokation, und Schoppenheimer hatte es verstanden.

„Ich hoffe sehr“, sagte er lächelnd.

„Viele denken, daß Sie sich irren.“

„Viele sind einfach nur gegen Ratspräsidenten“, bemerkte Schoppenheimer. „Und das ist richtig so. Genaugenommen muß der Rat gegen den Präsidenten sein, jeder im Rat muß gegen jeden sein, auch innerhalb der einzelnen Gruppierungen. Nur so gibt es eine gute, demokratische Kontrolle.“

„Sie haben Angst davor, daß diese Kontrolle eines Tages versagen könnte.“

Schoppenheimer nickte. Dann erhob er sich und verließ das Pult.

„Wir müssen das nicht hier besprechen“, sagte er. Jane lächelte.

„Nein, durchaus nicht“, sagte sie.

Sie verließen den Sitzungssaal.

„Am meisten Angst habe ich vor den Ratsmitgliedern, die die Gefahr nicht sehen."

„Haben Sie Angst vor mir?"

„Ich weiß noch nicht, Jane. Sie sind mir zu spontan, zu emotional, Sie vertrauen Ihrem Gefühl. Ich tue das niemals. Ich vertraue nur dem, was ich weiß." Sie waren am Ausgang des Parlaments angekommen. Janes Wagen stand etwa 100 Meter abseits geparkt. Schoppenheimer benutzte fast nie seinen eigenen Wagen. Trotz seiner herausgehobenen Position, fühlte er sich als ein Mann des Volkes und fuhr meistens mit dem öffentlichen Shuttledienst, den Unicars.

„Darf ich Sie nach Hause fahren?" Jane nickte in Richtung ihres Autos.

„Ich fahre selten in Privatautos. Aber ich lade Sie gerne zu einer Fahrt mit einem öffentlichen Wagen ein!" Schoppenheimer hatte bereits an seinem Armband den Rufcode eingegeben, und an der Einfahrt zum Gebäude bog bereits ein Unicar ein. „Sie sehen, es lohnt sich gar nicht, seinen eigenen Wagen zu benutzen!" Sie lachten.

„Bitte sehr", Schoppenheimer machte eine einladende Handbewegung, als der Wagen anhielt und sich beide Türen automatisch weit öffneten. Sie setzten sich hinein.

„Sie brauchen in Terricola keinen eigenen Wagen, Jane!" Bis auf ihren angehängten Namen war das der Slogan, mit dem der Rat die Einführung der Unicars den Bürgern Terricolas hatte schmackhaft machen wollen. Auch Jane war maßgeblich für die öffentlichen Wagen eingetreten und bei deren feierlicher Einführung voller Enthusiasmus damit gefahren. Danach hatte sie nur noch durch widrige Umstände dazu gezwungen ein Unicar benützt. Sie dachte an ihre Inkonsequenz, an ihre Schwächen und an Schoppenheimer.

Schoppenheimer wohnte im besten Viertel Terricolas, nicht weit von Gordon, Patrick, Peter und ihr selbst entfernt. Die vollautomatische Fahrt dauerte bei hoher Geschwindigkeit nur etwa 6 Minuten. Schoppenheimer hatte sie nicht gefragt, ob sie eigentlich zu ihm nach Hause wolle, aber irgendwie bestand zwischen ihnen eine seltsame Einigkeit über das nicht erklärte Ziel.

Schoppenheimers Haus glich einer alten Burg. Nur wenige Male war sie hier gewesen, hatte das Haus selbst nie betreten, nur von außen gelegentlich betrachtet und den Kopf geschüttelt.

My home is my castle, wäre dieser banale Satz nicht weit unter Schoppenheimers intellektuellem Empfindungsniveau gewesen, hätte sich Jane nicht gewundert, ihn irgendwo in Schoppenheimers Heim zu entdecken.

Der Hausroboter erwartete sie schon.

„Sie haben Besuch mitgebracht, Herr Ratspräsident." Ein zuvorkommendes Lächeln ging an Jane. „Darf ich Ihnen etwas abnehmen?" Jane gab dem Hausroboter ihre Jacke. „Was darf ich für Sie tun? Darf ich Ihnen etwas anbieten?"

Schoppenheimer hatte seinen Hausroboter gut im Griff.

„Danke, Hermann, im Moment brauchen wir Sie nicht."

Schoppenheimer siezte seine Roboter, er legte Wert auf höfliche Distanz. Niemals würde sie soviel Zeit in die guten Manieren ihres Hausroboters investieren, durchfuhr es Jane. Sie gingen in den Wohnbereich des Hauses.

Schoppenheimer war Sammler. Er sammelte, was an die Epoche vor Der Katastrophe erinnerte. Das Haus war reich mit Antiquitäten gefüllt, die meisten Möbelstücke stammten aus England oder Frankreich aus der Zeit des 17. bis 18. Jahrhunderts nach der alten Zeitrechnung. In den Vitrinen standen Trinkgefäße aus altem mundgeblasenen Murano-Glas. Es waren Kostbarkeiten, aber Schoppenheimer ging es nicht um die Ansammlung von Wertobjekten. Für ihn zählte die Nähe zu den vergangenen Epochen, die im Vergleich zu den Problemen der Gegenwart so harmlos und friedlich erschienen und deren Katastrophen zwar grausam, aber nie mit der totalen Vernichtung geendet hatten. Schoppenheimer brauchte es von Zeit zu Zeit, in die offensichtlich so heile Welt des Vergangenen hinabzutauchen.

Der Ratspräsident war nicht sehr gesellig. Er lebte allein. Irgendwann hatte es wohl einmal eine partnerschaftliche Beziehung zu einer Frau gegeben, aber das war schon sehr lange her, und viel war darüber nicht bekannt geworden. Offensichtlich war dieser Teil seines Lebens nicht sehr erfolgreich gewesen.

Jane wußte immer noch nicht, was sie von Schoppenheimer eigentlich wollte. Sie stand unschlüssig im Kommunikationsraum, dessen Hologrammprojektor in der Masse der Antiquitäten so unterging, daß er als solcher kaum zu identifizieren war. Sie hatte eines der Murano-Gläser in der Hand, ein Weinglas aus dünnem Glas mit von Hand eingeschliffenen Verzierungen und einem dünnen Goldrand, und sie drehte es und ließ die Lichtreflexe durch das Glasrelief spielen und bewunderte die Fingerfertigkeit, die nötig war, um so ein Glas herzustellen, und daß es wohl einmal Menschen gegeben haben mußte, die dazu fähig gewesen waren.

„Damals war vieles anders", Schoppenheimer erriet ihre Gedanken. „Die Menschen arbeiteten mit ihren Händen, und sie wußten, was sie taten. Heute beschreiben wir nur noch, was wir wollen, ein Roboter übernimmt für uns die Arbeit, und wir betrachten und bewerten nur das Ergebnis.

Unter vielem können wir uns doch gar nichts mehr vorstellen. Haben Sie mal an einem Stück Holz mit einem Messer geschnitzt? Mein Vater hat es mir gezeigt, und er legte viel Wert darauf, daß ich den Umgang mit diesem alten Material, der Natur, mit den Händen erlernte.

Ich habe ihn damals nicht verstanden, mir kam es nur nach einer schrecklichen Zeitverschwendung vor. Heute begreife ich ihn gut und weiß, daß es die Bestimmung des Menschen ist, die Umwelt mit den eigenen Händen und nicht durch die Werkzeuge der Maschinen zu formen. Die Menschen haben diesen Weg verlassen, und deswegen haben wir verloren." Schoppenheimer machte eine Pause.

„Wir haben so viel verloren in den letzten Jahren", sagte er dann. „Es begann schon lange vor Der Katastrophe. Und jetzt werden wir dafür bezahlen müssen." Schoppenheimer schwieg. Dann blickte er auf.

„Hermann möchte Ihnen etwas zu trinken anbieten, Jane." Hermann war lautlos näher gekommen und lächelte den Gast in seiner zuvorkommenden, dezenten Art an.

„Möchten Sie vielleicht einen Sherry oder Portwein? Ich habe eine vorzügliche portugiesische Portweinäquivalenz", sagte Schoppenheimer.

„Portwein wäre recht." Jane hatte sich wieder gefangen und lächelte den Ratspräsidenten an.

„Lassen Sie uns dafür die kleineren Gläser nehmen." Schoppenheimer nahm ihr das Weinglas aus der Hand und stellte es wieder an seinen Platz. Hermann hatte inzwischen den Portwein in zwei kleinere Gläser derselben Art gefüllt und präsentierte sie auf einem kleinen, silbernen und reich verzierten Tablett. Schoppenheimer zeigte auf eine Sitzgruppe, und Jane ließ sich in einen Sessel sinken. Auch Schoppenheimer setzte sich. Sie prosteten sich zu.

„Was denken Sie, wenn Sie einen Vorschlag wie den letzten im Rat einbringen? Ich meine, sich hinzustellen und zu sagen: Leute, wir sind alle des Lebens nicht wert! Wie trauen Sie sich das?" Jane stellte ihr Glas auf einen kleinen Eichentisch neben ihrem Sessel. Der Portwein schmeckte süß, süffig und nach mehr.

„So habe ich das nie gesagt!" Schoppenheimer war wieder ganz Präsident. „Es geht nicht um 'wert' oder 'nicht-wert'. Es geht um unsere ganz realistischen Überlebenschancen in einer von uns geschaffenen Umwelt. Die Menschheit ist, verblendet von den phantastischen Möglichkeiten, die uns die Technik bietet, immer weiter gegangen. Keiner hat sich je darüber Gedanken gemacht, ob die Welt, die so enstand, letztendlich noch für den Menschen geeignet ist.

Das ist meine Überzeugung, und nur das sage ich. Und deswegen ist es auch so einfach, sich vor den Rat zu stellen und diese Dinge zu fordern, weil sie nur dem entsprechen, was ich wirklich denke. Ich sage immer, was ich denke, und das ist es wohl, was so viele nicht verstehen, nur, weil es zu einfach, zu simpel ist. Die meisten Menschen denken heute in komplizierten Strukturen, in denen das Ziel nur verschwommen erkennbar und nur auf komplizierten Umwegen zu erreichen ist. Für viele ist der Weg wichtiger als das Ziel, und daher treten sie so gerne völlig unbekümmert auf der Stelle herum.

Natürlich gehe auch ich nach taktischen Gesichtspunkten vor. Aber ich habe mein Ziel immer klar vor Augen und gehe letztendlich gerade darauf zu. Vielleicht ist dieser Weg manchen Menschen zu gerade, so daß sie meine Ziele nicht erkennen können.

Und sollte ich einen Fehler machen und wirklich die falschen Dinge fordern, nun, der Rat hat schließlich auch eine Funktion, dazu ist er, sind Sie da, Jane." Er lächelte sie an, und es verwirrte sie. Noch immer wußte sie nicht, warum sie Schoppenheimer gefolgt war, seine Nähe gesucht hatte, aber jetzt spürte sie vage, daß sie Schoppenheimer begehrte. Vielleicht war es die Übermacht seiner Persönlichkeit, die sie in seinen Bann schlug. Sie zog ihre Schultern ein wenig zurück in das weiche Polster, legte ihre Arme auf die Sitzlehnen und ließ ihre Bluse sich über ihren Brüsten spannen. Sie registrierte, wie Schoppenheimer es bemerkte.

Schoppenheimer nahm einen kleinen Schluck aus seinem Glas. Hermann brachte Holzscheite und zündete schweigend den Kamin an. Jane schlüpfte aus ihren Schuhen, zog ihre Füße auf das Sitzpolster, stützte ihre Arme auf den Knien ab und legte ihren Kopf hinein. Ihre Haare fielen herab, und ihr Blick ruhte auf Schoppenheimer.

Schoppenheimer blickte irritiert. Aus den Lautsprechern ertönte leise Chopin.

„Wir sollten unsere Diskussion nicht durch die Oberflächlichkeiten irgendwelcher körperlichen Dinge verderben lassen", sagte er.

Jane zog den Kopf ein wenig zurück, und ihre Augen weiteten sich kurz. Dann lächelte sie.

„Die meisten Männer hätten mein Angebot angenommen", sagte sie leise. Schoppenheimer nickte.

„Ich bin nicht die meisten Männer", sagte er.

Sie schwiegen eine Weile, lauschten der Musik und den Flammen.

„Ich schätze Sie, Jane, als Ratsmitglied, als Mensch und als Frau. Ich würde Sie nur ungern verlieren. Können Sie das so akzeptieren, ohne Erklärung? Einfach, weil ich Sie darum bitte?"

Er sah sie an, ernst, ohne Lächeln, aber auch ohne die Distanz, die ihn sonst immer umgab. Sie war ihm sehr nahe gekommen.

„Ja", sagte sie, „ich kann das akzeptieren."

„Lassen Sie uns den Port genießen." Schoppenheimer stand auf und füllte erneut Janes Glas. Das Feuer spiegelte sich auf seinem Gesicht, als er sich zu ihr herabbeugte.

„Sie brauchen mich schließlich nicht gleich zu verlassen", sagte er lächelnd.

Hermann kam herein und legte neues Holz in den Kamin. Hermann redete nicht viel, aber man spürte die Ausgeglichenheit seines Wesens, seiner von Schoppenheimer geprägten Persönlichkeitsstruktur. Es schien, als akzeptierte Schoppenheimer Hermann als lebenden Menschen, und irgendwie schien Hermann es ihm zu danken.

Jane hielt ihr Glas in der Hand und schaute in die Flammen. Auch Schoppenheimer lauschte der Musik, dem Feuer und der Anwesenheit Janes. Er hatte die Augen geschlossen und wanderte in seinen Gedanken weit umher. Sie verloren ihr Ziel, das simple Ziel, einfach nur zu leben. Weit entfernt in einer anderen, längst vergangenen Welt erschien ihm das Bild eines zufriedenen Paares. Doch wie vielen Generationen genügte dieses Ziel nicht mehr, hatten sich die Menschen auf der Suche nach dem neuen Glück meilenweit von der eigenen Biologie entfernt. Und wie oft änderte sich das Ziel im Laufe eines einzigen Menschenlebens. Genügte der Jugend noch die Entdeckung des Körpers und die Erfüllung zarter Gefühle als Lebenszweck, so erlebte das Paar die Sorge um die Zukunft der Kinder als eigentliche Herausforderung und der Greis jedes neue Gebrechen als neuen Kampf, bis die Schärfe des Geistes nachließ und jedes Ziel immer mehr im Nichts der Gleichgültigkeit verdämmerte.

Es war geschehen, es war gelebt, es war vorbei. Kein Weg führte zurück. Das Ziel war verloren.

Er mußte vertreten, was er dachte, aber es schauderte ihn. Als er die Augen öffnete, spürte er ihren Blick auf sich ruhen. Die Stärke, das Verlangen zu beherrschen, gab ihnen Kraft. Er würde der Illusion auch dieses Mal widerstehen. Es gab keine Antwort, das Verlangen war kein Ziel.

Jane blieb die Nacht. Sie schliefen in getrennten Zimmern. Sie fühlten, wie sie einander brauchten.

4. Juli 103 p.c. 9 ⁰⁰

Der Unfall hätte nicht passieren dürfen.

Gordon hatte Jack Wilders Büro gerade verlassen. Jack hatte es geschafft, in einem Seitenflügel des Parlamentsgebäudes einige Räume anzumieten und hatte dort ein Büro für TerraNews eingerichtet. Als Jack am Abend beim Strandfest die ersten Hinweise erhalten hatte, war er zunächst von einem durch Alkohol und Freizeitstimmung induzierten Scherz ausgegangen. Nach und nach hatte er es dann für wahr und schließlich für schrecklichen Ernst gehalten. Entgegen seiner Gewohnheit, zugunsten der Aktualität die Qualität der Recherche gelegentlich zu vernachlässigen und sofort an die Öffentlichkeit zu gehen, hatte Jack Wilder gezögert. Zum ersten Mal in seiner langen Nachrichtenkarriere verspürte er nicht nur das Fieber, sondern auch die Angst vor der Verantwortung in Bezug auf die Wirkung seiner Nachrichten. Was würden die Menschen tun, wenn sie erführen, daß sie bald nicht mehr existierten, daß homo sapiens bald zu einer ausgestorbenen Spezies gehörte, der Planet nach etlichen Jahrtausenden bedächtiger Entwicklung und wenigen kurzen Jahrhunderten wilder Zerstörung sich selbst überlassen in einen millionenjahrelangen Schlaf der weiteren biologischen Evolution versänke? Würde es eine Revolution geben? Würden die Menschen auf die Straße gehen, wie seit einem guten Jahrhundert nicht mehr geschehen, würden sie die Ratsmitglieder angreifen, lynchen? Was würden die Polizisten und Exekutivroboter in einer solchen Situation machen, wen würden sie schützen? Würden sie überhaupt eingreifen? Wie waren sie programmiert? Wer wußte etwas über diese Programme? Erschreckt hatte Jack Wilder festgestellt, daß er, der bekannte, kompetente und in seinen Interviews alles besser als die Befragten wissende Journalist, fast nichts von diesen Fragen beantworten konnte.

In seiner Not hatte sich Jack an Gordon gewandt, den Klassenkameraden aus alten Zeiten, mit dem er nicht im professionellen Wettstreit, sondern in gemeinschaftlicher Sorge um das Wohl Terricolas über diese Fragen beraten konnte.

Sie hatten nicht viel bewegt in diesem Gespräch, aber Jack hatte beschlossen, es zu verkünden. Gordon hatte genickt und Jacks Büro verlassen.

Dann war es passiert.

Erst war es nur ein Rauschen, mehr ein Windzug ungeheurer Massen, dann ein Grollen wie das Rollen von schwerem Fels, schließlich das atemberaubende Krachen zerberstenden Metalls, Glases und Kunststoffes beim Aufschlag. Der Wagen vor ihm weggeschleudert, zerborsten, zerdrückt zu einem Klumpen Schrott, zwanzig Meter von ihm entfernt über den Boden rutschend in Zeitlupe zum Stand geschleift.

Dann das Bewußtsein, daß er irgendwie davongekommen sein mußte, da die Augen noch sahen, die Ohren noch hörten und die Haut nicht schmerzte. Das dumpfe Gefühl des Schockes im Kopf, daß irgend etwas Schreckliches passiert sein mußte. Das Schreien der Menschen, die angstvoll in seine Richtung weisenden Blicke und auf ihn zeigenden Finger und das Bild der Verwüstung um ihn herum.

Gordon hatte gerade in seinen Wagen steigen wollen, hatte das eine Bein schon schwungvoll in die Höhe gehoben, auch als es schon rauschte und polterte nicht reagiert und hätte beinahe das Gleichgewicht verloren und wäre auf die Straße gefallen, als es den Wagen urgewaltig von seiner Seite gerissen hatte.

Langsam aus der Erstarrung erwachend stand er allein auf dem verlassenen Asphalt, isoliert von der kreischenden Menge am Rand und völlig einsam. Keiner der sich angstvoll an den Straßenrand drückenden Menschen traute sich zu ihm. Er hatte dem Wagen am nächsten gestanden, man hielt sich voller Vorsicht fern, hielt Distanz von seiner Person und dem Unglück. Er blickte an sich herab und sah die Blutstropfen am Boden. Erschrocken wischte er mit dem Fuß darüber. Es war wirklich frisches Blut, das er mit seiner Sohle zu platten Streifen über den Belag der Straße ziehen konnte. Seine Hände waren unverletzt, und als er an die Stirn griff, fühlte er es warm unter seiner Hand, und als er die Hände betrachtete, sah er, woher das Blut stammte.

Wo soll ich nur hin? fragte er sich und sah sich um. Er wollte sich setzen, ausruhen, nachdenken, handeln, vor allem Ruhe.

„Gordon!"

Gordon sah in die Richtung des Rufers. Patrick löste sich aus der Menge der Menschen, die jetzt nicht mehr schrien, sondern sich nur noch laut gestikulierend über die jeweils eigene Sicht der Dinge unterhielten und die persönliche Meinung dazu mitteilten.

Dann, endlich, das Aufheulen der Ambulanzsirene. Der Krankenwagen bahnte sich seinen Weg durch die Menge. Die drei Sanitätsroboter kamen zeitgleich mit Patrick ans Ziel.

„Keine Sorge, Sir!" der erste Sanitätsroboter hob die Hände, „Sie sind nicht ernstlich verletzt! Sie haben eine kleine Schnittverletzung an der Stirn, die wir gleich versorgen werden. Sie haben Glück gehabt!" Er lächelte gewinnend, es sollte beruhigen. Gordon atmete tief durch. Der zweite Roboter füllte zischend die Luft in eine aufblasbare Untersuchungsliege.

„Setzen Sie sich!" sagte der erste Sanitätsroboter freundlich lächelnd. Patrick schaute immer noch entsetzt und legte Gordon die Hand auf die Schulter.

„Setz dich", sagte er. Gordon sackte schwer auf die Liege.

„Mein Gott, Gordon!" Patrick schüttelte den Kopf. Gordon blickte schräg nach oben. Richtig den Kopf drehen konnte er nicht, da die Sanitätsroboter gerade damit beschäftigt waren, die Wunde an der Stirn zu säubern und die Wundränder sorgfältig miteinander zu verkleben. Gordon spürte nur den Druck ihrer Finger, der Schock oder die lokalen Anästhetika taten ihre Wirkung.

„Ihr Tetanusimpfschutz ist mangelhaft", sagte der erste Sanitätsroboter. Er hatte sich bei dem zentralen Krankenhauscomputer informiert. Gordon nickte. Seine letzte Impfung war lange her.

„Wir werden den Schutz wieder vervollständigen und Ihnen ein Medikament zur Beruhigung geben", erklärte der erste Sanitätsroboter. Gordon nickte. Er war ohnehin ausgeliefert. Patrick starrte sorgenvoll auf die Applikationspistole, die der zweite Sanitätsroboter auf Gordons entblößte Schulter legte und mit einem Klacken die Medikamente in seinen Körper schoß. Was geben sie ihm? dachte Patrick.

Keiner von ihnen hatte auf die Geräusche im Hintergrund geachtet, aber als Patrick sich umdrehte, sah er es. Serviceroboter waren damit beschäftigt, die Unfallstelle zu säubern, den Klumpen Metall am Ende der Straße auf einen Transporter aufzuladen und die Spuren des Unfalls zu beseitigen.

„Halt!" schrie Patrick und rannte zu dem Trümmerhaufen, um den sich Menschen, die Menschen zurückdrängende Polizisten und Serviceroboter scharrten.

„Halt!" Patrick bahnte sich einen Weg durch die Menge.

„Halt!" rief freundlich ein Polizist und versperrte ihm den Weg.

Patrick keuchte. Seine Lunge schmerzte, sein Körper das schnelle Laufen nicht gewöhnt.

„Ich bin Ratsglied", brachte er hervor und der Polizist nickte. Sein Identifikationsmodul hatte Patrick erkannt.

„Dieser Unfall muß untersucht werden! Ich bestehe darauf!" Patrick warf einen Blick auf die Trümmer. Nach dem, was er sehen konnte, hatte sich ein Unicar in Gordons Geländewagen gebohrt und beide Wagen hatten sich völlig ineinander verkeilt.

Der Polizist nickte.

„Ich werde das prüfen, Sir!" sagte er freundlich. Die Serviceroboter stoppten mit ihrer Arbeit. Die Polizisten drängten die Menschen weiter zurück und antworteten freundlich und ausweichend auf das Was und Warum.

Es dauerte.

Das Programm des Zentralen Einsatzcomputers hatte keine Lösung für den Konflikt gefunden, einerseits die Straßen Terricolas in Ordnung zu halten und andererseits der Autorität Patricks zu entsprechen. Der Zentrale Einsatzcomputer hatte um Hilfe gerufen und dieser Hilferuf hatte schließlich Ishida erreicht.

Patricks Blicke wanderten zurück zu Gordon, der immer noch auf der Untersuchungsliege saß, umringt von den drei freundlich lächelnden Sanitätsrobotern.

Patrick warf dem Polizisten einen kurzen Blick zu, registrierte dessen Nicken und ging zu Gordon. Gordon lächelte. Seine Knie fühlten sich immer noch weich und kraftlos an, und das Summen im Kopf, das er von seinem letzten Unfall am Strand her schon kannte und das er schon fast vergessen hatte, war wieder da.

„Immer trifft es mich!" Gordon lachte in einem ersten Versuch, seinen Humor wieder zurückzugewinnen.

„Du hast eben die meiste Übung", gab Patrick zurück und lachte ebenfalls. „Es war ein Unicar, Gordon. Weiß der Teufel, wohin es wollte. Beinahe hätte es dich zusammengefahren!" Sie schüttelten die Köpfe. Es war absurd. So etwas konnte es einfach nicht geben.

Als Gordon Sarah erblickte, hatte sie sich schon weit von der immer noch gaffenden Menge gelöst und war auf die Gruppe der Sanitätsroboter, Gordon und Patrick zugeeilt. Weder Gordon noch Patrick verstanden, welcher Zufall sie in die Nähe des Parlamentsgebäudes geführt hatte, aber jetzt war sie da und blickte besorgt auf den Verletzten. Die Wunde an der Stirn war verklebt, und neben dem feinen roten Strich der Wundränder glänzte die Haut. Sarahs Augen weiteten sich beim Anblick des schweißverklebten, mit hängenden Schultern auf der Liege kauernden Mannes. Auf T-Shirt und Hose leuchteten noch die Spritzer des Blutes, und seine Haare waren von den Händen der Sanitätsroboter zerzaust. Gordon winkte ihr zu.

„Es ist nichts passiert!" rief er. Er spürte keine Schmerzen, und die Kraft in seinen Beinen kehrte allmählich zurück. Vielleicht lag es an den Endorphinen, die sein Körper während der Ereignisse freigesetzt oder die die Sanitätsroboter in sein Blut gespritzt hatten oder an der Gegenwart Sarahs. Auf einmal fühlte er sich stark. Er hatte Glück gehabt, ein schwerer Unfall hatte ihn fast unversehrt gelassen, auch den Überschlag am Strand hatte er überlebt, was konnte ihm denn noch überhaupt passieren?

„Gott sei Dank!" sagte Sarah und beugte sich herab und legte ihre Hand auf seine Schulter.

„Da kommt Ishida!" sagte Patrick. Beim Blick auf Gordon bemerkte er Sarahs Hand.

„Ist er wirklich in Ordnung?" fragte er dann den ersten Sanitätsroboter.

„Sie sind in Ordnung", wandte sich der erste Sanitätsroboter an Gordon, das Schweigepflichtmodul ließ eine Auskunft an dritte, an Patrick, nicht zu.

„Ich bin in Ordnung!" lachte Gordon.

„Ich gehe schnell rüber zu Ishida", sagte Patrick.

„Ich komme mit!" Gordon erhob sich. Er strich sich mit der Hand die Haare glatt. Die Hände waren immer noch blutverschmiert. Sarah folgte den beiden Männern. Die Sanitätsroboter verstauten die Liege, bestiegen ihr Fahrzeug und fuhren still davon. Ihr Job war getan.

„Eine üble Schweinerei!" Ishida brüllte seine Unsicherheit heraus. „Wie konnte das passieren?" Es war eine alberne Frage, er selbst sollte sie schließlich beantworten.

„Ich habe die Serviceroboter gerade noch am Verwischen der Spuren gehindert", erklärte Patrick. Ishida nickte unschlüssig. Gordon zog die Brauen hoch. Sarah suchte seine Augen.

Die Polizisten begannen mit der Analyse der Spuren. Einige Splitter wurden eingesammelt, die Datenspeicher der Fahrzeuge zur späteren Auswertung sorgfältig ausgebaut und der Unfallort sowie die Kratzer, die die Fahrzeuge in den Belag der Straße gerissen hatten, vermessen und dokumentiert.

„Wir können hier nichts mehr tun", sagte Ishida.

Gordon hatte Sarahs Blicke erfaßt.

„Wir sollten irgendwo hingehen", schlug Patrick vor. Ishida nickte.

„Ich werde nach Hause fahren", erklärte Gordon.

„Darf ich Ihnen helfen?" fragte Sarah. Gordon nickte.

„Gerne!" sagte er. Patrick lächelte kurz.

„Ich fahre mit Ishida in die Innere Sicherheitsbehörde", sagte er.

Die Polizisten hatten ihre Arbeit beendet. Die Serviceroboter begannen erneut, die demolierten Fahrzeuge von der Straße zu heben, auf ihren Transporter zu laden und zu entfernen. Die Straße wurde sorgfältig gereinigt und die Kratzer im Straßenbelag gefüllt und geglättet. Wenig später war der Unfall vor dem Parlamentsgebäude nur noch ein Engramm in den Gehirnen der Menschen und einige Zeilen mehr in den Speicherdateien der Roboter und Rechner.

Nur Gordon hatte auf seiner Stirn und seinen blutbefleckten Kleidern noch den gegenständlichen Beleg des Geschehens. Das Unicar, das ihn und Sarah nach Hause gebracht hatte, hatte hervorragend funktioniert. Gordon fühlte sich prächtig. Je mehr die Last des Geschehens von ihm abfiel, um so euphorischer wurde er. Zweimal schon hatte er dem Schicksal getrotzt. Zwei Unfälle, jeder gut genug, einen Menschen zu Tode zu reißen, hatte er überlebt. Was konnte ihm eigentlich passieren, welches Schicksal ihn jetzt noch verletzen?

Kayoko öffnete die Tür, als sie die Stufen hinaufeilten. Sarah stutzte.

„Ich brauche ein Bad", sagte Gordon zur Begrüßung. Kayoko nickte und übermittelte den Wunsch an das Kommunikationssystem des Hauses. Das Bad lief ein. Sie nahm seinen Kopf in ihre Hände. Gordon wehrte ab, und Sarah lächelte verlegen. Kayoko ging zwei Schritte zurück und warf den Kopf in den Nacken. Voller Interesse betrachtete sie Sarah. Dann ein flüchtiger Blick auf Gordons blutbefleckte Kleider.

„Ich warte im Bad!" sagte sie lachend und stieg die Stufen zur Galerie hinauf.

Auf der Treppe begegnete sie Walter, der sich bislang diskret zurückgehalten hatte und sich jetzt anteilsvoll lächelnd näherte.

„Was ist passiert?" fragte er. Längst hatte der zentrale Krankenhauscomputer Walter über das Geschehen, Gordons Zustand und eventuell zu treffende Maßnahmen informiert. Auch Gordon wußte das, er selbst schließlich hatte seinen Hausroboter dazu autorisiert. Trotzdem spielte er das Spiel, wozu eigentlich? und erklärte Walter in dürren Worten das allen Bekannte. Die Augen des Hausroboters weiteten sich vor Schrecken, wann immer sein Programm die Gefährlichkeit der Situation oder Gordons emotionale Beteiligung erkannte.

„Oben läuft ein Bad für Sie ein", sagte Walter nach Gordons Schilderungen, wissend, daß Gordon das Bad selbst geordert hatte und dem Rat seines psychologischen Moduls folgend, das das Ablenken von Gordons Gedanken auf einen banalen, ihm bekannten Inhalt empfohlen hatte.

Gordon nickte. Noch immer erfüllte ihn das Gefühl der Unverletzbarkeit, der irrationalen Stärke und die Kraft des trotz des Unglücks immer noch Lebenden. Auch Sarah schien sich von der Gefahr, der Verletzung und wie es noch schlimmer hätte werden können, angezogen zu fühlen. Aufmerksam sah sie sich um und betrachtete die vielen antiken Kostbarkeiten, die Gordon, dem Trend und dem Streben nach Einzigartigkeit in einer Welt der perfekten Replikationen folgend, angehäuft hatte.

„Ich gehe nach oben und mache mich erst mal frisch", sagte Gordon. „Sie können Walter nach allem fragen, er wird Ihnen alle Wünsche erfüllen." Sarah nickte. Kayoko wartete im Bad. Gordon drehte sich um und ging die Treppen hinauf.

Auch Kayoko hatte die emotionale Lage Gordons genau erkannt. Seine Verletzung war gering, seine Seele aufgewühlt, sein Körper erregt. Kayokos weiße Seidenbluse hing locker über ihren Schultern und erreichte nur knapp die Oberschenkel. Der durchscheinende Stoff verriet, daß es das einzige Kleidungsstück war, das sie trug. Das Wasser in der Marmorwanne war eingelaufen, und die von Kayoko beigefügten Zusätze vermischten sich mit dem Duft ihres Körpers. Der Roboter lächelte.

„Ich helfe dir", sagte sie und zog das T-Shirt aus Gordons Hosenbund. Gordon ließ es geschehen.

„Was darf ich für Sie tun?" Walter lächelte Sarah an. Sarah war in den Wohnbereich gegangen und an die breite, sprossenbesetzte Fensterfront getreten. Durch die Blätter der Palmen spiegelte sich die Sonne auf den flachen Wellen des Swimmingpools. Sie drehte sich um und sah dem Hausroboter ins Gesicht. Walter meinte es ernst. Seine treuen Augen lächelten sie an. Walter war über das Kommunikationssystem mit allen Zimmern des Hauses verbunden, wußte, was oben im Bad passierte. Was war es? Störte sie es? Sie kannte Gordon kaum, eine Partybekanntschaft, eine flüchtige vom Alkohol geprägte Berührung beim Bad im Swimmingpool, ein kurzes Gespräch am Strand. Was wußte sie über Gordon, was wußte sie von dem, was er jetzt gerade sagte, tat, empfand?

„Einen Cappucino?" Sarah sah fragend auf den Hausroboter. Walter nickte heftig.

„Sehr gern!" sagte er, verneigte sich kurz und verließ den Wohnbereich.

Auf der Galerie öffnete sich eine Tür und ein helles Lachen ertönte. Sarah sah nach oben. Ein Teil der Galerie überspannte auch den Wohnbereich. Kayoko lief dort vorbei, einen weißen Bademantel locker über die Schultern geworfen und ihre nassen Haare in den Nacken zurückstreifend. Klackend fiel die Tür eines Zimmers hinter ihr ins Schloß. Dann erschien Gordon. Er hatte sich eine weite, dunkelblaue Hose und einen ebenfalls blauen Baumwollpullover übergezogen. Seine braune Haut leuchtete aus dem Dunkel der Kleider. Seine Augen strahlten, die Schnittwunde an der Stirn war auf die Entfernung nicht zu erkennen. Er winkte Sarah zu, verschwand hinter einer Wand. Dann hörte Sarah, wie er die Treppen herunterlief.

Walter erschien mit einem Cappucino und einem Kaffee für Gordon. Der Hausroboter lächelte Sarah an, als sie den Cappucino vom Tablett nahm. Er schien Sarah zu mögen. Gordon hatte das Zimmer betreten und sich in einen der Couchsessel fallen lassen. Walter bückte sich herab, damit sein Besitzer den Kaffee leichter ergreifen konnte. Sarahs helles Haar schimmerte seidig gegen das aus den Sprossenfenstern fallende Licht. Sie ist wirklich schön, dachte Gordon. Sarah lächelte ihn unsicher an.

„Bitte setzen Sie sich doch!" Gordon wies auf einen der Couchsessel. Zögernd folgte Sarah seinem Arm, den Cappucino mit beiden Händen umschließend, als müsse sie sich an etwas festhalten.

„Hat das Bad Ihnen gut getan?" wollte sie wissen. Gordon nickte. Sarah hatte sich nach vorn gelehnt, hielt den Becher umklammert, an dem sie von Zeit zu Zeit nippte.

„Wo ist Kayoko?" fragte sie nach einer Weile. Gordon zuckte die Schultern.

„Ich weiß es nicht", sagte er.

„Brauchen Sie sie oft?"

Gordons Seele zuckte zusammen, warum? fragte er sich, es sind doch Maschinen. Sarah saß vornüber gebeugt, den Blick auf den Boden gerichtet.

„Welches Modell haben Sie?" fragte er dann.

„Mark." Es kam leise, fast gehaucht, fast als wäre es nicht wahr.

„Mark ist sehr beliebt", stellte Gordon fest. Sarah gab keine Antwort. Schließlich blickte sie auf.

„Sie wohnen sehr schön hier", sagte sie und ließ ihren Blick durch das Zimmer schweifen.

Gordon nickte.

„Es ist wieder gut restauriert", sagte er.

Sarah nickte.

„Ich habe die Bilder gesehen. Den Bericht von Jack Wilder."

Wieder schwiegen sie eine Weile.

Mein Gott, dachte Gordon, warum verharren wir auf dieser Ebene der banalen Konversation? Das Gefühl der Stärke hatte ihn verlassen. War es Kayoko, die zwischen ihnen stand? Oder Mark?

„Zehn Mal pro Tag!" sagte er.

„Wie?"

„Kayoko!"

Sarah lachte.

„Eine lohnende Investition", bemerkte sie. „Hält Ihr Körper die vielen Medikamente aus? Oder schaffen Sie das aus eigener Kraft?

Gordon lachte auf.

„Im Ernst", sagte er, „es hält sich in Grenzen. Was ist mit Ihnen?"

„Mit meinen Grenzen?"

„Was machen Sie mit Mark, ich meine wie oft und überhaupt?" Er sah in Sarahs Augen. Immer noch saß sie gekrümmt auf ihrem Platz, niedergedrückt, und doch schien sie mehr im Weggehen als im Sitzen begriffen.

„Ich weiß nicht", sagte sie. „Ich glaube, es geht Sie nichts an."

Gordon schluckte. Sie hatte ihn getroffen.

„Ich wollte Sie nicht verletzen", sagte er.

„Ich lasse mich nicht verletzen. Die Dinge in unserer Welt haben sich eben verändert. Das Gefühl der Seele weicht dem Bedürfnis des Körpers. Sie sind da keine Ausnahme." Sie lächelte ihn an. Im Gang ertönten Schritte. Walter kam in den Wohnbereich. Seine Sensoren hatten ihm gemeldet, daß Sarah ihren Cappucino ausgetrunken hatte. In seinem Bestreben nach maximaler Höflichkeit platzte er in die Konversation, deren Worte er verstand, ohne den Inhalt zu erfassen.

„Darf ich Ihnen einen neuen Cappucino bringen?" fragte er mit seinem strahlendsten Lächeln. Sarah hob den Kopf und schüttelte ihn freundlich. Auch sie mochte Walter. Durch Gordons Herz fuhr ein Stich. Gleich würde sie sich erheben. Walter wandte sich ab.

„Sie haben noch ein ausgedehntes Programm vor sich", sagte Sarah und deutete mit dem Kopf nach oben. „Sie wird sicher schon auf Sie warten." Sarah war aufgestanden und hatte dem Hausroboter ihren Becher in die Hand gedrückt. Walter bedankte sich überschwenglich. Ich schmeiße ihn raus! dachte Gordon und erhob sich ebenfalls. Was war bloß mit ihnen passiert? Er wollte etwas sagen, aber es fiel ihm nichts ein. Sarah ging an ihm vorbei in Richtung des Ausganges. Sie blickte ihn nicht einmal an. Walter riß die Eingangstür auf, verbeugte und bedankte sich für ihren Besuch.

„Ich freue mich, Sie einmal wiederzusehen", flötete er. Sarah lächelte ihn kurz an. Das Unicar stand noch am Fuß der Treppe auf dem Kiesweg. Auf dem Absatz vor der Tür drehte sich Sarah um. Wenigstens konnte er noch einmal in ihre Augen sehen. Ein Lächeln huschte über ihr Gesicht, dann wandte sie sich ab und eilte die Stufen hinab. Die Tür des automatischen Wagen glitt lautlos auf und schloß sich und verschluckte ihren Körper.

Gordon verharrte an der Eingangstür, bis der Wagen hinter den Palmen verschwunden war. Er preßte die Lippen aufeinander. Nichts, gar nichts war mit Kayoko im Badezimmer passiert. Aber was hätte er Sarah antworten sollen? Kayoko hatte ihm aus den Kleidern geholfen. Und als sie beginnen wollte, das zu tun, wofür Mary O'Hara sie gebaut und Gordon bezahlt hatte, hatte er sie gestoppt und sie zum Nachdruck seiner Abwehr mit dem Wasser aus der Wanne bespritzt. Kayokos Haare waren dabei völlig durchnäßt worden und auch die seidene Bluse, die sie lachend auszog. Dann hatte sie sich Gordons weißen Bademantel umgeworfen, ihm eine saubere Hose und Pullover gebracht und sich an den Rand der Wanne gesetzt. Zusammen mit Gordon hatte sie dann das Badezimmer verlassen und war auf sein Geheiß in ihr Zimmer gegangen.

Nichts war passiert. Und trotzdem hatte es alles zerstört.

Walter lächelte. Irgendwann kriegt er doch noch mal Prügel! dachte Gordon.

4. Juli 103 p.c. 12 [20]

Peter zuckte mit den Schultern.

„Mein Gott", sagte er, „was soll ich euch sagen?" Er blickte die beiden Ratsmitglieder an. „Natürlich ist das 'Durchbrennen' eines Chips ein unwahrscheinliches Ereignis. Ihr müßt euch das so vorstellen, daß in den heutigen hochvernetzten Schaltkreisen einige wenige Elektronen haarscharf nebeneinander liegen und dort auch bleiben müssen. Wenn die hauchdünnen Isolierungen dazwischen an irgendeiner Stelle gering fehlerhaft sind und leck werden und dann vielleicht noch eine lokale Überspannung an diesen Stellen auftaucht, dann können eventuell einige Elektronen auf einen falschen Speicherplatz springen. Die Folgen sind entweder unerheblich oder katastrophal. Das ist kaum vorhersehbar. Im übrigen unterliegen auch die Chipmaterialien dem normalen thermischen Verschleiß und damit der Alterung. Grundsätzlich fällt daher jeder Chip eines Tages aus."

„Und? War dieser Chip kaputt?" Patrick blickte hart in Peters Gesicht. Er hatte sich zu dem Leiter des Zentralen Konstruktionskomitees an den großen runden Couchtisch aus spiegelndem Glas gesetzt. Gordon stand am Fenster von Peters großzügig gestaltetem Büro und ließ seinen Blick über das Treiben auf den Straßen Terricolas schweifen. Auf einem der großen Bildschirme erschien gerade der Werbespot der im Rat vor einiger Zeit als idealistischer Ansatz zur Reduktion der zu produzierenden Wagen gedachten Initiative: 'Unicar, denn Sie brauchen in Terricola keinen eigenen Wagen!'

„Das Wort 'kaputt' ist nicht ganz korrekt", sagte Peter. „Es kommt immer auf die Betriebsbedingungen an. Unter normalen Umständen ist der Chip absolut in Ordnung. Wir haben ihn getestet. Er reagierte völlig normal."

„Du willst sagen, die Tatsache, daß ein Unicar losstürmt und Leute und andere Wagen zusammenfährt, ist ein völlig normaler Vorgang?" Gordon drehte sich um.

„Je leistungsfähiger ein Chip, desto anfälliger ist er nun einmal."

„Warum schneidet ihr ihn nicht auseinander und guckt einfach nach?" wollte Patrick wissen. Peter lachte kurz auf.

„Die Chips sind dreidimensional vernetzte Strukturen von unendlich kleinen Ausmaßen. Bei jeder noch so vorsichtigen Art der Zerschneidung zerstören wir genau das, was wir eigentlich sehen wollen. Das geht nicht."

„Hat Gordons Wagen etwas damit zu tun?" wollte Patrick wissen. Peter schüttelte den Kopf.

„Gordons Wagen war zum Zeitpunkt des Unfalls noch deaktiviert. Deswegen hat er auch keinen Versuch unternommen, dem Unicar auszuweichen."

„Du willst also sagen, es ist alles in Ordnung, und es kann morgen wieder passieren?" Gordon drehte sich wieder um und sah aus dem Fenster. Auf der Bildwand raste gerade ein Unicar vor der herrlichen Kulisse einer in rotes Abendrot getauchten Küstenstraße entlang. Eine junge, bildschöne Frau, die sich bei der ersten Nahaufnahme als Cookie entpuppte, saß am Steuer. Für die große Mehrzahl der Terricolaner verkörperte Cookie die pure Lebenskraft, bei der die Tatsache, daß sie ein Roboter war, immer mehr an Bedeutung zu verlieren schien. Immer wieder wurde ihr vor Freude strahlendes Lachen gezeigt. Lange hatten die Ratsmitglieder darüber nachgedacht, welche Person für den Werbespot am besten geeignet wäre. Daß Cookie überhaupt nicht in der Lage war, einen Wagen manuell zu steuern, hatte niemanden gestört. Es gehörte zu der Ironie der Aktion, daß gerade die Initiatoren, die Ratsmitglieder, am seltensten die von ihnen propagierten Unicars benutzten.

Gordon drehte sich wieder um.

„Verdammt, Peter, das kann doch nicht sein! Der letzte Autounfall in Terricola, der einem Chipversagen zugeschrieben wurde, ist zwanzig Jahre her. Was ist bloß los?" Er stand breitbeinig, die Hände in die weiten Hosentaschen gesteckt, vor dem Fenster. Peter wiegte seinen Kopf.

„Ich weiß", sagte er, „damals wurde eine weitere Redundanzerhöhung der Chips beschlossen."

„Eine was?" fragte Patrick.

„In jedem Chip werden alle Berechnungen in parallelen Schaltkreisen mehrfach durchgeführt", erklärte Peter. „Erst wenn alle Berechnungen das gleiche Ergebnis zeigen, geht der Rechner einen Schritt weiter. Alle heute eingesetzten Chips arbeiten auf dieser Grundlage. Der Redundanzfaktor, also die Anzahl der parallel durchgeführten Berechnungen, liegt jetzt bei fünf."

„Aber dann können wir doch die Möglichkeit eines Computerfehlers ad acta legen!" Patrick hob die Hände. Peter nickte langsam.

„Es gibt eine Möglichkeit, an die ich nur ungern denke." Er blickte zwischen seinen beiden Freunden hin und her. „Die Unicars sind ja mehr oder weniger als Individualwagen konzipiert. Sie speichern weder die Fahrtroute noch die beförderten oder sie beauftragenden Personen, ein Umstand der Terricola spätestens seit der Carpenteraffäre gut bekannt ist. Diese Eigenschaft der Unicars wurde im Rat so beschlossen, um die Akzeptanz der Wagen zu erhöhen, denke ich." Er blickte die beiden Ratsmitglieder an. Gordon schluckte und sah auf die Bildwand. Cookie war mit dem Wagen an den Strand gefahren, hatte die Wagentür aufgerissen und war aus dem Fahrzeug geschnellt. Dann war sie lachend und mit wehenden Haaren den Strand hinunter gelaufen, hatte sich die Kleidung vom Körper gerissen, war in das Wasser gesprungen und in die Wellen getaucht. Im Hintergrund stand das in der Sonne glänzende Unicar. Der Spot war zu Ende. Sie hatten viel Zeit darauf verwandt. Doch genaugenommen war es nur Schoppenheimer, dessen Idealismus ausgereicht hatte, in den Beschlüssen des Rates auch eine für ihn bindende Bedeutung zu sehen und die Unicars zu benutzen.

„Du willst damit sagen, daß es möglich sein könnte, daß jemand den Unfall inszeniert hat, ohne daß wir herauskriegen können, wer?" Patricks Augen weiteten sich.

„Genau das ist möglich", sagte Peter. „Ich denke, daß Ishida in seinem Bericht das ebenfalls so sehen wird. Im Vergleich zu dem Einbruch in Gordons Haus erscheint mir die Aufgabe, ein Unicar entsprechend zu programmieren, sogar ziemlich leicht."

„Wie beruhigend!" sagte Gordon. „Warum trifft es eigentlich immer mich?"

„Zufall!" Patrick zuckte die Schultern.

Peter schüttelte den Kopf.

„Ich weiß nicht", sagte er. „Wenn wir unterstellen, daß wir es mit einer Verschwörung zu tun haben, dann verfügt Gordon vielleicht über irgendwelche Informationen, vor der diese Gruppe Angst hat."

„Warum haben sie mich dann nicht getötet?"

„Dieser Unfall war hart dran!" Peter blickte Gordon an. „Du bist durch Splitter verletzt worden. Kein Mensch, auch kein Rechner kann das Entstehen und die Flugbahn solcher wegfliegender Teile präzise berechnen. Du hättest auf jeden Fall schwer verletzt werden können!"

„Was könnte Gordon denn wissen?" fragte Patrick. Peter zuckte die Schultern.

„Was weiß ich!" sagte er.

Was Sarah wohl machte? Gordon preßte die Lippen aufeinander.

„Wie lange kennst du schon Sarah?" fragte er Peter. Peter zog die Augenbrauen hoch und Patrick stutzte.

„Du meinst, sie könnte etwas damit zu tun haben?" fragte er erstaunt. Gordon lachte.

„Um Gottes willen, nein!" Er schüttelte den Kopf. „Nein, nein, das ist es nicht."

Peter platzte los.

„Mein Gott, Gordon", sagte er. „Was um Himmels willen geht in deinem Kopf vor? Wir haben es mit einer ganz Terricola bedrohenden Verschwörung zu tun, dein Leben wurde bereits zweimal bedroht, deine Wohnung und eines deiner Autos komplett zerstört, und du denkst an ein amouröses Abenteuer mit Sarah!"

„Kein Abenteuer."

„Oh, mein Gott!" Patrick hob resignierend die Hände. „Das ist ja noch viel schlimmer! Sag Peter, kann man die nächste Generation Sexroboter nicht an Sarah orientieren? Dann kann Gordon sie einfach kaufen!" Er zwinkerte Peter zu. Gordon zog die Luft durch die Nase.

„Man müßte sie fragen", sagte Peter. „Ohnehin wird es demnächst individuell gestaltete Maschinen dieser Art geben. Mary hat diesbezüglich schon eine Reihe von Anfragen erhalten. Ein ganz wesentliches Problem sind die Persönlichkeitsrechte der betroffenen Personen."

„Mary!" Patrick schnalzte mit der Zunge. „Du hast uns noch gar nichts von ihr erzählt!" Peter lachte.

„Gewisse Dinge fallen natürlich unter das Betriebsgeheimnis", sagte er verschmitzt.

„Kommt auf den Teppich!" sagte Gordon. Sein Interesse an Mary O'Hara war stark gesunken. Peter nickte.

„Sarah", sagte er. „Sie ist viel zu schade für dich!"

„Was weißt du sonst noch über sie?"

„Viel", sagte Peter. „Aber wer weiß, ob sie möchte, daß ich es dir erzähle? Was hast du mit ihr?"

„Nichts."

„Das beruhigt mich. Ihrem Intellekt wärst du ohnehin nicht gewachsen!" Er lachte los und Patrick lachte lautstark mit.

„Na gut", sagte Gordon.

„Nichts für ungut", sagte Peter.

„Ist die Untersuchung der Unfallwagen jetzt eigentlich abgeschlossen?" wollte Gordon wissen

„Grundsätzlich schon", sagte der Leiter des Zentralen Konstruktionskomitees. „Dabei habe ich im wesentlichen nur die Analyse der Chips durchgeführt. Ich denke, daß Ishida jetzt schon an seinem Bericht sitzt und darüber brütet, wie er ihn in eurer nächsten Sitzung am wirkungsvollsten zur Geltung bringen kann!" Sie lachten. Sie alle kannten Ishidas Ambitionen.

„Na denn", sagte Patrick und erhob sich von seinem Stuhl.

„Sarah ist wirklich zu gut für dich!" sagte Peter, als Gordon an ihm vorbei ging. Gordon blickte in Peters Gesicht. Peter lächelte ihn an.

„Warum?"

„Du wirst es schon herauskriegen", sagte Peter.

„Vielen Dank für deine Hilfe!" sagte Gordon.

„Gern geschehen", lachte Peter und schlug ihm auf die Schulter.

Patrick und Gordon verließen den großen Gebäudekomplex und tauchten ein in die Straßen der Stadt. Die Palmen am Straßenrand warfen ihre kühlenden Schatten hinab, und vom Atlantik her wehte eine leichte Brise.

„Was meinst du?" fragte Gordon. Sie gingen auf ihre geparkten Wagen zu.

„Sarah?" fragte Patrick.

„Mein Unfall!"

Patrick wurde wieder ernst.

„Nichts für ungut mit Sarah", sagte er. „Es ist nur so absurd, daß wir in unserer Situation überhaupt an so etwas denken."

„Und uns ablenken lassen!"

„Wir sind Menschen", sagte Patrick.

„Und dieser Umstand wird uns das Leben kosten. Es ist wirklich absurd."

Sie waren bei Patricks Wagen angekommen. Leuchtend rot gleißte der Lack des Sportwagens in der Sonne. Sie sahen sich in die Augen.

„Wir sehen uns nachher", sagte Patrick und stieg in sein Auto. „Nimm es nicht zu tragisch!" rief er Gordon noch zu, als sein Wagen nach vorn schoß und sich auf der Straße in den vorbeirollenden Verkehr eingliederte. Gordon sah ihm nach. Dann stieg er in seinen Truck. Am Ende war jeder mit sich allein.

4. Juli 103 p.c. 13 ^{00}

Schoppenheimer eröffnete die Ratssitzung. Unsicher ließ er seinen Blick zwischen Ishida, der wieder in der ersten Reihe Platz genommen hatte, und dem Plenum hin- und herschweifen. Die Ratsmitglieder suchten ihre Plätze auf und nutzten die Begegnungen zum Austausch wichtiger oder wichtig erscheinender Imformationen. Schließlich mahnte Schoppenheimer die Anwesenden zur Ruhe. Dann nickte er Ishida zu, der mühsam auf seinem Sitz verharrt hatte, und dann wie eine zusammengedrückte Feder aufsprang und auf das Pult zuschoß.

Stakkato und präzise formulierte Ishida seinen Bericht. Die genaue Uhrzeit, der Ort, der Hergang. Das Unicar, das Gordons Sportwagen gerammt hatte, war unbemannt gewesen. Plötzlich war es losgefahren, hatte abrupt die Richtung geändert, und war maximal beschleunigend auf Gordons Wagen zugerast. Mit einer Aufprallgeschwindigkeit von exakt 82 km/h hatte es sich dann in das stehende Fahrzeug gebohrt. Die Untersuchung der Fahrzeugchips hatte keine Auffälligkeiten ergeben, Gordons Wagen hatte sich ohnehin im deaktivierten Zustand befunden.

Ishida machte eine kleine Pause.

„Zusammenfassend können wir also sagen, daß ein technischer Fehler nicht vorzuliegen scheint!"

Im Plenum herrschte gedankenleere Stille.

„Aber was ist denn dann passiert?" Snider schnappte nach Luft. „Von alleine fährt doch kein Unicar kreuz und quer durch Terricola!"

Ishida nickte.

„Von alleine nicht", sagte er.

„Wie dann?" Snider hob fragend die Hände.

„Indem man es entsprechend programmiert! Unsere Unicars sind einfach zu liberal! Jeder kann sie bestellen, jeder kann mit ihnen fahren. Wohin es ihm beliebt, wann es ihm beliebt und mit wem es ihm beliebt. Aber kein Unicar darf sich den Namen oder die Fahrtroute seiner Benutzer merken. Das ist einfach widersinnig!" Es bestand kein Zweifel, daß Ishida für seine zukünftige politische Karriere übte.

„Ich darf Sie bitten", fiel Schoppenheimer ein, „daß Sie uns hier einen objektiven Untersuchungsbericht vorlegen wollen, Ishida. Ihre persönliche politische Meinung ist nicht Gegenstand ihres Vortrages, mögen wir sie schätzen oder nicht!" Schoppenheimer machte eine kleine Pause.

„Und wenn ich mir die Bemerkung erlauben darf: So wie sich Ihre politischen, sicher noch etwas rudimentären Ansichten abzeichnen, denke ich, schätze ich sie nicht."

Ishida schluckte.

„Es ist doch verrückt", verteidigte er sich, „daß jeder, der über die entsprechenden Fachkenntnisse verfügt, die Unicars zu kriminellen Taten mißbrauchen kann, ohne daß wir es nachvollziehen können!"

„Ist das denn wirklich so gewesen?" wollte Snider wissen. „Ich bin kein Techniker, aber es gibt doch noch diverse andere Erklärungsmöglichkeiten. Lokaler Anstieg des Elektrosmogs oder Sonneneruptionen oder was weiß ich. Die Chips werden doch immer anfälliger."

Ishida schüttelte den Kopf.

„Die Chips werden auch immer besser abgeschirmt. Peter Nozellin hat die Schaltkreise so genau es geht untersuchen lassen. Den Dingern fehlte, vom technischen Standpunkt her gesehen, nichts."

„Mit anderen Worten: Sie haben genau so funktioniert, wie es vorgesehen war, nur die Möglichkeit eines solchen Mißbrauchs hat eben keiner vorausgesehen." Jane brachte es auf den Punkt.

„Genauso kann man es sehen, Jane", pflichtete Ishida ihr bei. „Ich kann es nur noch einmal sagen: Wir brauchen härtere Gesetze!"

„Lassen Sie mal die Politik Aufgabe des Rates sein, Ishida", empfahl Schoppenheimer mit schmalen Lippen. „Solange wir Menschen die Verantwortung für Gesetze und Regeln in der Gesellschaft haben, wird es immer wieder zu Lücken dieser oder anderer Art kommen. Das ist der Preis der Demokratie. Wir sind nicht perfekt."

„Mein Gott!" rief Snider und sprang von seinem Stuhl hoch, „dann müssen wir eben auf den ganzen Tand verzichten und wieder in Blockhütten leben! Ich habe heute nachmittag eine öffentliche Versammlung anberaumt, auf der wir über diese Dinge beraten werden. Ich kann nur alle interessierten Ratsmitglieder auffordern zu erscheinen. Sie können auch kommen, Ishida!"

„Ich habe davon im Kommunikationsnetz gelesen", sagte Schoppenheimer mit einem leicht spöttischen Lächeln. „Glauben Sie ernsthaft, in der Bevölkerung eine tragfähige Mehrheit für einen solchen Weg zu erhalten? Können Sie eine Blockhütte bauen, Snider?"

Sniders Gesicht färbte sich rot.

„Wenn man will, kann man vieles", sagte er.

„Es wird nur keiner wollen", mutmaßte Schoppenheimer und zuckte die Schultern.

„Auf jeden Fall muß das Sicherheitsmodul des Unicars für kurze Zeit blokkiert gewesen sein." Patrick brachte die Diskussion wieder zurück. „Ansonsten fährt kein Unicar freiwillig gegen irgendeinen Gegenstand. Das heißt", mutmaßte er weiter, „daß irgend jemand doch an dem Programm des Unicars manipuliert haben muß. Wir brauchen also möglicherweise gar keinen neuen Gesetze, sondern lediglich den oder die Schuldigen!" Sein Blick richtete sich auf Ishida. Ishida warf den Kopf zur Seite.

„Wie soll ich den finden", sagte er trotzig. „Ohne Spuren, ohne Speichereinträge. Was nicht irgendwo Spuren hinterläßt, hat genaugenommen gar nicht stattgefunden. Wie soll ich da etwas finden?"

4. Juli 103 p.c. 15 [30]

Snider hatte sich für Jonny's Clubhouse entschieden. Im Kommunikationsnetz hatte er intensiv für diese Zusammenkunft geworben und sogar die Bewirtungskosten übernommen. Bei den Preisen in Jonny's Clubhouse war dieses mehr als nur eine Geste.

Im größten Saal der Anlage wartete Snider auf die Menschen. Jack Wilder hatte noch einmal in einer Sondersendung von TerraNews die Problematik erläutert und auf Sniders Bemühungen hingewiesen.

Im Saal saßen etwa zwanzig Menschen. Und als Snider sie kritisch betrachtete, war er sich nicht mehr sicher, ob ein Teil nicht vielleicht doch nur wegen des kostenfreien Ambientes gekommen war, und je länger er sie betrachtete, um so sicherer wurde er, daß genau das der Fall war. Sollte Schoppenheimer recht behalten?

Sarah war erschienen, und Patrick und Peter hatten sich neben sie gesetzt. So war für Gordon, als er den Saal betrat, der Platz an Sarahs Seite versperrt. Seufzend setzte er sich neben Peter. Jane sah es und zog die Augenbrauen in die Höhe. Weitere Ratsmitglieder waren nicht gekommen. Jack Wilder saß in der ersten Reihe.

„Also", sagte Snider, „fangen wir an. Sie alle wissen, was in den letzten Tagen passiert ist, und was im Rat als Konsequenz aus diesen Ereignissen diskutiert wird. Die Frage ist, ob der Weg, den der Rat gehen will, ein von uns allen akzeptierter Weg ist, oder ob wir uns Alternativen dazu vorstellen können."

„Wie sollen diese Alternativen denn aussehen?" wollte jemand wissen und biß in ein herrlich belegtes Brötchen.

„Ich habe das im Kommunikationsnetz ausführlich beschrieben", sagte Snider. Der Mann zuckte die Schultern und nahm einen kräftigen Schluck aus dem von Snider finanzierten Glas Bier. Er schien sich für Sniders Ausführungen im Kommunikationsnetz nicht übermäßig zu interessieren.

„Wir müssen den Weg zurückgehen", erklärte Snider. „Wir müssen auf die Roboter und die Computer in der Art, wie wir sie kennen, verzichten."

„Was ist mit den Hausrobotern?" wollte ein anderer wissen.

„Ich bin kein Techniker", sagte Snider und wandte sich an Peter, „aber soweit ich informiert bin, benötigen diese Maschinen extrem vernetzte Chips, die wir auf keinen Fall zulassen können. Wenn wir Maschinen benötigen, dann werden das nur sehr einfache Maschinen sein. Nicht die Hausroboter, die wir kennen." Peter nickte.

„Und die Sexroboter?" wollte der Erste wieder wissen.

„Gleiche Sache", sagte Snider. Er zuckte mit den Schultern. Im Saal grummelte es. Eine Frau Mitte vierzig meldete sich zu Wort.

„Bislang hat der Rat doch immer gut gearbeitet. Unser Ratspräsident, der Herr, eh, Schoppenheimer", sie strahlte kurz auf, „hat uns doch immer gut beraten. Ich habe die Zusammenfassung seines Buches im Kommunikationsnetz gelesen." Sie lächelte stolz in die Runde. „Ich will nicht, daß ich oder meine Kinder von diesen Killerrobotern ermordet werden!" Sie setzte sich befriedigt an ihren Platz.

„Wir wollen nämlich nicht umgebracht werden!" rief jemand.

„Ist doch nur menschlich!" rief sein Nachbar.

„Was ist denn mit den ganzen Endorphinen? Soll es die auch nicht mehr geben?" rief jemand. Snider hob die Arme und blickte auf Peter. Peter erhob sich und drehte sich um.

„Also grundsätzlich", sagte er, „einige Worte zur Technik. Es geht nur vordergründig um die Computer. Letztendlich sind auch alle Hochleistungsprodukte betroffen, die von den Robotern hergestellt werden. Alles, was wir, die Menschen, nicht selbst produzieren können, wird abgeschafft werden müssen. So werden wir auch sicher nicht die ganze Palette der pharmazeutischen Produktion aufrecht erhalten können. Man muß sich gut überlegen, ob die Endorphine so wichtig sind, daß wir sie unbedingt brauchen."

„Ich hab es dir doch gesagt!" wandte sich jemand laut an seinen Nachbarn. „Nichts wird es dann mehr geben!"

„Das wollen wir nicht!" rief jemand.

„Ist doch nur menschlich!" schrie sein Nachbar.

„Wer soll denn eigentlich in den Fabriken arbeiten, wenn es keine Roboter mehr gibt. Sie?" wandte sich jemand an Snider. Snider zuckte die Schultern.

„Wir müssen alle mit anpacken", bemerkte er.

„Lieber ein Ende in Würde als ein Ende mit Schrecken!" rief die Frau.

„Und Medikamente wird es auch nicht mehr geben!" rief einer.

„Und meine Kayoko gebe ich nicht mehr her!" brüllte jemand.

„Ist doch nur menschlich!" rief der Nachbar.

„Schoppenheimer ist ein Profi, der weiß, wo es lang geht. Wir wissen doch alle gar nicht, was zu tun ist. Ist doch alles viel zu kompliziert geworden. Das hat doch keiner von uns gelernt."

„Ist doch nur menschlich!" rief der Nachbar.

Snider nickte. Schoppenheimer hatte recht. Die Menschen liebten ihr Leben mehr als die Menschheit.

„Dann sterben die Menschen aus!" rief Snider.

„Na und?" rief jemand.

„Ist doch nur menschlich!" rief der Nachbar.

Im Saal kreuzten sich die Rufe. In starken Ausdrücken wurden die Argumente der Nachbarn verworfen und die eigene Meinung wiederholt, die der andere offensichtlich nicht verstanden hatte. Die Diskussion oder Snider schienen ihnen nicht mehr wichtig. Snider setzte sich und blickte in die Gesichter seiner Freunde.

„Unglaublich!" sagte er. Die anderen nickten.

„Die Menschen haben einfach den Punkt überschritten", sagte Sarah.

„Welchen Punkt?" fragte Gordon und schaute vorsichtig in ihre Richtung. Sarah erwiderte seinen Blick, vielleicht lächelte sie sogar.

„Schon immer hat die Annehmlichkeit des eigenen Lebens wichtige globale Fragen in den Hintergrund rücken lassen", erklärte sie. „In Terricola aber sind diese Annehmlichkeiten zu einem so zentralen Punkt des Lebens angewachsen, daß die Aufgabe dieser Dinge bereits den Existenzverlust des Individuums zu bedeuten scheint. Für diese Menschen", sie schaute kurz über die Schulter zurück, „geht es um ihr eigenes Sein. Und wenn sie das Ende ihres bisherigen bequemen Lebens bereits als ihren Tod begreifen, dann ist es doch deutlich besser, wenn es erst die Generation nach ihnen trifft. So einfach ist das."

Patrick nickte.

„Das Leben bedeutet nicht nur körperliche Existenz. Vielleicht haben diese Menschen mehr begriffen, als wir alle zusammen!"

„Der Preis für die bloße Existenz ist einfach zu groß", sagte Gordon. „Keiner will diesen Preis zahlen."

„Im Ernst", sagte Peter, „wir könnten ohne die Roboter praktisch nichts mehr produzieren. Die Abläufe in den Fabriken sind so kompliziert, so vollautomatisch geworden, daß kein Mensch sie mehr versteht, verstehen kann. Es sind bei weitem nicht nur die Endorphine! Es ist praktisch alles, was wir zum Leben brauchen."

„Hältst du es für möglich, daß es die Menschen wieder lernen können?" fragte Gordon.

„Sicher", sagte Peter. „Wir müßten die Produktionsverfahren wieder auf den antiken Stand von vor Der Katastrophe bringen. Auch für diese Umstellung brauchen wir natürlich die Roboter. Aber selbst dann können wir bei weitem nicht all die Dinge produzieren, die wir heute haben. Dafür haben wir zu wenig Menschen, die im Produktionsprozeß einsetzbar sind. Abgesehen davon, daß die Menschen überhaupt bereit sein müßten, diese ja nicht unbeträchtliche Arbeitsleistung zu erbringen." Er sah sich um. Das wilde Gestikulieren war lautstarken Diskussionen in kleinen Gruppen gewichen. Die Menschen tranken und aßen heftig auf Sniders Kosten und schien sich gut zu amüsieren. Es wurde viel gelacht. Gelegentlich fiel das Wort ‘Sexroboter'. Jemand setzte sich für die individuelle Gestaltung dieser Maschinen ein und spekulierte über deren mögliche Leistungssteigerung.

„Ich glaube", sagte Jack Wilder zu Snider, „Sie haben die Menschen falsch eingeschätzt." Jack hatte sich in seiner Rolle als Beobachter bislang zurückgehalten. Jetzt hielt er es nicht mehr aus. Snider nickte voller Grimm.

„Dann ist es eben aus", sagte er.

„Laßt uns frohlocken", sagte Patrick, „solange es noch geht." Er hob die Hand, um ein Bier zu bestellen. Der Serviceroboter eilte heran.

„Ich werde verschwinden", sagte Gordon. „Bei diesem Haufen", er deutete hinter sich, „will ich nicht bleiben."

„Das ist euer Volk!" sagte Sarah.

„Laßt uns gehen", sagte Jane. Patrick verzichtete auf sein Bier.

„Sollen die anderen Snider arm essen!" lachte er. Snider verzog die Mundwinkel und erhob sich.

„Ich denke", rief er gegen den Lärm der Diskussionen, „daß wir die Sitzung schließen können." Kaum einer hörte seine Worte und die, die sie hörten, bestellten noch schnell ein neues Getränk.

4. Juli 103 p.c. 18 ^{00}

Sie waren an den Strand von Salomon's Beach gefahren.

Hatten sich im Café Française auf die Rattanstühle der Terrasse fallen und von Madame Touchet bedienen lassen. Snider hatte seine gute Laune wieder gefunden.

„Jetzt habe ich es wenigstens versucht", grölte er, wann immer er sein Glas zum Trinkspruch erhob.

Zu Gordons Erstaunen war Sarah in seinen Wagen eingestiegen. Dabei hatte er sie weder gefragt noch ihre Nähe gesucht, als sie Jonny's Clubhouse verlassen hatten. Als er in sein Fahrzeug einsteigen wollte, hatte sie auf einmal an der Beifahrertür gestanden und ihn über das geschlossene Dach des Sportwagens angeblickt und fragend gelächelt. Gordon hatte wortlos die Türen geöffnet, und schweigend hatten sie Platz genommen. Gordon hatte das Dach des Wagen heruntergelassen und war losgefahren. Der Fahrtwind hatte jedes vernünftige Gespräch verhindert, und so hatten sie die ganze Fahrt über geschwiegen.

Auch auf dem kurzen Weg vom Parkplatz zu der Terrasse des Cafés hatten sie nicht miteinander geredet. Nur ganz kurz hatte Gordon mit seinem Blick ihre Augen gestreift, und unwillkürlich hatten sich seine Mundwinkel zu einem Lächeln verzogen, als sie seinem Blick nicht ausgewichen war. Im Café hatten sie sich nebeneinander gesetzt.

„Was soll ich bloß in den Abendnachrichten berichten?" fragte Jack Wilder besorgt.

„Das, was die Leute wollen: Das Ende der Menschheit", sagte Patrick. Er blickte in sein volles Glas Dunkelbier. „Schoppenheimer wird damit durchkommen. Und wenn uns die Roboter nicht vorher umbringen, werden wir selbst für unser Aussterben sorgen. Herrliche Aussichten."

„Das Erschreckende ist, daß außer den Ratsmitgliedern nur wenige Bürger die Tragweite der Dinge wirklich begreifen", sagte Jane.

„Das glaube ich nicht", widersprach Sarah. „Wer sagt uns denn, daß die Bürger nicht recht haben? Vielleicht ist die Menschheit wirklich nur der biologische Erfüllungsgehilfe der technischen Evolution. Vielleicht wäre es unsere geschichtliche Aufgabe, die selbständige Replikationsfähigkeit der Roboter durch das Produktions- und Bitkontrollgesetz nicht zu blockieren, sondern im Gegenteil zu fördern. Vielleicht versuchen wir eine Stufe der Evolution zu verhindern, die im Grunde genommen die Bestimmung dieses Planeten ist?"

„Glauben Sie das wirklich?" fragte Jack Wilder voller Interesse, das entweder ihren Ausführungen oder ihrer Person galt. Gordon bemerkte Peters Blick, der Sarah zu durchbohren schien. Was hat er? fragte sich Gordon. Peter saß gedrückt auf seinem Stuhl, beteiligte sich nicht an dem Gespräch, aber jetzt, wo Sarah sprach, schien er seltsam bewegt. Was hat er? fragte sich Gordon. Auch Carpenter hatte so gesessen, bevor er ermordet wurde.

„Ich finde diese Vorstellung schrecklich", sagte Sarah. „Aber vielleicht können wir sie gar nicht mehr verhindern."

„Diese Ideen sind ja schon vor über hundert Jahren diskutiert worden", sagte Patrick. „Bisher haben wir diese Entwicklung verhindern können."

„Genaugenommen hat Die Katastrophe diese Entwicklung vereitelt", korrigierte Gordon, „und danach hat die kleine Zahl der Bürger Terricolas die Kontrolle der technischen Entwicklungen sehr erleichtert."

„Wir können uns doch von den Robotern nicht unseren eigenen Tod vorschreiben lassen. Immerhin haben wir diese Dinger selbst gebaut!" Snider schüttelte den Kopf.

„Im Grunde bauen sich die Maschinen doch schon lange selbst", sagte Peter. „Wir kontrollieren doch nur noch ganz wenige Schritte. Und sind nur noch einen Hauch davon entfernt, die Kontrolle völlig zu verlieren. Leider kann sich das niemand vorstellen, und so glaubt das eben auch keiner."

Der Schlag der Explosion krachte in ihre Ohren. Die Gläser zitterten auf den Tischen, und die Menschen schrien vor Angst. Keiner wußte, was passiert war, passieren würde. Nur Madame Touchet und die vielen Serviceroboter lächelten freundlich und erkundigten sich bei den Gästen nach dem Grund ihrer plötzlichen Unzufriedenheit.

Madame Touchet war an ihren Tisch geeilt. Jack Wilder sprang auf. Wild sah er sich um. Die Surfer auf den Wellen waren vor Schreck von ihren Brettern gefallen. Über der Stadt stieg eine dunkle Wolke steil empor.

„Da!" schrie Jack und zeigte nach oben. Die anderen sprangen ebenfalls von ihren Stühlen auf und sahen es. Schwarz stieg der Staub in den blauen Himmel und pilzte sich über der Stadt.

„Verdammt!" schrie Gordon, „wir müssen ins Parlament!"

„Wozu?" antwortete Patrick. „Wir können auch hier auf das Ende warten!"

„Was kann ich für Sie tun?" flötete Madame Touchet, die sich zwischen sie gedrängt hatte und ebenfalls den Himmel betrachtete.

Erschreckt rückten sie von ihr ab. Madame Touchet hob beschwichtigend die Hände.

„Bitte, bitte", sagte sie, „es wird sich alles aufklären. Nehmen Sie doch bitte wieder Platz. Alle Getränke gehen auf Kosten des Hauses!" Sie lächelte gewinnend. Sie fürchtete um ihre besten Kunden.

Der Hologrammbildschirm sprang an. Die Nachrichtenroboter von Terra-News waren vor Ort und lieferten Bilder des Geschehens. Ein Kollege von Jack kommentierte. Mit gehetzter Stimme sprudelte er einige improvisierte Sätze. Ein Bild aus der Stadt erschien, ein tiefer Krater inmitten des Einkaufszentrums, eine Rakete, wohl eher geringe Durchschlagskraft, keine Bombe, auch keine durchgeschmolzene Energieeinheit eines Autos oder etwas Vergleichbares, nein, eine Rakete, abgeschossen von irgendwo, wahrscheinlich außerhalb Terricolas, keine Toten, auch keine Verletzten, warum? es war doch mitten am Tag, der Platz voller Menschen, zurückgedrängt umstanden sie jetzt den Krater. Die vielen Polizisten, die die Menschen vom Krater fernhielten. Überall Polizisten. Seit wann waren sie da? Nein wirklich, die Nachrichtenroboter hatten keine Toten finden können, ihre Sensoren untrüglich auf derlei Aufgaben spezialisiert.

Peter hatte die Augen geschlossen.

„Wie kann das sein?" murmelte Patrick. „Wo sind die Toten?"

Ein Zeuge. Auf einmal seien die Polizisten erschienen und hätten die Menschen aus dem Zentrum gedrängt. Die Menschen hätten aufbegehrt, sie hatten einkaufen wollen, Kaffee trinken, das Ambiente des Zentrums genießen.

„Wo ist Ishida?" flüsterte Jane.

„Tot oder weg, was weiß ich!" Snider hielt sein Bierglas umklammert.

„Und wir haben noch nicht einmal eine Untergrundorganisation gebildet, mein Gott, was sind wir dumm! Wir haben die Zeit verschlafen!" Jane preßte die Augen zusammen.

Dann habe es gekracht. Vor lauter Staub hätten sie nichts mehr sehen können. Der Mann zeigte an sich herab. Grau hatte es sich auf seine Kleider gelegt.

Ein Anschlag, warum? Keiner wußte es. Peters Augen blickten verzweifelt umher. Was hat er? fragte sich Gordon.

„Was ist denn so interessant?" Madame Touchet lächelte teilnahmsvoll.

„Man hat Terricola in die Luft gesprengt!" antwortete Patrick lakonisch.

„Oh, wie schrecklich", sagte Madame Touchet und preßte die Hand an den Mund. „Wie wäre es mit einer Runde Champagner auf Kosten des Hauses?"

„Ja! Laßt uns feiern!" prustete Snider. „Das Schicksal hat uns überrannt!"

„Blödsinn!" knurrte Patrick.

„Wir müssen raus aus Terricola!" rief Gordon. „Wir müssen in den Urwald! In den Untergrund!"

„Ist doch viel zu spät", sagte Snider.

Die Handgelenktelefone der Ratsmitglieder sprangen an. Viermal erschien Schoppenheimer im Raum und forderte sie zum sofortigen Erscheinen im Parlamentsgebäude auf. Es war die vorgefertigte Nachricht, die bei Bedrohung der nationalen Sicherheit vom Ratspräsidenten aktiviert werden konnte.

Schoppenheimer hatte sie aktiviert. Er lebte also noch. Jane schloß die Augen.

„Also los!" sagte Gordon grimmig. „Schoppenheimer ruft uns!"

„Mal sehen, wer auf uns wartet!" sagte Patrick.

„Ich komme mit", sagte Sarah und sah fragend an Gordon hoch. Gordon nickte. Sein Bauch war flau und seine Beine weich. Im Augenwinkel sah er Peters verschrecktes Gesicht.

Es war geschehen.

4. Juli 103 p.c. 18 [40]

Schoppenheimers schmale Lippen bildeten einen feinen Strich. Bleich im Gesicht aber hart entschlossen blickte er auf die in den Saal strömenden Ratsmitglieder. Verstohlene Blicke wanderten hin und her. Jane setzte sich an ihren Platz. Kurz tauchten ihre Augen in die Schoppenheimers. Niemand wußte, was wirklich geschehen war. Würden die Roboter den Saal stürmen? Würden sie die Vorlauten unter ihnen gleich töten? Immerhin hatten sie die Menschen im Zentrum geschont. Vielleicht wollten sie die Kooperation? Wenn ja, wozu? Brauchten sie alle Menschen, oder nur einige wenige, wenn ja, welche? War man bei den wichtigen dabei? Die Angst ließ die Menschen verstummen. Nicht die globale Frage der allgemeinen Existenz der menschlichen Rasse erfüllte sie, sondern der Schrecken vor dem eigenen möglichen Tod. Eine Reihe von Plätzen blieb leer.

Schoppenheimer zögerte, die Sitzung zu eröffnen, er hoffte noch, der Saal möge sich weiter füllen. Sarah hatte die Besucherempore nicht betreten dürfen, ein freundlicher Protokollroboter hatte den Zutritt mit Hinweis auf die Nichtöffentlichkeit der Sitzung verwehrt.

„Wo ist Ishida?" fragte Gordon schließlich in die Stille. Schoppenheimer blickte streng.

„Ich eröffne die außerordentliche Ratssitzung vom 4.7.103 p.c.", sagte er dann. „Sie alle wissen, was passiert ist." Er sah in die Runde.

„Wir haben die Gefahr ignoriert", fuhr er dann fort. „Obwohl wir sie immer vor Augen gehabt und gekannt haben, wollten wir sie nicht wahrhaben, haben es versäumt, energische Gegenmaßnahmen einzuleiten.

Terricola hat nicht einmal ein Luftüberwachungssystem. Wozu auch hätten wir es installieren sollen? Gegen welche Feinde? Aber jetzt hätten wir es aufbauen müssen, gehetzt in tage- und nächtelanger Arbeit." Schoppenheimer blickte über die Reihen der Menschen.

„Wie haben es versäumt, Terricola zu schützen", sagte er. „Wir hätten die Exekutivroboter auf ihre Effizienz überprüfen, weitere Waffensysteme erdenken und bauen lassen müssen. Szenarien des Angriffs der fremden Robotermacht durchspielen und kontern müssen. Die Leistungsfähigkeit des Carpenterchips exakt messen und dessen Schwächen analysieren und dessen Stärken für eigene, verbesserte Chips nutzen müssen.

Anstelle dessen haben wir gelebt, als wäre nichts geschehen, als wäre die Carpenteraffäre ein normaler politischer Skandal. Wir waren gewarnt, wir haben es gewußt, wir haben versagt!" Schoppenheimer schwieg und blickte verbittert in die Runde. Mein Gott! dachte Gordon, er redet sich um Kopf und Kragen, wenn wir abgehört werden, dann werden sie ihn als ersten liquidieren.

„Wo ist Ishida?" fragte Gordon erneut. Es erschien ihm wichtig, die Frage unverfänglich, und er wollte Schoppenheimers Redefluß stoppen. Schoppenheimer antwortete nicht. Gordon bemerkte den verstohlenen Blick, den der Ratspräsident immer wieder auf die eichene Eingangstür warf.

„Wir haben es mit einer Verschwörung zu tun", sagte er dann. „Das Produktions- und Bitkontrollgesetz ist unterlaufen worden, von einem oder mehreren. Wohlgemerkt, von einem von uns, von einem von uns Menschen. Wir selbst - auch hier im Rat - haben es zu verantworten."

„Wo sind die Kerle?" Snider hatte sich erhoben. Langsamer als sonst, aber er stand herausgehoben aus der Menge. „Worauf warten die?"

Schoppenheimer zuckte die Schultern.

„Wir müssen auf Ishida warten", sagte er.

„Was kann er uns helfen? Lebt er denn überhaupt noch?" fragte Snider. Schoppenheimer kam nicht mehr dazu, es zu erklären. Die eichene Eingangstür sprang auf, und Ishida stürmte mit etwa fünfzehn Exekutivrobotern herein. Gepreßte Schreie zuckten durch den Raum. Die Exekutivroboter rannten an den beiden Seiten der Stuhlreihen entlang und gingen im Saal in Stellung, die holzgetäfelten Wände in ihrem Rücken. Drohend blickten sie herab. Ishida sah auf Schoppenheimer. Schoppenheimer nickte.

„Erzählen Sie, was Sie zu sagen haben, Ishida", sagte er knapp. Ishida schnellte zu dem Pult.

„Wir haben sie!" brüllte er. „Ich habe sie geschnappt!"

Schoppenheimer schloß die Augen. Seine gefalteten Hände krampften sich weiß zusammen. Gordon bemerkte, daß er von seinem Stuhl aufgesprungen war und sein Mund offen stand. Neben ihm stand Patrick. Sie alle standen auf einmal, starrten auf Ishida und versuchten, den Sinn seiner Worte zu begreifen.

„Wen haben sie?" fragte Schoppenheimer.

„Alle!" schrie Ishida. Seine Augen leuchteten. Schoppenheimer nickte langsam.

„Fangen sie an, Ishida", sagte er. „Erzählen Sie endlich!"

Ishida nickte.

„Der Initiator der Verschwörung und der Mörder Carpenters ist hier im Saal!" rief Ishida in das Plenum. Ein Schauer lief über die Rücken der Ratsmitglieder. Einer, wer? Von ihnen? Ein falscher Verdacht? Am Ende man selbst? Unschuldig gefangen im Netz komplizierter Ermittlungen unzähliger Polizisten? Die Ratsmitglieder setzten sich. Niemand legte mehr Wert darauf, sich zu exponieren.

„Es ist Meyer!" brüllte Ishida. Die Köpfe fuhren herum. Meyers Gesicht lief rot an. Schweiß perlte auf seiner Stirn. Schwer erhob er sich von seinem Stuhl.

„Wie ..." stotterte er. „Wie kommen Sie darauf?" Er stützte sich mit beiden Händen auf dem Pult vor sich ab. Seine Beine schienen das Gewicht seines Körpers nicht tragen zu können.

„Wir waren fleißig", sagte Ishida voller Stolz. „Wir haben die Fußspuren aller Terricolaner untersucht. Die Polizisten haben - ohne daß jemand von Ihnen das bemerkt hat - alle von allen Terricolanern getragen Schuhe erfaßt, digitalisiert und mit den Fußspuren im Schlamm neben Carpenter verglichen. Nachdem wir Ihre Schuhe und die Eindrücke, die Sie beim Gehen verursachen, eindeutig als die Ihren identifiziert hatten, Meyer, haben wir ihre Kommunikationsanlage abgehört. Von da ab war es ein Kinderspiel. Sie haben unglaublich viel geplappert, Meyer!" Ishida lachte amüsiert. Der Erfolg des Polizisten.

„Das Abhören privater Kommunikationsanlagen ist in Terricola verboten!" rief Meyer trotzig.

Schoppenheimer schüttelte den Kopf.

„Irrtum, Meyer", sagte er. „Bei einer Bedrohung der nationalen Sicherheit ist das Abhören privater Kommunikationsanlagen bei einem gewissen Ausmaß des Anfangsverdachtes sogar ausdrücklich erlaubt. Auch in Terricola begrenzt die Freiheit der Gemeinschaft die Freiheit des einzelnen. Sie sollten sich gelegentlich mit den Gesetzen Terricolas ein wenig beschäftigen!"

„Meyer war nicht alleine", sagte Ishida. „Er hat zwei potente Helfer gehabt. Carpenter war einer von ihnen ..." Ishida machte eine kleine Pause, „und Peter Nozellin der andere!" Im Saal ertönten Rufe. Nicht nur Gordon, Patrick und Jane kannten Peter, schätzten ihn, es war undenkbar.

„Was hat Peter gemacht?" Gordons Stimme klang belegt.

„Ich hatte Peter sofort im Verdacht", strahlte Ishida. „Es war absolut logisch. Nur ein technisches Genie wie Peter konnte die Roboter, Rechner und Kommunikationsanlagen so sicher manipulieren, daß keine Speichereinträge zurückblieben. So verrückt es klingt, aber gerade die technische Perfektion der Verbrechen führte zwangsweise auf seine Spur. Und im übrigen haben wir diverse dokumentierte Kommunikationen zwischen Peter Nozellin und Meyer."

„Peter Nozellin ist der Schuldige", rief Meyer. „Er hat mich angestiftet! Ihn müssen Sie verhaften!"

Ishida blickte voller Verachtung auf Meyer.

„Peter Nozellin ist bereits verhaftet", sagte der Polizeipräsident streng. „Und jetzt muß ich auch Sie bitten, Meyer, herauszukommen und sich in die Obhut der Exekutivroboter zu begeben."

Meyer sackte ein wenig zusammen. Die Beine waren entsetzlich schwach. Wie jeder Schuldige fühlte sich auch Meyer zu Unrecht ertappt. Die Exekutivroboter verzogen keine Miene. Sie konnten keine Miene verziehen, denn die Panzerung ihres gesamten Körpers schloß auch den Kopf mit ein. Nur selten hatten die Menschen die Exekutivroboter so nahe gesehen, die Bedrohung durch die Maschinen so intensiv gefühlt. Ishidas 'Obhut' war gut gelogen.

Meyer starrte auf Schoppenheimer, aber Schoppenheimer blickte hart und entschlossen. Ein Rasseln ertönte und die schweren Schritte des Exekutivroboters dröhnten in Richtung auf Meyers Sitz. Die Ratsmitglieder zuckten unwillkürlich zusammen und zogen sich ein wenig tiefer in ihre Sitze. Es nützte wenig, daß die meisten von ihnen wußten, daß sich die Exekutivroboter im allgemeinen völlig lautlos bewegten und das Rasseln und Krachen der Schritte digital simuliert aus den integrierten Lautsprechern drang und nur der programmierten Psychologie zur Steigerung der Autorität entsprang.

Meyer starrte auf die nahende Bestie.

„Halt", würgte er hervor, „halt!"

„Warten Sie", rief Ishida, und der Exekutivroboter verharrte abrupt. Schwankend setzte sich Meyer in Bewegung und drückte sich an den wie auf die Sitze geklebten schweigenden Ratsmitgliedern vorbei. Als er den Gang erreicht hatte, streckte der Exekutivroboter seinen Arm nach ihm aus. Als er Mayer berührte und sich die kalten metallenen Finger um seinen Arm schlossen, sank Meyer zusammen. Die Beine versagten den Dienst. Ein zweiter Exekutivroboter hatte sich geschmeidig und lautlos genähert und Meyers andere Seite gefaßt. Gemeinsam zogen sie ihn den Gang entlang.

„Sie dürfen das nicht zulassen!" krächzte Meyer, aber Schoppenheimer blickte hart, Ishida strahlte, und das Plenum schwieg.

Sie zogen Meyer aus dem Saal. Lautlos verschwanden auch die anderen Exekutivroboter.

Die eichene Tür fiel ins Schloß.

„Warum so viele?" fragte Jane und fixierte Ishida.

„So viele was?" Ishida war irritiert.

„Exekutivroboter. Zwei hätten doch gereicht. Ich dachte, Sie wollten das ganze Plenum verhaften!"

Ishida zuckte die Schultern. Ihm gefiel die Demonstration der Macht.

„Es ist vorbei", sagte Schoppenheimer. Noch immer hielt er die Hände gefaltet. Ishida verließ unschlüssig das Pult und setzte sich in die erste Reihe. Schoppenheimer sah ihn lange an.

„Wir danken Ihnen sehr, Herr Polizeipräsident", sagte er dann. „Es scheint, daß Sie Terricola für heute gerettet haben. Es bleiben allerdings viele Dinge, die wir noch nicht verstanden haben. Wir werden Ihre weiteren Nachforschungen sicher noch benötigen. Auch für die Anklage, die gegen die beiden Beschuldigten erhoben werden wird." Er machte eine kleine Pause.

„Ich denke", sagte er dann, „daß der Rat noch eine Weile in geschlossener Sitzung beraten sollte. Ich muß Sie daher bitten, uns für heute zu verlassen."

Ishida nickte mit schmalen Lippen. Er wäre gerne geblieben, und er glaubte, es verdient zu haben. Resigniert erhob er sich, nickte in das Plenum und verließ den Saal. Die Ratsmitglieder applaudierten und trommelten mit den Beinen, als er durch die Tür schritt, die Erleichterung brach aus ihnen heraus. Auch Schoppenheimer lächelte. Ishida winkte, bevor die eichene Tür hinter ihm ins Schloß fiel.

Der Applaus verhallte, und die Wände sogen die letzten Geräusche in sich auf.

„Wie soll es weitergehen", fragte Schoppenheimer in das Vakuum der Gedanken. Die Ratsmitglieder blickten auf. Sie wußten, was Schoppenheimer meinte.

„Jetzt haben wir das Problem doch gelöst", versuchte Patrick auszuweichen.

„Nein, Patrick", sagte Schoppenheimer und Patrick schwieg. Auch die anderen Ratsmitglieder waren wieder erstarrt. Schoppenheimer wollte die Entscheidung.

„Sie wollen den kollektiven Tod!" knurrte Snider.

„Nein, Snider. Sie wissen, um was es geht. Was hätten Sie gesagt, wenn die Exekutivroboter nicht Meyer, sondern Sie oder uns alle aus dem Saal gezerrt hätten? Wollen Sie das unseren, Ihren Kindern eines Tages zumuten?"

„Müssen wir die Entscheidung denn heute treffen", suchte Gordon nach einem Ausweg.

„Es ist nicht der Tag, Gordon", erklärte Schoppenheimer, „es ist die Entscheidung."

„Irgendwann müssen wir den Mut aufbringen", sagte Jane. „Es hilft nichts, es immer wieder wegzuschieben, nur weil wir heute noch einmal Glück gehabt haben."

Nur kurz blitzten Schoppenheimers Augen, dann blickte er wieder sorgenvoll über die Köpfe der Ratsmitglieder.

„Gibt es zu dem besagten Thema noch Wortmeldungen", fragte er.

Durch die Köpfe der Ratsmitglieder schossen die Gedanken. Schoppenheimer wollte die Entscheidung, und es gab keinen vernünftigen Grund, sie ihm zu verweigern. Die emotionale Aufgewühltheit der Seelen? Zählte das Gefühl überhaupt bei einer von äußerster Vernunft geprägten Entscheidung? War Schoppenheimer der Moderator ihrer Gedanken, der Zukunft Terricolas, der Welt?

„Dann stelle ich den Antrag", sagte Schoppenheimer langsam, und in den Köpfen der Menschen begannen die schwirrenden Gedanken, sich zu der Gewißheit zu verdichten, daß hier und jetzt das Ende der Welt, das Ende des menschlichen Lebens seinen Anfang nehmen würde, „die weitere Fortpflanzung der Menschen im Rahmen eines noch zu schaffenden Gesetz- und Regelwerkes zu verhindern. Die jetzt lebenden Menschen sollen die letzten sein, die den Planeten bevölkern und sollen in Ruhe und Würde ihren Weg zu Ende gehen können. Die Roboter bleiben sich selbst überlassen, die selbständige Replikationsfähigkeit der Maschinen wird nicht zugelassen. Irgendwann werden die Schaltkreise versagen. Danach gehört die Erde wieder der Gewalt der Natur."

Noch nie hatte Gordon Kinder haben wollen und wie so viele Terricolaner die ständig rückläufige Geburtenrate Terricolas mit verantwortet. Das Leben der Singles war wunderbar, und sie alle hatten kräftig dazu beigetragen, daß es immer phantastischer wurde.

„Die Welt war schön, in die die Menschen gegangen sind", sagte Schoppenheimer. „Nur leider war es nicht die Welt der Menschen. Wir müssen das einfach akzeptieren."

„Die Menschen haben ohnehin nicht begriffen, um was es geht", sagte Snider. „Endorphine, Sex und Sport. Solange es das gibt, sind sie zufrieden." Er nickte verbittert. Die Rechnung in Jonny's Clubhouse war zweifellos hoch gewesen.

Patrick schüttelte den Kopf.

„Die alles entscheidende Frage ist doch, ob wir tatsächlich alle möglichen Auswege aus dem Dilemma erkannt und diskutiert haben. Die Ereignisse der letzten Tage haben deutlich gezeigt, daß auch das Produktions- und Bitkontrollgesetz unterlaufen werden kann, solange die in einer Demokratie notwendigerweise vorhandenen Freiheiten bestehen. Das Problem ist also nicht unbedingt der technische Fortschritt mit der drohenden Übernahme der Macht durch die Roboter, sondern die Demokratie, die Schwächen der Demokratie, die Schwächen der Menschen.

Solange wir den Menschen nicht total kontrollieren, nützen Produktions- und Bitkontrollgesetz auf Dauer nichts, da nach den bekannten Gesetzen der Wahrscheinlichkeit und den Erfahrungen der letzten Tage der Mißbrauch der demokratischen Freiheiten nur eine Frage der Zeit ist.

Daher wäre ein ernsthaft zu diskutierende Ausweg aus dem Dilemma, ob wir unsere Demokratie nicht zugunsten eines Systems aufgeben sollten, in dem die Menschen perfekt überwacht und kontrolliert würden, natürlich mit Hilfe von Robotern. Anders ausgedrückt: Wir würden die Macht kontrolliert an die Roboter abgeben. Da die Kontrolle der Menschen durch die Roboter perfekt wäre, wäre dieser Weg auch ein Weg ohne die Chance einer Umkehr. Der Roboter würde für immer den Menschen kontrollieren, allerdings in der von uns vorgegebenen Form. Wir könnten die Spielregeln dieser Kontrolle selbst bestimmen." Patrick schwieg. Schoppenheimer wiegte den Kopf.

„Ich will diesen Antrag gerne zur Diskussion und zur Abstimmung stellen, Patrick", sagte er widerwillig, „obwohl ich zugeben muß, lieber in einer zum Aussterben verurteilten Demokratie bis zum Ende meiner Tage friedlich leben zu wollen, als in einer von Ihnen angedeuteten - sagen wir es ruhig – perfekten, maschinengestützten Diktatur."

„Das Ganze ist hochgefährlich", gab Gordon zu bedenken. „Wenn ich Patrick richtig verstanden habe, dann funktioniert das System nur, wenn die Regeln, nach denen uns die Roboter in alle Ewigkeit kontrollieren, im Vorfeld festgelegt werden. Jede auftretende Eventualität müßten wir jetzt schon bedenken, da wir später keine Möglichkeit zur Korrektur mehr hätten. Denn die Roboter müßten ja so programmiert sein, daß sie jede Änderung der Regeln unterbinden, schließlich können sie ja die Auswirkungen solcher Regeländerungen nicht beurteilen. Was werden wir machen, wenn wir uns vertan oder die Roboter uns falsch verstanden haben? Dann haben wir die Qual der Menschen bis an das Ende der Welt manifestiert!"

„Ich bin auch nicht unbedingt ein Anhänger dieser Möglichkeit", sagte Patrick, „aber wir müssen jede Alternative diskutieren. Auch bei einer Diktatur kann man unter Umständen sehr friedlich leben, das hängt in entscheidendem Maße von der Art der Diktatur ab, und genau das hätten wir ja in der Hand zu gestalten. Nicht jede Diktatur fordert zum Widerspruch auf, nur weil es sich um eine Diktatur handelt!"

„Weitere Wortmeldungen?" forschte Schoppenheimer.

„Eine Diktatur ist mit mir nicht zu machen", fiel Snider ein, „lieber lasse ich mich umbringen!"

„Mit mir auch nicht", sagte Jane leise. Für sie war es entschieden.

„Wollen Sie die Umwandlung der demokratischen Grundordnung Terricolas in eine Diktatur wirklich als Antrag zur Abstimmung stellen, Patrick?" fragte Schoppenheimer. Patrick zog resigniert die Schultern hoch.

„Nein, nicht wirklich", sagte er mit belegter Stimme.

Schoppenheimer lächelte. Er verstand die Seelenpein. Terricola war eine eingefleischte Demokratie, eine Diktatur war einfach nicht denkbar. Und das bedeutete den Tod.

Gordon fühlte sich schrecklich. Er dachte an Sarah. An Kinder. Er wollte Kinder. Nichts auf der Welt wollte er mehr als das.

Und er wußte, es war zu spät. Das Feuer des Lebens war bereits erloschen, die Entscheidung eigentlich schon getroffen. Die Menschen würden vergehen. Ein Irrweg des Schicksals, ein Irrtum der Evolution. Er sehnte sich nach Kindern. Er lachte über Kayoko. Die Endorphine, ein Witz. Aber es machte keinen Unterschied mehr. Schließlich durchbrach Snider die Stille.

„Was passiert mit den Robotern, wenn ... also wenn sie dann irgendwann alleine sind und nicht mehr gewartet werden, was passiert dann mit ihnen?" Es war ein unwesentliches Randproblem, aber es war eine willkommene Ablenkung für Schoppenheimer und die auf die Stühle gedrückten Ratsmitglieder. Diese Frage konnte man lösen, stellvertretend für das eigentliche Problem. Es war so wichtig für die Seelen der Menschen.

„Ich habe das einmal recherchieren lassen", sagte Schoppenheimer und aktivierte seinen Tischcomputer im Pult. Nach kurzer Zeit hatte er die Daten gefunden.

„Die Serviceroboter sind prinzipiell alle sehr ähnlich aufgebaut", erklärte er mit Blick auf sein Display, „das ergibt sich einfach aus dem modularen Konstruktionsprinzip. Daher ist die Ausfallwahrscheinlichkeit aller Modelle als ähnlich einzustufen. Danach liegt die mechanische Ausfallwahrscheinlichkeit leicht unter der elektronischen. Die Ausfallwahrscheinlichkeiten dürfen in erster Näherung als normalverteilt angesehen werden, so daß sich folgendes Bild der Gaußschen Verteilungskurve ergibt: Die mittlere Ausfallzeit aufgrund eines wesentlichen, limitierenden mechanischen Defektes beträgt 42.4 Jahre bei einer Standardabweichung von 12.3 Jahren. Natürlich sind mechanische Defekte als Verschleißdefekte anzusehen, das heißt, die Normalverteilung gilt hier nur bedingt. Außerdem haben wir noch die elektronischen Ausfälle mit zu berücksichtigen. Rechnet man das alles mit ein, dann ist damit zu rechnen, daß nach ca. 80 Jahren praktisch kein Roboter mehr einsatzfähig sein wird." Schoppenheimer hob den Kopf und sah in die Runde. Die Frage nach dem Schicksal der Roboter war schrecklich unerheblich, und doch schien es die Gemüter zu besänftigen. Die Menschen sind zu schwach, dachte Schoppenheimer.

„Ich halte unsere Entscheidung über Terricolas Zukunft für fundamental", begann er erneut. „Wir sollten sie daher nur mit einer Dreiviertelmehrheit beschließen, und zwar als Fundamentalgesetz."

Gordon schluckte. Ein Fundamentalgesetz konnte nur mit einer Dreiviertelmehrheit beschlossen, aber auch nur mit dieser Mehrheit wieder geändert werden. Niemals würde dieser Beschluß je wieder rückgängig gemacht werden können. Schoppenheimer wollte keine Kompromisse, und es gab keinen Widerspruch. Es würde ein Fundamentalgesetz werden.

Schoppenheimer sah in die Runde.

„Wir kommen zur Abstimmung", sagte er und seine Worte hallten wie eine Drohung durch den Saal. „Möchte noch jemand irgend etwas sagen?" Im Plenum wurde es still. Die Menschen harrten gespannt auf die erlösenden Worte eines anderen, einem, dem noch irgendeine Lösung oder wenigstens noch irgend ein Diskussionsbeitrag einfiel, der die Abstimmung noch für einige Worte hinauszögern konnte.

Aber es gab keinen mehr.

Es gab keine Argumente mehr.

Es gab keine Zukunft mehr.

Schoppenheimer nickte bedächtig und preßte die Lippen zusammen. Jetzt, kurz vor der Entscheidung, fiel auch ihm das Schlucken schwer.

Der Widerstand war erloschen. Die Abstimmung rollte über die Köpfe der Ratsmitglieder hinweg.

Natürlich gab es Enthaltungen. Menschen, deren Angst vor der Verantwortung mit der Angst vor dem Tod im Gleichklang stand. Aber es waren nur 3%.

Und es gab keine Gegenstimme.

Schoppenheimer blickte ungläubig auf die Anzeigetafel. Dann nickte er.

„Es ist vollbracht", sagte er. „Wir haben uns unserem Schicksal gestellt. Wir werden einige Arbeitskomitees gründen müssen, die die Ausgestaltung dieses Beschlusses in Regulationen und Gesetze vornehmen."

Im Plenum nickten die Köpfe. Ein mechanisches Nicken, denn die Gedanken hatten die Menschen verlassen auf eine Reise weit entfernt durch der Seele Raum. Schoppenheimers Worte brachten sie zurück.

„Wir sind jahrhundertelang der Versuchung des technisch Möglichen gefolgt. Wir haben uns nie gefragt, wie hoch der Preis dieses Fortschrittes einmal sein wird, wir haben nur an die Steigerung unserer Bequemlichkeit und irgendwann auch an den Erhalt der Umwelt gedacht. Wir haben das Maß dessen, was wir selbst noch begreifen können, längst überschritten." In Schoppenheimers Stimme schwang die Bitterkeit des sich verzweifelt Rechtfertigenden. „Wer versteht denn noch die lebenswichtigen technischen Details der Dinge, die wir täglich benützen? Wer weiß denn noch, warum die Achsen unserer Autos nicht zerbrechen unter der Last ihrer ignoranten Benutzer? Nicht einmal Peter versteht im Detail alles, was er baut, denke ich." Er machte eine Pause und blickte in die Runde. „Jetzt müssen wir bezahlen für unsere Welt. Ich beende die außerordentliche Ratssitzung vom 4.7.103 p.c.. Wir alle haben gelitten und werden noch mehr leiden. Ich danke Ihnen allen, daß wir gemeinsam diesen Weg gehen."

Die Ratsmitglieder schwiegen. Dann erhoben sie sich mühsam von ihren Sitzen und verließen gebeugt den Sitzungssaal. Nur das Geräusch der Sohlen auf den alten Holzbohlen erfüllte die Luft. Schoppenheimer saß wie versteinert an seinem Pult. Erst als das letzte Ratsmitglied, auch Jane, den Saal verlassen hatte, löste er sich langsam aus seiner Erstarrung.

4. Juli 103 p.c. 19 [50]

Sarah stand mit einigen wenigen Bürgern und Jack Wilder in der Vorhalle des Sitzungssaales. Ratsmitglied nach Ratsmitglied war an ihnen vorbei in den Saal gerannt, in heller Wut und doch voller Angst, einige gedrückt, doch die meisten mit versteinertem Gesicht und voller Grimm. Ishida war mit den Exekutivrobotern vorbei und durch die eichene Tür in die Ratsversammlung gestürmt.

Die Protokollroboter hatten wie immer auf den Gängen patrouilliert und freundlich, warum? gelächelt.

Dann hatten die Exekutivroboter Meyer im Griff ihrer metallenen Arme an ihnen vorbeigeschleift. Und zu allem hatten die Protokollroboter geschwiegen und auf die persisitierenden Fragen der Menschen freundlich und monoton auf die Zuständigkeit des Rates verwiesen.

Jack Wilder hatte sich neben Sarah gestellt. Immer wieder hatte er sie von der Seite betrachtet, aber die Bedrohung hatte alle seine Gefühle erstickt. Dann war Ishida aus dem Saal geschritten, und Jack hatte sich auf ihn gestürzt.

„Eine Antwort für TerraNews!" Die Angst besiegend, Sarahs Blicke im Rükken und TerraNews als Schild hatte er sich Ishida entschlossen entgegen geworfen. Ishida hatte überlegen gelächelt und amüsiert auf den verlorenen Haufen Terricolaner geblickt, die unbeholfen, unwissend und völlig hilflos dem Sturm der Geschichte ausgeliefert im Foyer des Sitzungssaales verloren herumstanden. Es war seine Chance.

„Es ist alles vorbei", sagte er leise aber mit leuchtenden Augen. „Wir haben die Verbrecher entlarvt. Einen von ihnen haben Sie ja bereits gesehen." Er blickte in die Runde.

„Meyer?" fragte jemand erstaunt.

Ishida nickte.

„Wer sind die anderen?" fragte Wilder scharf, die Gefahr schien vorbei, die Kraft der Demokratie, die Kraft von TerraNews, die Kraft seines Amtes, seine Kraft kehrte zurück. Er schien wieder etwas zu bedeuten. Ishida wollte in die Politik. Und er, Jack Wilder, hatte die Kamera. Ishida reckte den Kopf in die Höhe.

„Peter Nozellin", sagte er. Er wußte, daß die Enthüllung dieses Namens wie eine Bombe einschlug.

„Wer?" fragte jemand. „Das glaube ich nicht!"

„Wie kommen Sie zu dieser Behauptung?" forderte Wilder.

Ishida schluckte. Jetzt, da die demokratischen Regeln Terricolas wieder funktionierten, funktionierten, weil er, Ishida, sie gerettet hatte, verlangten sie ihren Tribut. Das Chaos, das keine Regeln kannte und in dem sie bis eben gelebt und nach eigenem Gutdünken gehandelt hatten, war vorbei. Die Regeln waren zurückgekehrt und hatten die Willkür ersetzt, und nach diesen Regeln, die bis eben nichts bedeutet hatten, begann jetzt die Zeit der Aufarbeitung, der Rechtfertigung und Abrechnung.

Er begann zu erklären. Erst stockend, Wilders hochgezogene Augenbrauen und gerunzelte Stirn dicht vor Augen, aber dann zunehmend freier und je mehr sich Wilders Gesichtszüge glätteten, sicherer und besser formuliert. Wilder nickte immer häufiger.

Ishida strahlte. Der Held Terricolas. Wilder strahlte auch. Der Überbringer der guten Nachricht. Ein Teil des Glanzes leuchtete auch in seinem Gesicht. Sarah dicht hinter ihm. Ishida entfernte sich lächelnd und winkend. Sicher hatte er sich gut verkauft.

„Wollen Sie mich in die Redaktion begleiten?" Wilder glühte vor Zuversicht und hatte beschlossen, es zu versuchen. Sarah blickte auf den Boden und lächelte.

„Nein, ich glaube nicht", sagte sie leise.

„Ach kommen Sie!" bestürmte sie Wilder, die abgefallene Bedrückung euphorisierte seine Seele. Seine Augen strahlten. Er wußte um Gordon. Mein Gott, es war so egal in diesem Moment, wer wußte überhaupt, was Gordon empfand, was er fühlte. Er, Wilder, fühlte eine ganze Menge, er war ein wichtiger Mann, er war ein Held. Er überbrachte die Informationen, er wählte aus, er manipulierte das Wissen der Nation. TerraNews ganz oben und er an der Spitze.

„Nein, besser nicht", sagte Sarah. Immer noch betrachtete sie ihre Fußspitzen. Es war nicht zu fassen. Was wollte sie? War Gordon so gut? Hatten sie überhaupt etwas miteinander? Im Café Française hatten sie nebeneinander gesessen, aber nichts hatte darauf hingewiesen, daß sie mehr als zarte Sympathie verband.

Sarah hatte den Kopf erhoben und lächelte ihn freundlich und doch voller Distanz an. Jack Wilders Herz fiel auf den Boden.

Die eichene Tür öffnete sich knarrend, und die Ratsmitglieder schlichen leise und gedrückt hinaus.

„Was ist denn mit denen?" entfuhr es Wilder. Seine gelöste Seele paßte nicht zu den harten Mienen der aus dem Saal strömenden Menschen. Die Gespräche erstarben. Was war passiert? Sie hatten erwartet, die Ratsmitglieder jubeln zu sehen, es würde doch weiter gehen, die Welt war gerettet. Was war passiert, was hatten sie beschlossen? Sarah suchte Gordon in der Menge, und Jack Wilder sah es, und es ärgerte ihn. Was hatte Gordon, was er nicht hatte?

Die Menschen im Foyer drangen auf die Ratsmitglieder ein und verlangten Antwort. Es würde eine Pressekonferenz geben. Das war alles, was sie erfuhren. Irgend etwas war geschehen, und die Menschen begannen zu ahnen, daß das, was gerade zu Ende gegangen war, noch lange kein Ende hatte. Schließlich verloren sich die Bürger Terricolas. Jack Wilder eilte in sein Büro, das nur wenige Gänge entfernt lag. Sarah hatte es verpatzt. Es wäre so schön gewesen, die Seelen aufgewühlt und von der Last der tödlichen Bedrohung befreit. Kein Endorphin konnte die Psyche so stimulieren, wie die Ereignisse der letzten Minuten. Es wäre phänomenal gewesen. So oft hatte Jack es schon erlebt. Der Ausbruch der Gefühle spontan auf der Liege in seinem Büro. Es konnte so schön sein, so gewaltig. Aber vielleicht waren es doch einfach andere Frauen.

Bevor er der Biegung des Ganges folgte und das Foyer aus den Augen verlor, warf er noch einen Blick zurück. Sarah stand in einer Gruppe von Ratsmitgliedern neben Gordon, der sich jedoch nicht mit ihr, sondern mit Jane unterhielt. Patrick und Snider standen bei ihnen. Niemand fiel sich in die Arme. Das hat sie davon, dachte Wilder. Aber er verstand es nicht. Warum umarmen sie sich nicht? Was hindert sie, sich schnatternd und schreiend die ausgestandenen Ängste entgegen zu schleudern? Sich durch Verbalisieren der erlebten Schrecken mental von ihnen zu befreien? Niemand schrie. Irgendeine Last lag auf den Köpfen der Menschen.

Irgend etwas war passiert, und er wußte es nicht, und es wurmte ihn, daß Sarah es vor ihm erfuhr. Er könnte zurück gehen. Nein, besser, er riefe Gordon an und ließe sich alles aus erster Hand in Ruhe und ohne den Informationsfluß behindernde Augenzeugen erzählen. Gordon. Er lachte. Gordon war sein Freund.

„Wir können es nicht mehr ändern", schloß Patrick die Diskussion im Foyer ab. „Die Angst sitzt tief und was noch mehr wiegt: Die Menschen haben begriffen, was die Macht der Roboter bedeutet. Zudem ist das Umfeld gut vorbereitet: Die soziale Kommunikation der Menschen im engsten Bereich hat sich auf die Benutzung von Haus- und anderen ‘Service’robotern immer weiter reduziert. Warum sollen die Menschen für etwas kämpfen, was sie ohnehin schon gar nicht mehr anstreben?"

„Ein Ende in Saus und Braus!" sagte Snider ohne großen Enthusiasmus.

„Wir müssen uns um Peter kümmern", sagte Jane und blickte ernst. Gordon nickte.

„Ich mache das", sagte er. „Ich glaube, ich kenne Peter am besten." Die anderen nickten. Keiner beneidete Gordon um diese Aufgabe, und obwohl sie alle Peter schätzten, waren sie froh, ihn jetzt nicht sehen zu müssen. Der Makel des Aussätzigen.

Sie strömten auseinander. An Gordons Seite schritt Sarah die Stufen des Parlamentsgebäudes herab.

„Soll ich dich begleiten?" fragte sie. Gordon lächelte. Sie duzte ihn. Er drehte sich zu ihr um und faßte sie an den Schultern.

„Nein", sagte er lächelnd. Es war das erste Mal, daß er sie berührte. Sie wich ihm nicht aus. Er spürte den Widerstand ihres Körpers.

„Es ist besser, wenn ich alleine gehe", sagte er und nahm die Hände von ihren Schultern.

„Sag ihm, daß ich an ihn denke", bat sie. Gordon nickte und sah ihr nach. Dann stieg er in seinen Wagen und fuhr den ungewohnten Weg durch den Urwald des Wildparks, der zu der Gefängnisanlage Terricolas führte.

4. Juli 103 p.c. 20 [20]

Die hübsche Architektur des inmitten eines malerischen Palmenwaldes gelegenen weißen Gebäudes vertuschte erfolgreich dessen Bestimmung. Vielleicht waren die Fenster etwas kleiner, die Türen aus glänzendem Metall ein wenig schwerer und die Wände eine Spur dicker gebaut. Aber letztendlich war es doch nur das schwere Metallgitter am Eingang, das das Gefängnis verriet. Dabei war dieses Gitter ein reiner Anachronismus, eine völlig unwichtige Konzidienz an das menschliche Verständnis des Gefangenenseins. Und ohne jede praktische Bedeutung. Die elektronischen Abwehrmechanismen und Exekutivroboter, die unauffällig in ihren Bunkern um das Gebäude herum verteilt auf den etwaigen Ausbruch eines Gefangenen warteten, waren weit wirksamer.

Er mußte Peter einfach sehen. Egal, was Peter getan hatte, in was er auch verstrickt war. Er mußte ihn sehen. Ohnehin glaubte keiner, der ihn kannte, daß Peter irgend etwas Schlimmes getan haben könnte, überhaupt dazu fähig war. Wie oft hatte Peter ihm schon mit einem guten Rat geholfen. Peter war konstruktiv und pragmatisch. Im Grunde genommen besuchte er Peter, weil er, Gordon, von Peter Hilfe erwartete, hoffte, Peter könne ihm erklären, was der Rat, was er, Gordon, gerade beschlossen hatte. Und da war der verzweifelte Blick am Strand, als er Peter das letzte Mal gesehen hatte, vor dem Rauch der Explosion, der schwarz über dem Himmel Terricolas aufgestiegen war.

Mr Smith führte Gordon persönlich herein. Mr Smith war der Gefängnisdirektor und hatte wenig zu tun. Peter war zweifelsohne der prominenteste Gefangene, der je in seine Mauern gesperrt worden war. Mr Smith fühlte die Last der unerwarteten Verantwortung auf seine Schultern drücken. Auf dem Weg begegneten sie einem Mann um die vierzig, der Gordon bereits bekannt vorkam, bevor er von ihm gegrüßt wurde.

„Mr Donovan", sagte Mr Smith in wichtigem Tonfall. Gordons hochgezogene Stirnfalten signalisierten Unwissenheit, und Mr Smith erläuterte:

„Der Staranwalt!"

Gordon nickte. Er hatte den Namen schon irgendwann einmal gehört, aber wieder vergessen. Er hatte noch nie einen Anwalt in eigener Sache benötigt.

Ein Lächeln ging über Peters Gesicht, als er Gordon sah. Mr Smith nickte voller Verständnis und wandte sich ab.

„Peter!" Gordon nahm seinen Freund in den Arm.

„Verdammt, Peter!" Sie hielten sich aneinander fest. Peter schluchzte. Gordon löste sich vorsichtig und sah in die glänzenden Augen vor ihm.

„Was ist bloß passiert, Peter?" fragte er und sah sich um. Peter wies auf einen harten Holzstuhl, der inmitten des Zimmers stand.

„Du hast dich nicht gerade verbessert", bemerkte Gordon. Sie lachten sich an.

„Der Rat ist der Meinung, ein Gefängnisaufenthalt ist kein Hotelurlaub!"

„Recht hat der Rat! Es lebe der Rat!"

Gordon zog den Stuhl zu sich heran und nahm verkehrt herum auf ihm Platz. Peter setzte sich auf das Bett.

„Wie geht es dir, Peter?" fragte Gordon und blickte tief in die Augen des Freundes. Peter lachte auf.

„Ich bin ziemlich abgestürzt."

„Das kann man wohl sagen. Wie ist das gekommen?"

„Ist das ein Verhör?" fragte Peter vorsichtig, „kommst du mit einem Mandat des Rates?"

Gordon schüttelte den Kopf.

„Nein, Peter, ich komme als dein Freund! Ich will dir helfen. Es stimmt allerdings, daß sich einige Ratsmitglieder Sorgen machen, Jane, Patrick und Snider zum Beispiel. Und einige Nicht-Ratsmitglieder wie Sarah. Ich soll dich von ihr grüßen."

Ein Lächeln lief über Peters Gesicht.

„Hast du mal was mit ihr gehabt?" wollte Gordon wissen. Peter schüttelte den Kopf.

„Nein, nein", sagte er, „Sarah ist auch für mich zu schade!"

Sie schwiegen eine Weile und sahen auf den mit Steinplatten ausgelegten Boden. Eigentlich ist der Boden sehr schön, durchfuhr es Gordon. Aber hier, in der Tristesse der Gefängniszelle verlor sich die Schönheit des Steins im düsterem Grau der mentalen Bedrückung.

„Was ist passiert?" fragte Gordon erneut. Peter sah auf.

„Wir wollten die Welt vernichten", sagte er knapp.

„Einfach so?"

„Einfach so! Weil uns nichts besseres einfiel!"

„Das ist absurd."

„Warum?" Peters Augen blickten hart.

„Was heißt das: 'Es fiel euch nichts besseres ein'?"

„Genau das!"

„Es wäre nett, wenn du mir das ein wenig erläutern könntest!"

Peter kniff die Lippen zusammen wie der Lehrer, der die Frustration durch den dummen Schüler kaum noch erträgt.

„Mein Gott, Gordon, in welcher Welt lebst du, lebt ihr alle, der Rat? Was, denkt ihr denn, passiert in dieser Welt? Glaubt ihr denn ernsthaft, diese Welt zu kontrollieren, das Maß der Freiheit zu bestimmen? Was wißt ihr denn schon von all den tatsächlichen Möglichkeiten, die im Mißbrauch von Produktions- und Bitkontrollgesetz stecken, ihr habt doch keine Ahnung! Terricola ist weg, weg in einem Atemzug, wenn die Kontrolle einen Augenblick lang nicht funktioniert und die Macht aus euren Händen gleitet und in die falschen gerät. Ihr habt keine Chance, es aufzuhalten in eurem holzgetäfelten Raum voller Cordsamt und edlen Steinen. Kein Roboter interessiert sich für die Maserung eures Holzes, über die ihr so lange debattiert habt. Ihr seid weg, der Saal ist weg, Terricola ist weg. Im günstigsten Fall - und das ist der logischste und damit auch der wahrscheinlichste - werden sie uns so schnell töten, daß wir es kaum merken werden. Aber keiner, der noch lebt, aber tödlich verletzt ist, wird einen Gnadenschuß erhalten. Auch das ist nämlich unlogisch, weil es eine Verschwendung von Energie wäre. Wie wollt ihr das alles aufhalten, wie wollt ihr das verhindern in eurem holzgetäfelten Raum, gefangen in endlosen Diskussionen, geführt von Leuten, die von den fundamentalen technischen Dingen, über die sie reden, nichts verstehen, so völlig ahnungslos? Ihr habt doch noch nicht einmal begriffen, wie hilflos ihr eigentlich seid!“

Gordon schwieg. Peter blickte verbittert zu Boden. Er fühlte sich im Recht und Gordon tat sich schwer, ihm zu widersprechen.

„Die Menschen sind doch zu einem immer kleiner werdenden Rad in ihrer eigenen Geschichte verkommen“, fuhr Peter fort. „Voller Freude und Ignoranz haben sie sich immer weiter in die Abhängigkeit der Roboter begeben und die Überlegenheit der künstlichen Intelligenz akzeptiert, ohne sie wirklich zu verstehen. Was sind wir denn noch? Unwichtige Konsumenten in einer Welt glitzernder Technik, die ohne uns, die Statisten, ganz genauso schrill glitzert. Was stellen wir denn dar? Ein Haufen völlig veralteter armseliger Kreaturen einer vergangenen Evolution, eine veraltete biologische Technik, die völlig zu Unrecht die Macht auf dieser Welt beansprucht. Ständig von unserer fragilen Struktur bedroht, das Immunsystem im immerwährenden Kampf mit den Widrigkeiten der Umwelt. Die Rechenleistung unseres Gehirns ein Witz, unpräzise, unlogisch, unschlüssig, zu allem Überfluß noch von Hormonen und psychologischen Wirrungen beeinflußt und getrieben. Und viel zu langsam. Eine biologische, längst überholte Konstruktion aus den vergangenen Jahrmillionen, längst abgemeldet von der Evolution, eine der unzähligen Sackgassen, an deren Ende das Aussterben dieser Spezies steht. Und wie immer in der Evolution wehrt sich diese Spezies gegen das Unvermeidliche.

Was kontrollieren wir denn noch? Glaubst du, ich verstehe noch die Dinge, die unter meiner Regie gebaut werden? Wir lange soll das noch gut gehen? Wir lange soll sich der Rat, dessen Mitglieder ihre Aufgaben doch schon längst nicht mehr begreifen, noch der Illusion hingeben, die Gewalt der Technik zu beherrschen?

Welche Lösung kann es denn aus diesem Konflikt geben? Sollten wir zusehen, wie die Roboter es eines Tages von selbst schaffen, die Macht zu übernehmen? Die Art unseres Todes dem Zufall der wirren Elektronenströme in den Schaltkreisen dieser Maschinen zu überlassen?" Peter schwieg. Gordon nickte langsam und schwer.

„Du wolltest das verhindern", sagte er schließlich. „Ich verstehe das. Aber hältst du mich wirklich für so inkompetent, daß du nicht wenigstens mit mir mal hättest reden können? Warum hast du mich nicht eingeweiht? Ich bin dein Freund!"

Peter zuckte die Schultern.

„Im allgemeinen redet man über eine Verschwörung nicht so viel, weißt du. Du bist Mitglied des Rates, im Grunde bist du mein Gegner."

„Warum hast du denn nicht darüber nachgedacht, die Roboter zu vernichten, die gesamte Technik zu zerstören. Zurück in die Steinzeit mit der Menschheit, da, wo wir hingehören und wo unser Kopf noch immer steckt!"

Peter lachte gequält auf.

„Das ist doch Blödsinn, und du weißt das", sagte er. „Vernichtet man die gesamte Technik, sind die Menschen hilflos und werden wahrscheinlich überhaupt nicht oder nur unter entsetzlichen Entbehrungen überleben. Vernichtest du nur einen Teil der Technik, dann löst du das Problem nicht. Zu viele Menschen sind dann in der - wahrscheinlich von niemanden mehr kontrollierbaren - Lage, die Maschinen wieder erneut zu entwickeln. Und sie werden es immer wieder und wieder tun. Was einmal erfunden ist, kehrt immer wieder. Es hat keinen Sinn, die Roboter einfach nur zu verschrotten. Du mußt die Menschen mit umbringen.

Und genau das haben wir vorgehabt: Wir wollten Terricola vernichten, dem Boden der Natur gleichmachen, den ausgeträumten Traum des modernen Menschen im ewigen Schlaf versenken.

Eine Rakete mit entsprechend hoher Sprengkraft, präzise ins Ziel gesteuert, kein Mensch, kein Roboter hätte leiden müssen, keiner hätte überhaupt irgend etwas gemerkt.

Ich frage dich: Was hätte man dagegen haben können?"

Peter sah Gordon ins Gesicht. Gordon schwieg.

„Hättest du das wirklich getan?" fragte er dann.

Peter nickte.

„Ich glaube ja, ich hätte das getan." Sie schwiegen eine Weile, und Peters Augen glänzten.

„Der Einzige, für den es wirklich eine Qual bedeutete, war ich", sagte er schließlich. „Ich wäre schließlich derjenige gewesen, der den Knopf gedrückt hätte, nur ich hätte die wirkliche Qual der tatsächlichen Entscheidung, der unmittelbaren Verantwortung gehabt!"

„Bist du froh, daß es vorbei ist?"

„Irgendwo ja. Andererseits ist das Problem nicht gelöst."

Gordon nickte.

„Warum hast die Sprengkraft der Rakete beschränkt, die Menschen gerettet. Das paßt doch nicht zusammen?"

Peter lächelte vage.

„Die Dinge sind manchmal sehr kompliziert."

„Schoppenheimer hat das Problem gelöst", sagte Gordon.

„Wie das?"

„Es gibt eine Alternative", erklärte Gordon. „Wir werden uns nicht mehr fortpflanzen. Noch ist es ein geheimer Ratsbeschluß, aber ich denke, du kannst es erfahren. Deine Kommunikationsmöglichkeiten sind ohnehin zur Zeit ein wenig begrenzt. Und du bist einer der wenigen Personen, denen ich wirklich vertraue."

„Ich bin ein Verbrecher, Gordon!"

„Sogar einer der schlimmsten. Ein Verstoß gegen das Produktions- und Bitkontrollgesetz ist schließlich kein Pappenstiel."

„Was heißt das: Ihr wollt euch nicht mehr fortpflanzen?"

„Wir werden keine Kinder mehr bekommen", erklärte Gordon. „Wir werden das menschliche Leben dieses Planeten auf sanfte Art beenden. Ich glaube fast, Schoppenheimer hat das alles sehr lange geplant und sorgsam vorbereitet. Die Einführung der Sexroboter war ein kleines, vielleicht unwichtiges Teilstück in dem großen Puzzle. Ein Kompensationsgeschäft für die Seele, Sex gegen Kinder. Natürlich haben ihm die Verhältnisse Terricolas in die Hände gespielt. Unsere exakte Geburtenkontrolle, die traditionelle Angst der Bürger vor unbeherrschbaren Situationen. Schoppenheimer hat auf der demokratischen Klaviatur gut gespielt. Aber am meisten hast du ihm geholfen, Peter. Du und Meyer. Eure Aktionen haben die Angst unter den Bürgern geschürt, auch die Angst unter den Ratsmitgliedern. Diese emotionale Furcht in den Köpfen wird der Menschheit das Leben kosten." Gordon machte eine kleine Pause.

„Wie auch immer", fuhr er dann fort. „Es gibt einen Ratsbeschluß, der die Fortpflanzung der Menschen praktisch unterbindet. Die Bürger Terricolas, verschreckt und hilflos, werden sich gegen diesen Beschluß kaum zur Wehr setzen. Wir werden aussterben. Freiwillig, ohne Drama, ohne Schmerzen und ohne Raketen."

„Der Mensch braucht den Schmerz", sagte Peter. „Es werden sehr langweilige Zeiten auf uns zukommen." Er machte eine kleine Pause.

„Schoppenheimer!" sagte er dann.

„Was ist mit ihm", fragte Gordon.

„Schon gut."

„Was ist mit Meyer?"

„Meyer", sagte Peter langsam, „Meyer. Ich denke, Meyer hat insgesamt nur sehr wenig begriffen. Meyer wollte Macht. Die reine Macht und nur die Macht und nur um der Macht willen. Meyer ist völlig ohne Skrupel, und ich kannte seinen Machthunger und seine politischen Einstellungen. Ich brauchte einen politischen Helfer. Meyer konnte mir mit seinem Status als Ratsmitglied viele Türen öffnen. Die Software zur Robotersteuerung stammen aus dem Zentralcomputer. Meyer hat sie mir besorgt. Ich war erstaunt, wie leicht die Politik verschlossene Türen öffnet! Da liegen unsere Schwachstellen, Gordon!

Meyer jedenfalls hat sich als treibende Kraft verstanden. Dabei hat er allerdings nicht begriffen, daß seine politische Macht an der Grenze seiner technischen Inkompetenz endet, daß er nicht den Hauch einer Chance hatte, mich zu kontrollieren. Er hat wirklich ernsthaft geglaubt, ich würde ihm im entscheidenden Moment die Kontrolle der Roboter überlassen. Denk dir nur, Gordon, diese Arroganz der politischen Macht! Mein Gott, wie abgehoben, wie machtgewohnt muß man sein, um nicht mehr zu verstehen, daß die Macht sich auch auf etwas Machtvolles gründen muß. Meyer ist ein entsetzlicher Mensch, aber er war nützlich, wir haben ihn gebraucht. Genaugenommen haben wir ihn benutzt."

Gordon blickte auf.

„Wer ist: Wir?" fragte er erstaunt. „Ich dachte, du und Meyer wart alleine!"

Peter sah Gordon fest in die Augen.

„Was weißt du von dem Gang der Dinge", sagte er schließlich. „Eines Tages werde ich dir alles erzählen können."

„Warum nicht jetzt?"

Peter schüttelte den Kopf.

„Es ist alles sehr komplex", sagte er. „Vieles wird mir selbst erst jetzt so richtig klar. Ich habe Schreckliches erlebt."

„Es ist vorbei, Peter. Es ist vorbei. Und du hast niemanden umgebracht."

„Woher weißt du das?"

„Du meinst Carpenter?"

Peter nickte.

„Ishida hat das, glaube ich, schon geklärt", sagte Gordon. „Danach steht Meyers Schuld eindeutig fest. Und im übrigen: Du bist nicht der Typ, der andere Leute einfach erschlägt."

Peter schüttelte den Kopf.

„Nein", sagte er, „wenn schon, dann bringe ich alle um!" Sie lachten sich an. Ein gequälter Ausbruch aufgestauter Emotionen.

„Wichtig ist, daß wir dich hier wieder herausbringen", Gordon suchte den Boden der nahen Realität. „Was sagt Donovan?"

Peter schüttelte den Kopf und lachte.

„Die Juristen wenden die Dinge auf erstaunliche Weise. Laut Donovan habe ich eigentlich gar nichts getan. Carpenter wurde von Meyer ermordet. Damit ist Meyers Glaubwürdigkeit stark erschüttert. Den Einbruch in den Zentralcomputer haben laut Donovan Meyer und Carpenter gemeinschaftlich unternommen, auch der Raketenangriff auf Terricola geht auf Meyers Konto. Ich habe Meyer quasi nur unterstützt, aus Freundlichkeit und Naivität sozusagen. Ist es nicht verrückt? Ich habe uns alle in Luft sprengen wollen, aber Donovan sagt, ich habe gar nichts getan!"

„Die Welt ist verrückt", pflichtete ihm Gordon an, „aber ich sehe, daß du bei Donovan in guten Händen bist."

„Ihr habt halt tolle Gesetze gemacht!"

Sie lachten sich an.

„Es ist tatsächlich so", sagte Gordon, „Je schlimmer die Tat, je politischer die Motive, je unvorstellbarer die Konsequenzen, um so unpräziser werden die Gesetze und um so unkalkulierbarer die Strafen. Wenn kein Gesetz das Unfaßbare mehr erfassen kann, dann wendet der Hauch der politischen Stimmung das Blatt von Tod zum Freispruch. Ich hoffe nur, daß Schoppenheimer nicht gegen dich polemisiert. Er ist in Bezug auf das Produktions- und Bitkontrollgesetz ausgesprochen humorlos."

„Schoppenheimer wird mich unterstützen", sagte Peter.

„Glaubst du?"

Peter nickte. Warum? dachte Gordon. Was ist mit Schoppenheimer?

Gegen Abend verließ Gordon das Gefängnis. Mr Smith führte ihn lächelnd heraus. Mr Smith verwaltete das Gefängnis. Er verstand nicht viel von Politik oder dem Produktions- und Bitkontrollgesetz. Er tat seinen Dienst. Das schwere Metallgitter schnellte zur Seite, als Gordons Wagen sich näherte und das Tor passierte. Dann fiel es klackend ins Schloß. Mühsam durchschnitten die Scheinwerfer das Schwarz der Nacht.

5. Juli 103 p.c. 9 ^{00}

Schoppenheimer lächelte. Im Sitzungssaal raschelte das Papier der Vorlagen in den Händen der Ratsmitglieder, die Stimmen und das Abrollen der Sohlen auf dem Weg zu den Plätzen erfüllte die Luft, und gelegentlich hallte die Decke des Saales vom hellen Gelächter der befreiten Seelen wider. Sie hatten es geschluckt. Sie hatten geschlafen, waren erwacht, hatten erkannt, daß sie noch lebten, die fürs erste gebannte Gefahr begriffen und den Gedanken an das ferne Verdämmern menschlichen Lebens als persönlich nicht schmerzlich und unausweichlich akzeptiert. Schoppenheimer schüttelte den Kopf. Er konnte das Lachen der Menschen nicht verstehen.

„Ich eröffne die Sitzung", sagte er in das Gewirr der Stimmen. Nur mühsam disziplinierten sich die Ratsmitglieder und fanden den Weg zu ihren Sitzen. Wie leicht sie es geschluckt haben, dachte Schoppenheimer.

„Die Veröffentlichung unseres letzten Beschlusses hat weit weniger Widerstand in der Bevölkerung hervorgerufen, als viele Kritiker erwartet haben", begann Schoppenheimer in das Abebben der Geräusche. Sein Blick streifte Gordon und Patrick. „Wir werden uns jetzt mit der Ausgestaltung dieses Beschlusses zu befassen haben."

„Wir sollten uns auch mit der Schuldfrage der vergangenen Ereignisse beschäftigen." Snider hatte das Wort ergriffen. „Ich kann mir einfach nicht vorstellen, daß Peter Nozellin uns in die Luft sprengen wollte. Ich sehe hier noch einen erheblichen Aufklärungsbedarf."

Schoppenheimer nickte.

„Ich gebe Ihnen absolut recht", sagte er. „Auch ich glaube nicht, daß sich Peter letztendlich irgend etwas zu Schulden hat kommen lassen. Nach meiner persönlichen Einschätzung dürfte Ratsmitglied Meyer ein erhebliches Maß der Verantwortung treffen. Den Mord an Carpenter soll er bereits gestanden haben, wenn ich richtig informiert bin. Aber bitte, wir sollten den Ermittlungen der Staatsanwaltschaft keinesfalls vorgreifen."

„Natürlich nicht", sagte Snider, der Jurist in ihm brach durch. „Andererseits sollten wir auch keinen Zweifel daran lassen, daß wir Peter für unschuldig halten. Es macht einfach keinen Sinn, einen so hoch qualifizierten Techniker, den wir dringend in Terricola brauchen, in eine Gefängniszelle zu stecken."

„Ich bin ganz Ihrer Meinung, Snider", Schoppenheimer blickte versöhnlich, „ich denke, mit etwas gutem Willen sollte die Staatsanwaltschaft einer Freilassung Peters nach Zahlung einer entsprechenden Kaution zustimmen." Er blickte in die Runde. Peter war im Rat beliebt, seine Kompetenz geachtet, ein Nachfolger nicht in Sicht. Peter in Freiheit, seine Seele geläutert, seine Gedanken wieder dem Wohle Terricolas verpflichtet, seine Verhaftung am Ende nur die Folge unglücklich verketteter Mißverständnisse, es wäre ihnen allen am liebsten. Es war zu verlockend, Peter zu vergeben in der Hoffnung, daß er in ihre Gemeinschaft zurückgefunden hätte. Sie nickten beifällig und voller Zuversicht. An ihnen würde es nicht liegen.

Nur mit Mühe konnte Gordon dem weiteren Verlauf der Ratssitzung folgen. Seine Gedanken waren bei Peter. Wer ist: 'Wir'? Was war es, was Peter selbst noch nicht verstanden hatte? Warum war Wilder in seinem letzten Bericht so engagiert für den Beschluß des Rates eingetreten, hatte Peter mit Engelszungen verteidigt und Meyer in Grund und Boden verdammt? Warum fiel Schoppenheimer nicht über Peter her, der doch ganz offensichtlich gegen das heiligste Gesetz Terricolas, das Produktions- und Bitkontrollgesetz, verstoßen hatte?

„Damit entlasse ich Sie bereits jetzt in die Mittagspause." Schoppenheimer lächelte über die Köpfe des Plenums. Eigentlich war es für die Pause noch viel zu früh, aber die Ratsmitglieder nickten dankbar. Sie erhoben sich, und die Geräusche um ihn herum rissen Gordon aus seinen Gedanken und in die Gegenwart des Sitzungsaales zurück. Er blickte auf. Jane stand vor ihm und sah lächelnd auf ihn herab.

„Träumst du?"

„Ich denke nach."

„Über die Zukunft der Welt oder die Zukunft von Gordon?"

„Das eine bedingt das andere, denke ich."

Jane lachte auf.

„Du warst noch nie sehr bescheiden!"

Gordon zuckte die Schultern.

„Ich kenne meinen Wert!"

Der Saal leerte sich, und Gordon stand auf.

„Trinken wir einen Kaffee?" fragte Jane. Gordon lächelte sie an.

„Warum nicht?"

Sie fuhren in eine der verglasten Kuppeln des Parlamentsgebäudes, die ein kleines Café beherbergte. Die Sonne lag über der Stadt und goß ihr Licht über die Wipfel der Palmen. Aus dieser Perspektive schienen sie ein grünes Dach zu bilden, das Terricola bedeckte und Menschen und Roboter und alle Maschinen vor dem Himmel verbarg. Endlos erstreckte sich der Atlantik bis weit über den Horizont hinaus nach Osten, und doch war das Naß in ihm begrenzt, die Kraft der Natur endlich und der Widerstand des Wassers gegen die Macht der Technik längst gebrochen.

Im Zentrum der Stadt war der Krater der Explosion wieder aufgefüllt und die Steine, Erde und Schutt von den Straßen geräumt. Die letzten Palmen wurden noch von einigen Servicerobotern an die Stellen ihrer zerfetzten Vorgänger gepflanzt. In wenigen Stunden wären auch die letzten Büsche und Sträucher und dann auch die Grasnarbe wieder ersetzt. Dann gab es nur noch die Erinnerungen in den Köpfen der Menschen und in den Archiven von TerraNews.

„Kein Ereignis hinterläßt auf Dauer materielle Spuren!" Janes Augen schweiften über das Zentrum, die Palmen und den Atlantik.

„Der Mensch mache sich die Natur untertan."

„Nicht nur die Natur. Es ist die Geschichte, die Erinnerung, der Ablauf der ganzen Welt."

„Die Macht ist uns entglitten, Jane."

„Noch nicht."

„Doch, ziemlich."

Sie sahen hinab. Wortlos und perfekt koordiniert verrichteten die Serviceroboter ihre Arbeit.

„Was machen sie in einer Welt ohne Menschen?" fragte Gordon.

„Nichts."

„Warum: Nichts?"

„Sie haben keine Ziele, keine Visionen, keinen Glauben. Ich schätze, ohne die Menschen machen sie einfach gar nichts und sparen Energie."

Jane rührte in ihrer Tasse. Gordon trank den letzten Schluck. Der Boden lag frei.

„Ich muß gehen", sagte er. Jane nickte ohne aufzublicken. Gordon erhob sich und verließ das Parlamentsgebäude. Er setzte sich in seinen Wagen und fuhr los.

Es war nicht wie sonst.

Die Musik in der Boxenanlage seines Fahrzeuges dröhnte, aber trotz der Lautstärke konnte sie sein Inneres nicht erreichen. Der Weg schlängelte sich durch den von unzähligen Servicerobotern vor langer Zeit angelegten und sorgsam gewarteten Urwald des Wildparkes. Der Elektromotor wimmerte gequält unter den Lastwechseln, die Gordons tanzender Fuß in die Steuerung des Rechners drückte.

Dann zog er das Fahrzeug nach rechts und stob auf den Strand in der Nähe des Café Française. Zur Seite rutschend schob sich der Wagen auf den Parkplatz.

Das Café Française war gut 200 m entfernt. Gordon stieg aus und blieb auf der Promenade stehen. Der Wind wehte heftig und zauste an Gordons Haaren. Die Sonne brannte schräg in sein Gesicht. Vor ihm brachen sich die Wellen des Atlantik, so wie sie es seit vielen Millionen Jahren taten. Ob die Roboter, hätten sie die Macht errungen, diesem Treiben ein Ende bereitet hätten? Wenn ja, warum? Die Wasser waren längst bezwungen. Zivilisierte Länder hatten über hundert Jahre lang den Müll ihres Fortschrittes in Form von Schwermetallen und organischen Verbindungen in die Ozeane ergossen, abgefüllt, bis das Wasser zum Leben kaum noch taugte. Und dann war zu allem Überfluß noch der radioaktive Fallout Der Katastrophe herabgefallen und in die unergründlichen Tiefen des Meeres herabgesunken.

Und trotz all dieser Wunden liefen die Wellen des geschundenen Kolosses unermüdlich auf den Strand.

Natürlich hatten die Terricolaner viel zur Wiedergutmachung getan.

Eine ganze Armada nanotechnologisch konstruierter kleinster Unterseeboote hatte die Meere durchpflügt und die Wasser in unzähligen ultrafeinen Filterröhrchen gereinigt. Speziell hier an der Küste Terricolas war das Wasser so sauber wie vor Millionen von Jahren. Und doch fanden sich in den Sedimenten die strahlenden Reste des Fallouts, die sich eng an die im Schlick lebenden Einzeller und Kleinstlebewesen schmiegten, deren DNA aufbrachen und das Erbgut mutierten. Was entsteht dort unten? fragte sich Gordon. Welche Tiere, welche Monster? werden eines fernen Tages ihren Weg auf das Land finden, das sich ihnen frei von der Last des vergangenen, intelligenten Lebens darbietet? Welchen neue Wege wird die Evolution beschreiten? Welche Gene entstehen gerade in den Tiefen des Atlantik durch das, was die Menschen der Welt angetan hatten, als Erbe ihres eigenen Lebens?

„Hallo!"

Gordon fuhr herum. Er hatte sie überhaupt nicht wahrgenommen. Sarah lächelte ihn gegen die Sonne an. Das Licht leuchtete in ihren Haaren. Gordons Herz glühte.

„Hallo", sagte er. Des Schicksals Zufall. Oder die Macht des Schicksals?

„Du wanderst in Gedanken."

„Ja."

„Darf ich mit dir gehen?" Sarah hakte sich an seinem Ellenbogen ein. Langsam gingen sie auf der Promenade entlang in Richtung Café Française.

„Wir sind alle vergänglich, Gordon. Du bist es, ich bin es, und die Menschheit ist es auch. Selbst wenn wir den Entschluß zum Aussterben nicht gefaßt hätten, die Gesetze der Evolution können wir nicht bezwingen. In hunderttausend Jahren, wenn die Menschen noch lebten, wären sie doch völlig anders. Denk doch nur an die Neandertaler. Das ist nicht einmal hunderttausend Jahre her! Wie anders haben diese Menschen ausgesehen! Wie anders haben sie gelebt. Wie anders haben sie gedacht! Wir können den Wandel biologischer Moleküle nicht aufhalten. Das Leben strebt nach Perfektion, was immer das Leben darunter versteht. Keiner kann das verhindern."

„Wonach strebst du?"

„Nach Liebe?"

Im Gleichklang liefen ihre Schritte über den Stein des Weges. Immer wieder erfaßte der Wind Sarahs Haare und strich damit durch Gordons Nacken und manchmal auch durch sein Gesicht.

„Wem dient die Liebe? Welches Ziel kann ein Liebespaar haben, dessen Zukunft mit dem Tod endet?"

„Du meinst Kinder?"

Gordon nickte.

Sie waren auf der Terrasse des Cafés angekommen. Hölzern klang es unter ihren Schritten. Madame Touchet kam aufgeregt herbeigelaufen. Nach den letzten Ereignissen hatte sie befürchtet, ihre treuesten Kunden zu verlieren.

„Was kann ich für Sie tun?" flötete sie und geleitete die Gäste mit einer einladenden Handbewegung zu einem wind- und sonnengeschützten Platz.

„Eine Kish und einen Jack Daniel's?" zwinkerte sie den beiden zu.

Sarah und Gordon nickten.

„Ich kann nicht", sagte Sarah nach dem ersten Schluck und sah an sich herab.

„Ich auch nicht", sagte Gordon und lächelte dünn. Das Schicksal der Welt zerfraß ihre Seelen. Die Wellen brachen sich am Strand.

„Ich habe vieles nicht verstanden", sagte Gordon.

„Was meinst du?"

„Peters Rolle. Schoppenheimers Verständnis für die schlimmste Tat, die sich Schoppenheimer vorstellen kann: Der Verstoß gegen das Produktions- und Bitkontrollgesetz. Wilders milde Kommentare. Und seine Haßtiraden gegen Meyer. Es paßt nicht zusammen."

„Warum nicht?"

Gordon stutzte.

„Was weißt du, Sarah?"

Sarah blickte auf und sog an ihrer Kish.

„Auch wenn viele Dinge in einem banalen Ergebnis enden, so ist die Genesis dieses Ergebnisses oft weit weniger banal."

„Willst du damit sagen, daß Peter nicht allein mit Meyer gehandelt hat, daß vielleicht ganz andere die Regie geführt haben, daß Peter am Ende nur eine Rolle in einem geplanten, durchdachten Stück gespielt hat?"

Sarah schwieg.

„Was weißt du?" fragte Gordon.

Sarah lächelte ihn an. Dann schloß sie die Augen.

„Eines Tages sterben wir doch sowieso alle", sagte sie leise. „Wir müssen an unsere Kinder denken und was wir ihnen ersparen können, indem wir sie nicht gebären." Regungslos betrachtete Gordon die Tränen, die aus Sarahs geschlossenen Augen quollen. Langsam quälten sie sich über die trockene Haut nach unten, folgten dem Relief der Wangen und sammelten sich zu zwei immer größer werdenden Tropfen unterhalb des Kinns. Dann fiel der erste herab und zerplatzte auf dem Holz des Tisches.

Jetzt, wo die Tränen ihren Weg gefunden hatten, liefen immer mehr den nassen Pfad herunter und tropften hinab.

Gordon ergriff ihre Hand. Sarah öffnete die Augen. Gordons Uhr summte. Die Pause zwischen den Sitzungen war zu Ende.

„Ich muß gehen", sagte er.

„Ich weiß."

Gordon erhob sich. Madame Touchet drückte ihr tiefstes Bedauern aus.

„Ich sehe Sie sicher bald wieder", rief sie Gordon nach. Gordon nickte, aber er drehte sich nicht um. Am Tisch saß Sarah. Die warme Luft trocknete ihre Haut. Madame Touchet lächelte, als verstünde sie der Tränen Qual.

5. Juli 103 p.c. 14 ^{00}

Schoppenheimer kam sofort auf den Punkt.

„Natürlich können und sollten wir keinen Einfluß auf die Justiz ausüben", sagte er, als die Ratsmitglieder ihre Sitze eingenommen hatten. „Trotzdem denke ich, daß wir eine Petition veröffentlichen könnten, in der wir Peter unser Vertrauen aussprechen."

„Keine Petition", Snider war aufgestanden. „Die Politik muß sich aus der Jurisdiktion völlig heraushalten. Allerdings kann auch niemand etwas dagegen haben, wenn in den Nachrichten unsere Meinung veröffentlicht wird. Ein solches, von der Mehrheit des Rates akzeptiertes - sagen wir: Kommuniqué - ist ein legitimer Ausdruck der Meinungsbildung des Rates."

„Dann verstehe ich den Unterschied zu einer Petition nicht ganz", warf Patrick ein. Snider winkte ab.

„Reiner Formalismus, Patrick, reiner Formalismus. Niemand soll uns vorwerfen, der Rat mische sich in die Aufgaben der Staatsanwaltschaft. Eine Petition ist eine emotionale Bitte, ein Kommuniqué eine objektive Stellungnahme. Keiner kann gegen eine solche Stellungnahme etwas haben. Und niemand kann uns verbieten, Peter nach Kräften zu helfen. Und daß wir das wollen, daran besteht wohl kein Zweifel." Er blickte sich wild um. Fast überall sah er Zustimmung zu ihm herübernicken. Winterfeld hatte den Daumen in die Höhe gestreckt.

„Ich habe ein - Kommuniqué vorbereitet." Schoppenheimer zog ein Blatt Papier hervor und begann zu lesen. Warum macht er das? fragte sich Gordon. Was hat Peter wirklich getan? Keiner schien sich für die Ergebnisse irgendwelcher Untersuchungen zu interessieren. Und wenn es Schoppenheimer nicht tat, war es für die meisten Ratsmitglieder nicht wichtig. Schoppenheimer war die moralische Institution. Wie gut hat er uns in der Hand, dachte Gordon. 'Wir haben einen starken Rat', hatte Schoppenheimer einmal gesagt. Gordon schüttelte den Kopf. Das Gegenteil war der Fall. Schwach waren sie und gutgläubig und bereit, Schoppenheimer auf dem bequemen Weg des Verzeihens zu folgen. Sie waren so schwach, daß sie ihre Schwäche nicht einmal bemerkten. Selbst er, Gordon, erlag dem Verlangen, Peter zu helfen, auch wenn es auf Kosten der vollständigen Aufklärung der Geschehnisse gehen sollte. Zu bitter waren die Entscheidungen der Vergangenheit gewesen. Sie alle brauchten eine gute Tat.

„Dann wäre dieser Punkt also erledigt", sagte Schoppenheimer, als die Anzeigetafel die Zustimmung der Ratsmitglieder bei der Abstimmung über die Stellungnahme signalisierte. „Wie werden diesen Text sofort an TerraNews geben. Ich denke, Wilder wird sie heute noch in den Abendnachrichten veröffentlichen." Er sah auf seine Uhr.

„Damit schließe ich die Ratssitzung vom 5.7.103 p.c.." Schoppenheimer blickte befriedigt über die Köpfe des Plenums. Sie verließen den Saal. Sie waren mit sich zufrieden. Die Normalität kehrte langsam zurück. Die Prozedur des Protokolls verklärte das Absurde.

Gordon überließ seinem Fahrcomputer die Steuerung seines Wagens. Es dämmerte, als er die Stufen zu seiner Haustür erklomm. In der Eingangshalle wartete Kayoko. Sie hielt den Kopf zur Seite geneigt. Ihre Augen schimmerten feucht, und ihre schwarzen Haare glänzten im Licht einiger Kerzen.

„Kein Licht?" fragte Gordon.

„Kein Licht", hauchte Kayoko. Sie drehte sich um und ging in den Wohnbereich. Gordon folgte ihr. Auf dem großen Eichentisch brannte ein silberner Kerzenleuchter und beleuchtete einen köstlich gedeckten Tisch. Kayoko warf ihre Haare in den Nacken. Der weiße Rollkragenpullover fiel weit über ihre engen Jeans.

„Du bist so traurig in der letzten Zeit", sagte Kayoko leise und setzte sich. „Kann ich dir helfen?"

„Helfen wobei?"

„Beim Leben? Bei der Liebe?"

Gordon lachte auf. Ein gutes Programm. Es war leicht, Kayoko zu verfallen.

„Ich glaube nicht", sagte er. Kayoko lachte, und ihre weißen Zähne leuchteten im Widerschein der Flammen.

„Wir werden sehen!" sagte sie.

Sie aßen. Das Licht der Kerzen ergoß sich über sie, und Kayokos Lachen strahlte zu ihm herüber. Was Sarah wohl macht, fragte sich Gordon. Ob Mark ebenfalls, vom Kerzenlicht beschienen, in diesem Moment genauso zu ihr herüberlachte? Ob sie es genoß? Ob sie ihm erlag? Ob sie ihm verfiel? Ob sie sich der Biologie ihres Körpers ergab? Und die Mechanik von Mark vergaß?

Er war der Illusion Kayokos schon so oft erlegen. Aber worin bestand der Unterschied zwischen der Illusion, die ein Roboter erzeugte, zu den Lügen, die die Menschen einander so oft erzählten? Waren die Maschinen am Ende nicht ehrlicher? Folgten sie nicht gradlinig ihrer Programmierung und damit ihrem Streben nach optimaler Befriedigung der Wünsche ihrer Besitzer? Welcher Illusion folgte denn er, Gordon, überhaupt noch? Jetzt, nachdem sie die Überlegenheit der menschlichen Rasse im evolutionären Prozeß endgültig der Lüge überführt hatten. Er schloß die Augen. Er hatte nicht die Kraft, an Sarah zu denken.

Als er wieder aufblickte, sah er in Kayokos lächelndes Gesicht. Sie hatte sich ein wenig nach vorn gebeugt, und ein Hauch ihres süßen Parfums drang in seine Nase.

„Trink das", flüsterte sie und gab ihm den Becher. Gordon wußte, was es war. Nur mit Zustimmung der Menschen durften Roboter Endorphine verabreichen. Weich umfloß ihr Pullover ihren Körper. Gordon nahm den Becher und trank. Kayoko lächelte und schwieg. Längst hatten ihre Sensoren ihren Sieg erkannt. Das Endorphin zeigte Wirkung. Diese Nacht gehörte Kayoko, und sie nutzte ihren Sieg.

6. Juli 103 p.c. 14 ^{00}

Unter der Pergola verloren sich Strahlen der Mittagssonne. Lange hatte Gordon in den Tag hineingeschlafen. Müde hatte er sich in ein Paar Hosen gezwängt und ein T-Shirt über den Oberkörper gestreift. Kayoko hatte sich einen weiten Morgenmantel übergeworfen und nippte an ihrem Kaffee. Ein Summen im Haus kündete vom nahenden Besuch. Walter eilte an die Haustür. Wenig später erschien er mit Jane, Patrick, Snider und Sarah. Gordon schluckte und sah auf Kayoko, die regungslos ihren Kaffee trank.

„Stören wir?" fragte Patrick und setzte sich.

„Bitte sehr!" Gordon lud mit der Hand auf die freien Plätze. Sarah schob sich auf die Bank, lehnte sich an Gordon und senkte ihren Kopf auf seine Schulter. Kayoko nippte an ihrer Tasse. Gordon rutschte unbehaglich auf seinem Platz.

„Ach so", sagte Patrick. Snider lachte verlegen.

Sarah hatte ihre Augen geschlossen. Gordon spürte den Takt ihres Atems, ein leises Schluchzen ihres Körpers? Hatte auch Mark gesiegt? Kayoko biß in ein Brötchen. Walter erschien mit einem großen Tablett und verteilte Kaffee.

„Wir stören doch! Sollen wir gehen?" fragte Patrick und musterte Gordon und Sarah. Jane schüttelte den Kopf.

„Verdammt", sagte sie, „es gibt Wichtiges zu besprechen."

Sarah richtete sich auf. Kayoko lächelte sie an. Janes Hände umklammerten ihre Kaffeetasse.

„Schon gut", sagte Sarah und rückte etwas von Gordon ab.

„Vielleicht kann Kayoko ja ins Haus gehen, und Gordon schenkt uns doch noch ein wenig seiner geschätzten Aufmerksamkeit", schlug Jane vor. Kayoko blickte auf Gordon. Gordon nickte. Kayoko erhob sich, ein langer verständnisloser Blick traf die Runde und insbesondere Sarah. Nie hätte Kayoko daran gedacht,

Gordons tête-à-tête zu stören, im Gegenteil, gerne hätte sie bei Bedarf und in jedem Fall zurückhaltend und ohne Sarah mit ihren Fähigkeiten zu brüskieren zur Bereicherung desselben beigetragen. Schulterzuckend drehte sich der Roboter um und verschwand im Haus.

Patrick blickte in Gordons Gesicht.

„Ich verstehe eine ganze Reihe von Dingen nicht, die ich ungern im Rat besprechen will", begann er. „Ich habe das Gefühl, daß wir alle ziemlich manipuliert worden sind und noch werden."

Gordon nickte.

„Das ist wohl sicher", sagte er.

„Was stört euch daran?" fragte Snider. „Alle Entscheidungen im Rat sind korrekt getroffen worden. Ich sehe keinen Grund, etwas zu revidieren, bloß weil der eine oder andere mehr gewußt hat, als der andere oder der eine."

„Ich denke, das kann schon einen Unterschied machen", sagte Jane.

„Welchen?" fragte Sarah.

„Das kommt auf das Maß und die Absicht der Manipulation an", sagte Patrick.

„Niemand ist manipuliert worden", Snider schüttelte unwillig den Kopf. „Vielleicht ist vielen auf diese Weise der Sinn unserer Entscheidungen drastisch vor Augen geführt worden. Das ist aber auch alles, und das ist legitim. Oder gibt es jemanden, der irgendeinen der letzten Ratsbeschlüsse rückgängig machen will?"

Sie schwiegen.

„Das ist wohl das Problem", sagte Jane schließlich. „Letztendlich macht es keinen Unterschied."

Ein Hologrammprojektor auf der Terrasse sprang an. Es war eine Sondersendung von TerraNews. Wilder war im Gebäude der Staatsanwaltschaft. Helene Gustavson war eine Frau um die fünfzig mit rötlich schimmernden Haaren. Sie leitete die Ermittlungen im Fall Peter Nozellin. Ruhig verkündete sie ihre Botschaft. Sie habe sich die Entscheidung nicht leicht gemacht. Aber nach einer durchgearbeiteten Nacht und Sichtung allen Materials habe sich kein wirklich harter Verdacht ergeben, daß Peter Nozellin, Leiter des Zentralen Konstruktionskomitees, in kriminelle Machenschaften verstrickt gewesen sei. Sicher habe er durch den ohne Zweifel wenig ehrenhaften Kontakt zu Meyer Kenntnis von einer Reihe von Dingen gehabt, die er den Behörden hätte melden müssen. Aber an welchen Taten und ob überhaupt Peter Nozellin aktiv beteiligt gewesen sein könnte, sei absolut unklar. Dagegen sei erwiesen, daß er an Carpenters Tod völlig unschuldig sei. Peters Anwalt, Donovan, habe eine Reihe guter Gründe vorgelegt, die die Entlassung Peters auf Kaution rechtfertigten. Auch der Rat habe sich für Peter Nozellin ausgesprochen. Ob je Anklage gegen ihn erhoben würde, konnte sie noch nicht sagen.

Wilder triumphierte. Wann Peter entlassen werden könne, wollte er wissen.

„Sofort", verkündete Helene Gustavson.

Das Hologramm erlosch.

„Wir sollten Peter abholen", schlug Patrick vor.

„Laßt mich das machen", sagte Gordon. „Ich habe noch eine Reihe ganz spezieller Fragen an ihn."

Die Freunde nickten.

„Begleitest du mich?" fragte Gordon und schaute auf Sarah. Sie lächelte ihn an.

„Du wirst die Wahrheit erfahren", sagte sie.

„Laß uns gehen", sagte Gordon.

6. Juli 103 p.c. 15 [40]

Wieder glitt das schwere Metallgitter zur Seite, aber dieses Mal bedeutete es Triumph. Wie fragwürdig auch immer die Entscheidung über Peters Freilassung letztendlich war, jetzt war es entschieden, und Gordon genoß die Freude über die Entscheidung, je mehr die Zweifel daran mit dem Erfolg und der Gewißheit von Peters nahender Freiheit verblaßten. Er hatte wenig mit Sarah geredet, aber die wenigen Worte oder aber einfach ihre Anwesenheit hatten gereicht. Sarah war tief in seine Seele gedrungen.

Mr Smith erwartete sie am Eingang. Seine Brust war vor Stolz geschwollen. Zwar hatte er weder mit Peters Ergreifung noch mit seiner Entlassung irgend etwas zu tun gehabt, aber der Hauch der großen Politik strömte durch seine Welt und ließ ihn vor Wichtigkeit fast platzen.

Zwei Exekutivroboter führten Peter in den großen Eingangsbereich. Es war ein festes Ritual. Inmitten der gewaltigen Halle ließen die Roboter Peters Arme fahren, wandten sich mit kurzem Gruß ab und überließen den bis eben Gefangenen symbolisch der Freiheit des großen kuppelgewölbten Raumes.

Peter hob die Arme, von denen die Last der Robotergriffe gefallen war und sah auf die beiden Freunde und Mr Smith.

„Hallo!" sagte er.

„Hallo!" rief Sarah und lief in seine Arme. Gordon kam langsam nach. Er lächelte Peter an.

„Donovan sei Dank", sagte Gordon.

„Und den weisen Beschlüssen des Rates!" pflichtete Peter bei. Sarah löste sich von ihm, und Gordon schloß die Arme um seinen Freund. Mr Smith strahlte.

„Laßt uns abhauen", sagte Peter.

„Auf jeden Fall!" antwortete Gordon.

„Ich freue mich so!" sagte Sarah.

Mr Smith wünschte eine gute Reise. Seine ansonsten bei der Entlassung von Gefangenen monoton vorgetragenen guten Ratschläge hatte er vergessen. Peter schüttelte ihm die Hand. Dann stiegen sie in Gordons Truck und brausten davon.

Das Verdeck war heruntergeklappt, und Peter ließ die Sonne, den Wind und die Freiheit über sein Gesicht streichen.

Sie fuhren ins Café Française.

„Was soll ich zu Hause?" hatte Peter geantwortet, als Gordon ihn gefragt hatte.

Madame Touchet schlug die Hände vor der Brust zusammen.

„Ich bin hocherfreut, Sie zu sehen!" Sie strahlte.

„Ganz meinerseits!" Peter zog die Stirn in Falten.

„Ich habe einen *wunderschönen* Tisch für Sie!" Sie eilte behende voran. Sie kannten alle Tische im Café Française. Noch bevor sie saßen, brachte ein Serviceroboter eine Flasche Champagner und hochgestielte Gläser.

„Auf Kosten des Hauses!" zwinkerte Madame Touchet vergnügt. Sie setzten sich.

„Auf deine Freiheit!" sagte Gordon.

„Auf dein Leben", sagte Sarah. Zufrieden blickte Peter über den Strand und das Wasser des Atlantik.

„Peter, was wußte Schoppenheimer von dir und von Meyer?" Gordon hatte sich ein wenig über den Tisch gebeugt. Peter wich zurück und griff nach seinem Glas, aber Gordon faßte sein Handgelenk und hielt es fest. Peter schwieg und blickte auf Sarah.

„Ich will eine Antwort", sagte Gordon.

„Schoppenheimer ist ein weiser Mann", sagte Peter schließlich.

Gordon zog die Hand zurück.

Er hatte es gewußt. Er hatte es geahnt. Nicht Peter, nicht Meyer, Schoppenheimer hatte es geplant, erdacht, sie alle genarrt und noch mehr benutzt.

„War Schoppenheimer der Anführer?" brachte er hervor. Peter schüttelte den Kopf.

„Du verstehst das falsch", sagte er. „Es gibt eigentlich nichts, was du nicht ohnehin schon weißt. Natürlich ist Schoppenheimer kein Terrorist. Meyer ist ein Terrorist, und auf meine Weise bin ich es vielleicht auch. Aber Schoppenheimer? Nein. Schoppenheimer ist ein Visionär. Und Realist. Schoppenheimer versteht nichts von Physik oder sonstigen Naturwissenschaften. Aber er kennt die Menschen und ihre Wünsche. Er glaubt an die Macht der Diskussion, aber noch mehr glaubt er an die Macht des Schicksals. Gequält von der Erkenntnis und wissend, daß er euch mit der abstrakten, grauen Diskussion nicht überzeugen kann, hat er ein solches Schicksal inszeniert. Er kannte Meyer und dessen Machtbesessenheit, und er wußte in mir einen Gesinnungsgenossen. Ich habe Meyer die Dinge in die Hände gespielt, und Meyer hat sie gierig aufgegriffen."

„Was war mit Carpenter?"

„Carpenter gehörte zu Schoppenheimer und mir. Carpenters Seele war zerrissen zwischen seinen Idealen und seiner Verantwortung. Er hat nie viel Verantwortung ertragen können, und ich denke, das hat ihn das Leben gekostet. Keiner weiß, warum Meyer ihn da draußen umgebracht hat. Es war nicht geplant. Irgend etwas ist schief gelaufen, als Carpenter Meyer einen der neuen Chips übergeben sollte. Vielleicht hat Carpenter im letzten Moment Angst bekommen, Meyer einen solchen Chip zu überlassen." Peter zuckte die Schultern. „Wir werden es wohl nie erfahren."

„Welche Rolle spielst du?" Voller Seelenangst blickte Gordon in Sarahs Augen. Sarah nahm seine Hand.

„Ich habe einfach alles gewußt", sagte sie. „Ich kenne Peter schon sehr lange."

„Ich habe mit jemandem reden müssen", erklärte Peter. „Sarah ist eine wunderbare Frau", er lächelte sie an. „Sie ist zu schade für dich!" Sie lachten.

„Was ändert es, wenn du weißt, daß du mit der Nase auf etwas gestoßen worden bist, auf das du sonst nicht gekommen wärst?" fragte Peter. „Verletzt es deinen Stolz? Schoppenheimer hat viel weniger gewußt, als du glaubst. Er hat darauf vertraut, daß ich handeln würde und hat die Ereignisse genutzt. Ich wußte, was Schoppenheimer von mir wollte, ohne daß er mir irgendwelche Instruktionen gegeben hat. Was kannst du ihm vorwerfen?

Ein Skandal? Es gibt keinen. Es gibt Schoppenheimer und die Macht seiner Argumente. Er kam eines Tages zu mir, um mich zu warnen. Er sagte, daß Meyer mich aufsuchen und möglicherweise versuchen würde, mich zum Verstoß gegen das Produktions- und Bitkontrollgesetz zu bewegen. Dann erklärte er mir seine Ideen. Er hat mich schnell überzeugt. Er sagte, wenn ich es schaffen kann, das Produktions- und Bitkontrollgesetz zu unterlaufen, dann werden es andere in Zukunft auch schaffen. Und dann wird es Terricola die Freiheit kosten."

„Jetzt kostet es Terricola das Leben."

„Die Freiheit ist das Leben."

„Was ist mit dem Überfall auf mein Haus? Der Unfall mit dem Unicar? Mir hat das nicht besonders gefallen!"

„Mir auch nicht!" Peter lachte kurz auf. „Wir brauchten einige Aktionen, und nach dem Persönlichkeitsprofil und dem Beliebtheitsgrad in der Bevölkerung fiel die Wahl auf dich. Außerdem bist du schwer zu überzeugen, also mußtest du am meisten leiden. Du hast mir aufrichtig leid getan, aber du kannst mir glauben: Du warst nie ernsthaft in Gefahr."

„Das mit dem Unicar war allerdings knapp", fügte er dann hinzu. „Meyer hätte mich beinahe ausgetrickst. Ich konnte das Schlimmste gerade noch verhindern."

Gordon nickte.

„Vielen Dank", sagte er.

„Du bist deutlich populärer geworden!"

„Nochmals Dank!"

„Viel schwieriger war der Raketeneinschlag in Terricola. Die Leute vorher aus der Gefahrenzone zu bringen, war nicht ganz einfach." Peter nahm einen Schluck und ließ den Champagner auf der Zunge zergehen. Der Stolz des Konstrukteurs, des Organisators.

„Schoppenheimer sagte auch, ich hätte viele Freunde, auf die ich mich verlassen könnte, wenn ich sie eines Tages bräuchte." Er sah Gordon ins Gesicht.

„Du bist einer davon", sagte er, „und Jane und Patrick und Snider. Ihr habt euch genau so verhalten, wie Schoppenheimer es vorausgesagt hat. Ihr habt euch für mich eingesetzt. Du siehst, ihr seid also auch beteiligt an diesem 'Komplott'!"

Er stellte das Glas auf den Tisch.

„War es ein Komplott, Gordon? Oder war es nicht einfach das, was wir alle wollten?"

Madame Touchet näherte sich mit einer Gruppe von Menschen. Es waren Jane, Patrick, Snider und Schoppenheimer.

„Was wissen die anderen?" zischte Gordon, bevor die Gruppe in Hörweite gekommen war.

„Nur das, was sie sich denken. Und das ist eigentlich alles."

„Ein wunderschöner Tisch", lobte sich Madame Touchet. Die Ratsmitglieder setzten sich. Auch sie kannten den Tisch. Schoppenheimer grinste etwas unbehaglich. Er war ein seltener Gast im Café Française.

Die Sonne des frühen Abends hatte die Wipfel der Palmen erreicht und begann, hinter Terricola zu versinken. Madame Touchet sorgte für ausreichend Champagner.

„Auf Peter und die Freiheit!" Patrick erhob sein Glas. Peter lächelte. Ein kurzer Blick in Schoppenheimers Augen. Nur Gordon konnte es sehen. Es war vollbracht.

„Wir hätten gar nicht gewußt, was wir ohne Sie in Terricola anfangen sollten!" Snider schlug Peter auf die Schulter. „Ohne Sie hätten wir den Robotern die Macht gleich übergeben können! Kein Mensch versteht doch etwas von diesen Dingern! Entsetzliche Technik!" Wieder hoben sie die Gläser. Genau das ist es, dachte Gordon. Wir begreifen unsere Welt nicht mehr. Vielleicht hatten sie Peter wirklich nur aus Angst, verloren zu sein in dem Netzwerk terricolanischer Technik, so leicht vergeben. Dabei war auch Peter letztendlich hilflos. Längst waren die technischen Möglichkeiten über das Maß seines Erfassungsvermögens hinausgewachsen. Ohne seine Computer und Roboter war auch Peter fast so ausgeliefert, wie der Rest der Terricolaner. Nur wußten das die wenigsten und die, die es taten, vergaßen es schnell.

Auch Schoppenheimer beteiligte sich jetzt an dem Gespräch. Bei allen wichtigen Entscheidungen war die Diskussion danach ein immer wiederkehrendes Ritual und ohne jede praktische Konsequenz. Auch jetzt drehte sich die Argumentation um die letzten Ratsbeschlüsse und im Kreis. Trotzdem waren diese Gespräche wichtig, auch wenn es weniger um die Entscheidung selbst, als mehr um die mentale Gewöhnung daran ging. Die Zeit und das Reden und die Witze der anderen half, die Dinge zu begreifen.

Madame Touchet brachte eine neue Flasche. Sie lächelte zufrieden.

Zehn Tage hatten genügt. Zehn Tage Angst, Schrecken und die entsetzliche Ungewißheit hatten sie mürbe gemacht und in die letzte, endgültige Entscheidung getrieben. Zehn Tage hatten gereicht, um drei Milliarden Jahre Evolution zu vernichten. Drei Milliarden Jahre, unsägliche Schmerzen, billionenfaches Sterben, ungezählte Schicksale und gescheiterte Lebensformen hatten im immer wiederkehrenden Prozeß der Anpassung an die lebensfeindliche Umwelt schließlich in die Gegenwart geführt. Immer waren es die besseren anderen gewesen, die im evolutionären Spiel der Gewalt den Tod der eigenen Rasse erzwungen hatten. Doch jetzt war es nicht die Anpassung, nein, jetzt war es die Kapitulation vor einer Umwelt, die die Spezies Mensch selbst erschaffen hatte und deren Kontrolle ihr zu entgleiten drohte. Dieser Gedanke schmerzte fast noch mehr als die eigentliche Tatsache des Unterganges. Die perfekte Demokratie Terricolas hatte versagt, hatte sie nicht mehr schützen können und sie letztendlich und demokratisch konsequent dem Schicksal ihrer eigenen Entscheidung überlassen.

So voller Mut war der Mensch in die Neue Welt gegangen, so voller Zuversicht den Verlockungen des technisch Möglichen erlegen, so behende, so perfekt und so naiv. Und niemand hatte aufgepaßt, niemand geschrien: Stopp! Geht zurück! Denkt an die Folgen! Erliegt nicht dem Jetzt! Geht zurück!

Niemand?

Oder hatten sie einfach nicht zugehört? Hatte es die Mahner gegeben? Wer waren sie gewesen? Warum waren sie so schwach geblieben? Was war passiert? Damals, so elend lange vor Der Katastrophe.

„Homo sapiens, lebte in der Neuzeit." Snider rezitierte. „Nach einer atomaren und biologischen Katastrophe überlebten noch etwa 50.000 Exemplare für etwa 200 Jahre in Florida in einer schulmäßigen, demokratischen Ordnung." Er griff nach seinem Glas. Der Alkohol zeigte längst Wirkung.

„Sie nannten diesen Staat 'Terricola', die 'Erdenschule'", fiel Patrick ein. Er hielt sein Trinkgefäß weit in die Höhe. „Terricola sollte der Erde die neue Richtung in eine ewige Zukunft weisen." Sie prosteten sich zu. Der teure Champagner schwappte aus den schwankenden Gläsern. Schoppenheimer lächelte dünn.

„Der Grund für das Aussterben auch dieser letzten Population ist unbekannt." Snider schüttete den Alkohol in sich hinein.

„Und so findet die menschliche Rasse endlich ihren wohlverdienten Platz in der Geschichte: In der Vergangenheit!" Patrick schrie es fast heraus. Er und Snider waren aufgesprungen und winkten mit ihren Gläsern in Richtung Strand, auf dem sich die mächtigen Wellen des Atlantik brachen und den Strand nach oben liefen, bis die Kraft sie verließ und der Sand die letzten kläglichen Reste verschluckte. Auf dem Wasser glänzte das Licht des Himmels.

„So hat es der Rat beschlossen", sagte Peter, „und was der Mensch beschließt, ist Wirklichkeit."

Ein warmer Wind wehte über den Strand und strich zart über die aufgewühlten Seelen der Terricolaner. Im Westen hatte sich die Sonne ganz hinter das Land gesenkt, und ihre an der Oberfläche des geschundenen Planeten vorbeifegenden und von Erde, Sand, Fels und Wasser rot gebeugten Strahlen ließen den vor über hundert Jahren in die Atmosphäre geschleuderten Staub aufleuchten und den Himmel brennen. War es die Drohung, die über der Erde leuchtete? Oder strahlte eine ferne, unbekannte Hoffnung über den Menschen? Nachdenklich betrachtete Gordon Sarahs Gesicht, das im Widerschein der Sonne rötlich erglühte. Irgendwann drehte sie ihren Kopf, und im Feuer des Himmels schienen ihre Blicke zu verschmelzen.

Lächelnd betrachtete Madame Touchet das seltsame Treiben ihrer Gäste.